平凡社新書
1063

道ならぬ恋の系譜学

近代作家の性愛とタブー

ヨコタ村上孝之
YOKOTA MURAKAMI TAKAYUKI

HEIBONSHA

道ならぬ恋の系譜学●目次

〔凡例〕

本文中の引用において、旧字は新字に改めた。また、普通に使われない字体が使われている漢字は、一般的な字体やひらがなに直した場合もあるが、そのたびに注記はしない。

はじめに

　男と女の仲というものは、ときに満腔《まんこう》（心から）の賞賛を浴びるかと思えば、ときに世間からあれやこれやと後ろ指をさされるものである。だれからも祝福された関係といえば、たとえば、女優の北川景子と歌手のＤＡＩＧＯ夫婦とかが思いつく。美男美女。どちらも芸能関係で職種も共通する。出自をいえば、片や神戸出身のお嬢さま、片や元総理大臣竹下登の孫でＫＢＳ京都の役員の息子と家柄も釣り合って申し分なし。また、夫婦仲も極めて良好らしい。他方、逆に指弾される仲は枚挙にいとまがないが、すぐ思いつくのは「平成の色男」石田純一と東尾理子のカップルであろうか。石田は「不倫は文化だ」と称して浮気を繰り返し、義父東尾修からも嫌われ、週刊文春の「嫌いな夫婦ランキング」では堂々一位に輝いている（二〇一三年十一月二十八日号）。

　もちろん、歴史上にははるかにおどろおどろしいブラック・カップルが溢れている。これも例はいくらでもあるのだが、ヘンリー八世とその二番目の妃アン・ブーリンを挙げよう。アンは、ヘンリー八世の最初の王妃キャサリンの侍女となったのち、王から愛人になるように求められる。だが、王妃にしてくれなければ、性的関係は許さないと拒絶する。そこで、エッチがしたくてしょうがないヘンリー八世は、現王妃との離婚の許可を教皇に求める。これは認められず、王はそれではとカトリック教会から離脱し、英国国教会を創り、離婚にこぎつけるのである。めでたく王妃となったアンは女児エリザベスを生むが、前妻（前王妃）の娘であるメアリーがエリザベスの侍女となることを強要する。所期の目的は達したのだからそこまでせずともよかろうと思うような陰湿な嫌がらせである。王子誕生がかなわなかったことに落胆していたヘンリー八世は、アンの心ない振る舞いにも嫌気がさしてくる。そして、次第に彼女への愛情を失い、別な侍女を寵愛し始める。やがて前王妃キャサリンが幽閉先で死ぬが、アンは祝宴を開き、またまた顰蹙《ひんしゅく》を買う。女性関係で焦点の定まらない国王も困ったものだが、アンの性格の悪さは堂に入ったものである。しかし、意地悪だというだけならまだいいが、キャサリンはアンに毒殺されたという噂まで立つ。ついに一五三六年、アンは国王暗殺未遂の容疑および不義密通の疑いで反逆罪と姦通罪に問われる。密通相手の中には実の弟も含まれていた。そして、同年、反逆・姦通・近親相姦・魔術の罪で、ロンドン塔にて斬首刑に処された。ちなみにヘンリー八世はこのあとも結婚・離婚を繰り返し、生涯八人の妃を持つことになる。このロイヤル・カップルは、浮気、姦通、教義違反、殺人、インセストと黒歴史のオン・パレードである。これに比べたら、石田純一の女遊びなど児戯《じぎ》に等しい。

われわれはみな、北川景子とＤＡＩＧＯのような、愛情・資産・家柄とすべてに恵まれたカップルになることはできないし、逆にアン・ブーリンのように斧で首を斬られることもない。理想のカップルと、血まみれの呪われた夫婦の二つを両極として、その間には、無数の、やや祝福され、やや呪われる仲がある。「呪われた」というと言葉が過ぎるかもしれないので、「手放しでは祝福できない何らかの事情のある関係」とだけ言っておこうか。そして——だれもが心の底では知っていることだが——世間の普通の男女関係というものは、ほとんどこの範疇に入るのである。結婚披露宴の席では、仲人も友人たちも、二人は完璧な、理想のカップルであるかのように褒めたたえるであろう。だが、実は、それは不倫の末のできちゃった婚かもしれない。友達の婚約者を奪った「強奪婚」かもしれない。あるいは、花嫁の親は、家柄が釣り合わぬとして散々反対していたのかもしれない。にもかかわらず、われわれはどの結婚もどんぐりの背比べだとよくわかっているので、そんなことでことさら騒いだりはしないのだ。

離婚歴のスティグマ(偏見)の話から始めよう。実体験から話させてもらうと、もうずいぶん前の話だが、知り合いが結婚することになった。「今度、結婚することになったんだよ」と言うので、おめでとうございますと言うと、半分うれしそうな、半分気まずそうな複雑な表情をして、「いやあ、でも前科一犯なんだよ」と言うのである。びっくりして「売買春で検挙されたことでもあるんですか」と訊くと、あわてて手を振り、「いやいや、離婚歴があるっていう意味だよ」と説明してくれた。だが、わたしはこれには二度びっくりした。離婚経験のどこが悪いのだ。なぜそれを犯罪歴のように語らなければいけないのだ。

これは一九八〇年代の話で、そのころはまだ離婚率も低かった。前著『二葉亭四迷』でも書いたが、日本は江戸時代から明治にかけて離婚率は一貫して高水準であったが、一八九八（明治三十一）年ごろから減少する。この年に民法が公布され、離婚の手続きが煩瑣になったことが引き金になったらしい。大正・昭和年間には極めて低水準になる。戦後さらに低下するが、（当時は離婚率の低かった）アメリカ社会の影響を受けたものだろう。近年では上昇傾向にあるが、それでも米国や欧州諸国に比べると相当に低い。厚生省（現 厚生労働省）による離婚件数の戦後の年次推移の統計を見てみると、一九六〇年代前半から上昇傾向が始まり、一九八三年に一つのピークに達する（この年にピークがある理由はよくわからない）（図1）。それにしても、そのピーク時に年間十八万件程度である。同じく厚生省の婚姻件数の年次推移を見ると、一九八三年には七十八万件程度の婚姻が届けられているから、離婚件数は婚姻件数の二十三パーセントほどということになる。これはかなり多いようにも思われるだろうが、離婚する人には二度も三度も結婚と離婚を繰り返す人も入っているから、生涯的に見れば離婚する人は二割に満たないであろう（生活実感からするともっと少ない気がする）。これは二組に一組以上が破局を迎える米国やロシアの比ではない。

そのような社会情勢下で、離婚歴のある女性と付き合い、結婚することに対して、ある種のスティグマ意識が醸成されたのである。そういえばわたしの両親も夫婦仲は最悪のカップルだったが、結局、離婚はしなかった。いろいろ理由があったのだろうが、一つの大きな理由は父

図1　離婚件数の年次推移　1950〜2008年

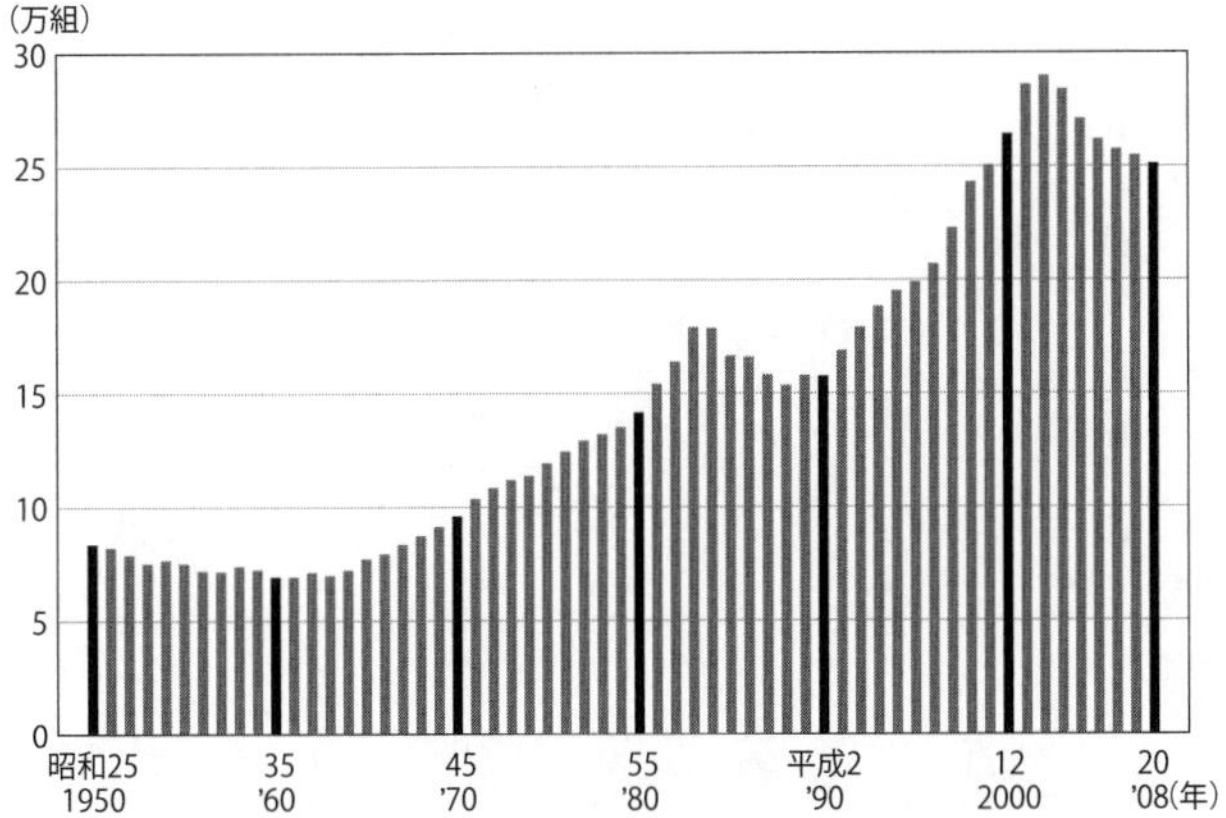

(https://www.mhlw.go.jp/toukei/saikin/hw/jinkou/tokusyu/rikon10/01.html)

が銀行員であることだったようだ。離婚するような行員は、プライベートなことをちゃんと管理できない人間という烙印を押され、出世できなくなるという事情があったというようなことを親から聞いた。

小泉純一郎が二〇〇一年に首相になったとき、メディアがしばしば、「憲政史上、初めての、離婚経験のある総理大臣の誕生」という切り口で取り上げていたことを記憶する。当時の週刊誌の見出しには次のような文句が躍っている。「真紀子外相が嗅ぎ回る小泉首相離婚の仰天真実!」(『週刊女性』二〇〇一年十二月四日)、「沸騰!　国民から噴出する声なき声　『小泉首相に嫁を!』」(『週刊大衆』二〇〇一年六月二十五日)、「ファーストレディ不在　小泉総理『女嫌い』の理由」(『週刊新潮』二〇〇一年五月十七日)。政界でも、離婚すると人間としての評価が下がるという事情があるらしい。ドナルド・トランプが聞いたら失笑しそうな話である。というわけで、二〇〇一年の段階でも、離婚歴ははなはだ好ましからざる勲章と日本では思われていたわけである——政治家や銀行員ならばなおさら。したがって、離婚歴を持つ相手との恋愛なり結婚の方も、何らかの程度で眉を顰《ひそ》められるのである。

　現代日本の離婚率はさらに上昇を続けているから、二〇二〇年代の今日では、相手がバツ一だろうが、バツ二だろうが、たいして気にはかけないのかもしれない。昔のように、結婚に際して、親が結婚相手に興信所の調査を入れるというようなこともあまりあるとは思えない。先方の離婚歴はそれほど気にならないものになってきているのであろう。戸籍謄本にはかつては離婚・結婚歴がすべて明記されていたが、今は直近のものだけである。法制度も、「相手の過去などあまり気にするな」と言っているかのようである。

　男女関係にまつわるタブーは、社会的・文化的に形成され、歴史的に変化している。「道ならぬ仲」は絶対ではないということだ。

　一方、そうした時代差、社会差を超えて、絶対的で、世界中いつでもどこでも通用するとしばしば考えられているタブーがある。近親相姦の禁忌である。

　レヴィ＝ストロースは、インセスト・タブーを人間の本能から説明しようとしたウェスターマークに異を唱え、近親相姦のタブーは個人にとって、あるいは人間にとって最初の文化的コードであり、この成立とともに文化が生まれたと主張した。母親を犯すことにためらいを感じ、自制し、その欲望を抑えることを学んだときに文化は成立したのだと。フロイトに言わせれば、父を殺し、母を犯す欲望を無意識に押し込めることに成功したとき、人間は社会化し、また、同時にセクシュアリティーというものそのものが生まれるのであった。だが、この欲望は、それが閉じ込められているところの無意識の領域から、ときに夢、ときに言い間違え、ときに神話、ときに文学の形をとって、検閲をかいくぐって姿を現すとされる。

レヴィ＝ストロースによって典型的に主張されているインセスト・タブーの「普遍性」は、多くの思想家に受け入れられている。たとえば、文芸評論家のG・スタイナーはこう書く。「古典的なヒューマニズムやデカルト＝チョムスキー式の人類共通のモデルが前提にするよりも、はるかに［言語的一般者というものは］少ないとわたしは信じる。人間の心霊の操作にかんする最も《明白》な深く彫りこまれた概念や規則でさえ、神経学的レヴェルのすぐ上のところで、地域的特殊性をもち、歴史文化的特異性をもつように見える。たぶんただひとつ一般者［普遍］があるかもしれない――近親相姦のタブーである。このようなタブーがもし実際に存在するとすれば、それは人類の保全と発展に必要とされるタブーである」（『脱領域の知性』一二四‐一二五頁）。この、文化を超越する、究極の禁忌ともいうべきインセスト・タブーが、果たして本当に普遍的、超文化的なのか、第一章で見ていきたいと思う。

だが、本書の目的は、インセスト・タブーの理論への挑戦ではない。筆者の関心は、実はもっと別なところにある。わたしの狙いは、むしろ、その「絶対ダメ」の世界に隣接する、グレー・ゾーン、やってしまうと後ろ指をさされるが、身の破滅というわけではない、居直ってしまう人もいる、そんな曖昧な、境界線上の事例を文学に関わる言説や実際の歴史的事件から拾い集め、それがどのような顚末に及んだのか、なぜその関係は部分的に禁じられ、部分的に許されたのか、その社会的・文化的な意味は何だったのかを探っていこうというものである。そのことは「曖昧」というものの、社会・文化における価値・意味を再確認する作業でもあるし、またその作業によって、デジタルな、黒か白かという弁別を基にした性愛観・婚姻観によって成り立っている、性科学・人類学・社会学などのまなざしが「微妙に」――決定的ではなく――修正されていくことを期待するのである。

最後に構成について述べておく。本書は「曖昧な禁忌違反」の事例を、主に明治期以降の日本社会から、しかもいわゆる「文化人」の事跡から追ったものである。文化人――その多くは文学者・学者であるが――に対象がほぼ限定されているのは、筆者の専門領域がそこにあるからだが、ほかの歴史的事例にも言及されており、「準・性的タブー」の研究としては、ひどく一般性を欠いたものというわけでもないだろう。章立ては編年体ではなく、タブーの度合いが激しいと思われるものから、緩やかに禁止されるものへという順に構成されている。この判断はもちろん暫定的・主観的であり、かつそれ自身、曖昧なものである。しかし、これも無理からぬことなのであって、それは――これは本書の根本的な問題意識につながることであるが

――タブーそのものが歴史的に構築されるものであり、そのときどきによってタブー視される度合いが異なるからだ。かつては恐ろしい侵犯と思われていたことが、今日ではそうでもないことは多々あるだろう（逆もまた真である）。古代では巫女と交わることは許しがたい罪でありえたが、今日ではそうでもあるまい。今日び、十日戎《とおかえびす》で巫女のアルバイトをする女性やその恋人は、前夜に性的関係を控えねばならぬとはだれも思わないだろう。神社の方も「処女に限る」という募集はしないし、すれば逆に社会問題になる。しかしながら、神主さんの中には、今日でも、この禁忌を多かれ少なかれ真剣に受け止めている者もあるだろう。タブーは歴史的でもあり、また社会的でもある。ジェンダー、人種、職業、年齢などによって、禁忌の重みは変わってくる。もちろん、個人差もある。したがって、本書の構成を、深刻なタブー侵犯から、軽いものへ配列したと書いたが、現代日本の読者にとっての大体の傾向を著者が（主観的に）憶測して、そう並べただけに過ぎないので、必ずしも「事件」発生当時の社会の受け止め方の軽重を反映してはいない。そもそもどの侵犯が重く、どれが軽いかという問題は個人や集団によって主観的に決められるものなのだ。何が「道ならぬ」のか、その判断は常に揺れ、とりとめもなく、際限もなく変わっていく。それこそが本書が示そうとしていることなのである。

第一章　姪との仲

——島崎藤村の場合

「インセスト」の定義

「はじめに」でも述べたとおり、性的タブーとして最も普遍的かつ絶対的と一般にみなされているのはインセストである。だれしも親子で性的関係を持ってはならないと考える。だが、血のつながりが薄くなるにつれ、タブーは曖昧なものとなっていく――母子はだめだろう、兄妹もだめだろう。叔父と姪はちょっと危ないな。でも、いとこ同士なら？　又いとこなら？

そこでまず「近親相姦」の定義を見ていくことにしよう。インセストに関する極めて浩瀚《こうかん》な論文を著した心理学者久保摂二はドイツの性科学者ヘルマン・ローレーダーの著書を引き、「法律的に禁止されている狭い血縁間における性的関係」と定義する（六頁）。そして「法律的に禁止されている狭い血縁間」というものの具体的内容を現行法によって示し、民法第七三四～七三六条によって、「我が国においては直系血族又は三親等以内の傍系血族、および法定直系親族間での婚姻が禁止されている」と述べている。

この民法の規定をもう少し詳しく見てみよう。法律というものは曖昧さや、その内容に疑義やゆれがあってはならないものだが、この民法第七三四条から七三六条には妙に腑に落ちない思いをさせる部分があるのである。

民法第七三四条によれば「直系血族又は三親等内の傍系血族の間では、婚姻をすることができない」。したがって、直系であればどれだけ離れていても婚姻関係を結べないので、曾孫とも、ひ曾孫とも結婚はできない。一方、傍系（すなわち兄弟・姉妹の関係が間に入る場合）では三親等より近ければだめなので、叔父と姪、叔母と甥は婚姻関係に入ることができない。続く第七三五条には「直系姻族の間では、婚姻をすることができない」とある。「姻族」とは婚姻関係により成立した親族を指す。ちなみに、民法はさらに三親等までの姻族を親族とすると定めている（民法第七二五条）。すなわち、（父の後添いである）母の兄弟姉妹までは親族であるが、それより遠い関係のものは親族に当たらないのである。自らの血を分けた子どもは（直系）血族であるが、妻の連れ子は（直系）姻族である。そこで、第七三四条の規定によれば、父の後添いの連れ子の（自分とは血のつながっていない）娘と結婚することはできないが（二親等の姻族だから）、父の後添いである母の兄弟（ないし姉妹）の子とは結婚できることになる（四親等になり「親族」に当たらなくなる）。

だが、父の後妻の娘とは結婚できないと書いたが、もし父がその後妻とまたしても離婚してしまえば姻族関係は消滅してしまうので（第七二八条）、その後であるのならば差し支えがなさそうに思われるが、民法第七三五条は「姻族関係が終了した後も、同様とする」と補足して、これを禁止している。このことは筆者には少し理解しにくい。実際には血がつながっておらず、もはや親族でもない相手となぜ結婚してはならないのか。「義理」とはいえ、（かつて）親子関係にあったのだから準近親相姦ということなのか。父が離婚しても、かつての縁はそう簡単には消えないということなのか。禁止の真の動機は不詳だが、とにかく風俗壊乱と法的には見なされているようである。ナボコフの問題小説『ロリータ』の主人公ハンバート・ハンバートは、ロリータといっしょにいたいがためにロリータの母と結婚するが、狙いはロリータにあったので（ロリータと結婚したかったのかどうかは微妙だが）、まさにこの禁止に抵触しているのである。つまり、『ロリータ』はペドフィリアだけではなく、インセストもテーマとしていることになる。

前記の日本民法の規定によると、三親等の親族までが結婚できないので、いとことの関係はインセストにならないことになる。現実に、いとこ同士で結婚した例はいくらでも見られるところである。これはフィクションの世界の話だが、人形浄瑠璃『壺坂観音霊現記』のおしどり夫婦沢市とお里もいとこ同士である。ユダヤ人の間でもよく見られるらしいが、全世界的に見ると、いとこ婚に対する態度は実はまちまちである。たとえば、米国では州ごとに規定が違う。現在、二十四の州がいとこ間の婚姻を禁じている。一方、十九の州がこれを認めている（七州はケース・バイ・ケースの規定をしている）。たとえば、カリフォルニア州では合法だが、テキサス州では違法である。カリフォルニアでいとこ同士が結婚して性的関係をもっても、それは普通の夫婦だが、テキサスでそれをするとインセストとして訴追されることになる（あるいは、先に述べたとおり、この場合、婚姻届は受理されないので、いとこ同士の性的関係が発覚した場合、婚姻に至れないもの同士の不純な性的関係、すなわち「インセスト」として社会的に指弾されることになるだろう）。

日本でも民法の当該規定が作られた際に、いとこ間の婚姻は近親相姦にあたるのではないかという議論があったようである。一八九九（明治三十二）年に行われた法理研究会で医学博士金杉英五郎は「近親結婚の弊を論じて民法の規定を評す」という講演を行い、血族結婚はなるべく遠い縁の者の間でだけ認めるべきだと論じた。これに対して、民法制定に関わった穂積八束は、「近親結婚其ものが果して有害なりや否やは今日尚ほ未決の問題と云はざる可からず而して吾国に於ては従兄弟姉妹間の結婚は広く行はるゝ所なれば其慣習を採用して三親等以外の血族結婚を許したるなり」と述べて、いとこ婚を擁護している（『法学協会雑誌』第十七巻第二号）。いとこ婚に対する判断は揺れていたのである。

「はじめに」で見た通り、インセストがレヴィ＝ストロースのいうように普遍的なタブーであるのならば、その運用に、国ごとの、あるいはもっとひどい場合には同じ国の中の州ごとに規定が違うとするならば、いったいインセストとは何なのだという疑念が起こらずにはいられない。

比較法制学的に見たところの、いとこ婚の問題はすでにインセストの普遍性というものを怪しげなものにするが、それでは日本の文脈に限った場合は「近親相姦」が明快かつ裏表のないものかというと、それもいささか疑わしいのである。今、冒頭で検討した久保摂二によるインセストの定義に戻ってみよう。

そこではわれわれはただちに、あるすり替えが行われていることに気づく。久保は、「近親相姦」が「法律的に禁止されている狭い血縁間における性的関係」と定義し、さらに続けて、「法律的に禁止されている狭い血縁間」というものを日本の現行法で示し、民法第七三四〜七三六条によって、「我が国においては直系血族又は三親等以内の傍系血族、および法定直系親族間での婚姻が禁止されている」と述べる。すなわち、インセストとは、そもそも近親間の「性交」であったはずなのが、近親間の婚姻に話がすり替えられているのである。インセストはあくまでも近親間の「性交」である。広辞苑の定義は「通常禁忌として禁じられた近親者との性的関係」とある。ほかの多くの言語・文化でもそのようにとらえられているので、たとえばトレゾール・フランス語辞典は、「極めて近い異性の親族との間の、禁じられた性的関係」としている。[*1]

もちろん、「すり替え」と言ったが、この二つ、つまり婚姻と性行為の間に微妙な、ある種の連動関係があるから、そのような論旨のゆらぎが可能になるわけである。事実、各国語の辞書で、インセストは「近親間の性行為」と規定されていると書いたが、英語の辞書ではどういうわけか、「近親間の婚姻」に言及するものがまま見られる。たとえば、オックスフォード英語辞典が初出として出す例（一二二五年）では、その定義は、「婚姻が禁じられている親族間の性交ないし同居の罪」となっているのだが、編者はこのようにわざわざ「婚姻が禁じられている（親族の間において）」と限定を付け加えているのである。[*2] 問題になっているのは親族間の婚姻なのか、性行為なのか。ウェブスターの英語辞書（*Third New International Dictionary*）でも同じような、しかしはるかに詳しい定義が見られる。すなわち、「近親者、なかんずく法律ないし慣習によって婚姻を結ぶことが禁じられているような程度に親族関係のある、またはあるとみなされている者同士の性的関係ないし交配」とある。やはり、性的関係の禁止は婚姻の禁止と連動している。

だれでもすぐ思い至るように、婚姻と性交は必ず相伴うものではない。日本における今日のセックスレスの状況ではそれはもはや明々白々であるが、歴史的に見ても、両者の関係はそれほど自明ではない。王族や貴族の世界では初潮前の幼女を娶る、ないしは、幼い少年を夫に迎えるというようなことは頻繁に見られた。今日では「セックスレス」がしばしば一種の「病理」として言及されるが、[*3] 江戸時代の町人にとって性愛の対象は妻ではなく、遊女であり、「種付け」の必要がない限り、夫婦で性的関係を結ばないことは珍しいことではなかった。婚姻・性愛・恋愛が男女関係の中で一致していなければならない（つまり、人は、好きな人と結婚し、その人とだけセックスをする「べきだ」）というロマンティック・ラヴの観念は近代ブルジョアジーが生み出したもので、決して普遍的なものではない。現行の日本の民法は、夫婦の間の性的関係がなくなることを離婚の十分な要件として認めているが、このような思想は徳川時代の法制度にはなく、近代西洋の通念を導入しているのである。[*4]

こうして、インセストの概念をめぐる、婚姻と性的行為との微妙なもつれを跡付けてきたが、本章で取り上げる島崎藤村とその姪との関係は、インセストが、多くの辞書がそう定義するように「近親間の性交」であるのならばそれに当たるし、「近親間の婚姻」であるのならば当たらないことになる。日本の民法はというと（旧民法も、現行民法も）、「近親間の婚姻」は禁じているが、「近親間の性交」は禁じていないので、法律的にいえば藤村はシロということになる。現に彼はこのことでお上のお咎めは受けていないのである。

日本の民法はこのように「近親間の性交」を禁じていないが、世界的に見ると、肉体関係そのものを刑事罰の対象としている国はかなりあるようで、たとえばドイツ、スウェーデン、スイスなどが刑法でこれを禁じている（久保摂二、前掲論文、六‐七頁）。ドイツ刑法第一七三条は「親族間の性交」[*5]として、まず第一項「血族の子孫と性交した者は三年以内の自由［剝奪］刑ないし罰金に処す」とし、さらに第二項で「血族の尊属と性交した者は二年以下の自由刑ないし罰金に処す」として、インセストを禁じている。

日本でも明治以前には近親相姦は性行為のみによって処罰を受けている。おそらくは最も古い規定は延喜式に見られるもので、「国つ罪」として列挙されているものに「己が母犯す罪・己が子犯す罪・母と子と犯す罪・子と母と犯す罪」がある（四七九頁）。なお、このインセストの項目のすぐあとには「畜《けもの》犯す罪」が挙げられており、性交にまつわる、ごく一般的な禁忌が並べられているといえよう。時代は飛ぶが、徳川幕府の刑法である御定書百箇条の第四十八条「密通御仕置の事」には「養母、養娘並びに娵《よめ》と密通致し候者　男女ともに獄門」とあり、さらに続けて「姉妹、伯母、姪と密通致し候者、男女ともに遠国非人手下」[*6]としてインセストを禁止している。

もっとも、この規定もよくわからないところの多いものである。「養母」としか書いてないが、「実母」はどうなるのか。それ以上に重い罪なので書くまでもないということなのか。「養娘」とあって男の方の「養子」には言及されていないが、それも書くまでもないのか。それとも、そちらはお咎めなしなのか。[*7] こうしたあたりの細かいニュアンスは法制史家ではない筆者には十分に測りかねるところがあるが、インセストの禁止が前近代の日本で法律として明文化されていたことだけは疑いようがない。

さらにいえば、御定書の規定は「密通」という言葉からもわかるように、これらは近親「婚」の禁止ではなく、近親「姦淫」にかかわるタブーである。それは、しかしながら、当然のことであって、たとえば養母との間の婚姻関係は成立しえないのだから、罰されるとしたら、養母との性的交渉以外ではあり得ない。

しかし、日本では、このような、江戸時代における性的関係としての近親相姦の禁忌は、法令上は廃止される。これは明治日本政府の法律顧問G・ボアソナードが、この問題を道徳的なレベルのそれであるとして、刑法に規定を設けることに反対したからだとされる。

だが一方で、「近親婚」に対する刑罰規定は——刑法から民法にその領域を変えつつ——残る、というか、法令化されるのである（先ほど見たとおり、徳川時代の法規が禁じていたのは、近親「姦淫」であって、近親「婚」ではない）。そして、このことは、日本における法制上のインセストの禁止をやや妙なもの、ある種のアポリア（自己矛盾）を伴ったものにしてしまったといわざるをえない。というのも、現行民法は直系血族の間の婚姻――繰り返すが、性関係ではない――を禁止しているが、そのような関係にある者同士の婚姻届はそもそも受理されないから、違反のしようもない。同じようなことは刑法上の規定である重婚罪についてもいえる。婚姻している者の婚姻届は受理されないから重婚は成立しえない。むしろここで問われなければいけないのは、重婚ではなく公文書偽造（たとえば独身証明書や離婚届の偽造）ということになる。[*8]このことを根拠に、日本の民法における近親婚の禁止の規定を無意味なものとみなす法学者もいるようである。[*9]

インセストを「近親婚」と把握する見方を取ると、このようにさまざまな不具合が生じるのであるが、これを近親相姦という原義通りに用い、法律で禁止し処罰するドイツやスウェーデンなどでは、ある意味でこの禁忌が整合的に機能していると言えよう。だが、近代日本は、性的関係を個人の私的な領域として法的規範から外すことによって、インセストに関してはこのような法律上のアポリアを生み出してしまったのである。このアポリアが、島崎藤村とその姪の関係にも影を落とす。

それは、繰り返すが、性的関係と婚姻関係の曖昧な関わりによる。両者の関係は不即不離というか、イコールのようでもあり、必ずしも連動していないようでもあるのだ。

藤村は、次兄広助の娘こま子と関係するのであり、こま子は直系の姪であるから、これは民法の規定に抵触する。とはいえ、藤村はこま子と婚姻関係を結んだわけではないので、法を犯しているわけではない。すでに見たように、婚姻関係を結ぶことがそもそもできないのである。そして、明治民法は性的関係については禁令を発することを放棄した。叔父と姪がセックスしようと、それは民法の範疇外ということである。そのため、藤村とこま子の関係は、禁止されているような、されていないような、曖昧な関係になってしまっているのである。

島崎藤村とこま子の場合

ここで島崎藤村とこま子の「道ならぬ恋」の経緯をざっと整理しておこう。詩集『若菜集』のロマンティックな作品で文壇にデビューした藤村だが、一八九九（明治三十二）年、小諸義塾の英語教師として赴任し、引き籠ってしまう。そして、次第に散文に関心を移し、『千曲川のスケッチ』を世に出した。そして、職業的作家になろうという意志を貫きとおし、悲愴な決意のもとに『破戒』（一九〇六年）を自費出版する。作品は自然主義の傑作として絶賛され、藤村に作家としての地歩を築かせ名声をもたらした。続いて一九〇八年には『春』を発表、また一九一〇年には『家』を読売新聞に連載したが、その完結後、妻冬子が死去する。『破戒』創作のためにほかの全てを犠牲にし、切り詰めた生活がたたったのである。執筆中にも三女縫子が、出版後まもなく、次女孝子、長女みどりが栄養失調で相次いで死亡している。その後、男児二人をえるが、『破戒』出版後の明治四十三（一九一〇）年にはとうとう母親である妻冬子が四女柳子を分娩ののち死んでしまうのである。周囲は再婚を勧めるが、藤村は聞き入れない。しかし、小さい子の世話もある。そこで名古屋にいた次兄広助の長女久子が、家事の手伝いにくる。やがて、学校を卒業した次女のこま子も加わり、逆に久子は嫁いで藤村の家を出た。その状況で、藤村とこま子は性的な関係を持ってしまったのである。そして、一九一二年にはついにこま子は懐妊してしまう。

実は、このような近親相姦の怪しい関係は藤村にとって初めての体験ではなかった。『家』では、長兄秀雄の長女いさとの間に起こった、あぶない接触が告白されている。*10 ある「草木も青白く煙るやうな夜」、三吉（藤村）はお俊（いさ）と雑木林を散歩する。「月光を浴びながら、それを楽しんで歩いていると」、「不思議な力は、不図、姪の手を執らせた。それを彼はどうすることも出来なかつた」のである（下巻、三頁）。しかし、お俊との「関係」はこれで終わるが、節子（こま子）とは肉体関係にまで及び、さらに妊娠という事態にまで至る。

この事態に藤村は罪悪感に苛まれる。そしてとうとう日本脱出を決意し、翌年春にはフランス滞在を始めるのである。三年後の一九一六年夏には帰国し、こま子との関係を清算し、決着をつけるべく、その間の事情を綴った小説『新生』を執筆し始める。しかし、一方で藤村は再会したこま子とまた関係を持ってしまう。これでは「新生」も何もあったものではない。こま子はこの後、事件の隠蔽のために台湾渡航を余儀なくさせられる。

このような経緯の、こま子との関係は藤村に激しい恥の意識を与えた。そして、事態を隠蔽しようと努力し続けた——それを『新生』という文学作品の中で公開してしまうまでは。「詮索ずきな近所のひとびとの眼から節子（こま子）を隠さねばならなかった」（平野謙『島崎藤村』八一頁）。だが、スキャンダルを糊塗するためのパリ行きを前にしてさえ、こま子の親にそれを伝えることもできないのである。「節子の身の始末と自分の子どもの世話とをたのむ段取りをつけねばならなかった。そのためには、兄と嫂に身の不始末を詫びねばならなかったが、どうしても捨吉にはそれだけの勇気が出なかった」。「節子の両親に身のゆきづまりを告白し得なかった捨吉は、末の女の児をひきとって養ってやろうという愛子［兄広助の長女のひさ］の厚意の前にも、外遊の真因を打ち明けることはできなかった」（平野謙『島崎藤村』同頁）。

島崎藤村におけるインセストの法的意味

このように藤村は自らの罪障の深さに慄いているのだが、それがどこから萌しているのかは少し不透明である。つまり、それは罪の意識なのか、恥なのか、モラルの問題なのか、法に関わることなのか。

すでにインセストに関わる法の規定をさまざまに見てきたので、ここでは法的問題をまず検証してみよう。われわれはインセストをめぐる法のありようにある種のゆれ、アポリアを確認した。藤村の法意識も、必ずしも分明ではない。

『新生』の第十六章で藤村はこう書く。

世には法律に触れないまでも見遁しがたい幾多の人間の罪悪がある。社会はこれに向つて制裁と打撃とを加へねば成らぬ（『新生』四六頁）。

ここで藤村は、自分の姪との関係が、法に触れるものではない、ただ社会的に非難されるだけなのだというはっきりした見解を示している。だが、さらに進んで、次の箇所では、彼の判断は微妙にあいまいになる。

思ひもよらない悲しい思想《かんがへ》があだかも閃光のやうに岸本の頭脳《あたま》の内部《なか》を通過ぎた。彼は我と我身を殺すことによつて、犯した罪を謝し、後事を節子の両親にでも托さうかと考へるやうに成つた。近い血族の結婚が法律の禁ずるところであるばかりで無く、もしも斯うした自分の行ひが猶且つそれに触れるやうなものであるならば、彼は進んで処罰を受けたいとさへ考へた。何故といふに、彼は世の多くの罪人が、無慈悲な社会の嘲笑の石に打たるゝよりも、むしろ冷やかに厳粛《おごそか》な法律の鞭を甘受しようとする、その傷ましい心持に同感することが出来たからである（六一 - 六二頁）。

このように藤村は、一方では自分の行為を、法律的には問題ないが、道義的に非難されると書きつつ、他方、法律の禁ずるところであるから、刑罰を受けたいと言っているのである。そして、そう覚悟した結果、「厳粛な法律の鞭を甘受しようとする罪人」たちに共感する。ここで藤村はすっかり、法律を犯した者として自己規定しているのである。しかし、繰り返すが、近代日本においては、近親間の性的関係については、何らの法的規定もないのである。

このように、藤村の意識はあるときには自分の「罪」を法的に規定し、あるときには法の埒外で——それが人間の道徳なのか、世間の目なのかは知れないが——規定するのである。そして、それはまさにインセストをめぐる民法の規定がもつアポリアがしからしめるところにほかならないのだ。

インセストを成り立たせる（あるいは成り立たせない）社会的背景

もちろんこうしたアポリアに藤村が自覚的であったとは思われない。明治民法は一八九〇（明治二十三）年より編纂が始まったが、最後の親族・相続篇が公布され、全体が施行されたのは明治三十一年のことに過ぎない。これは藤村がこま子と関係を持つようになる、ほんの二、三年前の話なのだ。法学者でもない藤村が民法の規定を熟知していたとはあまり考えられない。むしろ武士の血を引く者として、すでに見た御定書百箇条にあった、「養母・養娘・娵との密通は死刑、姉妹・伯母・姪との密通は島流し」という規定の方が脳裏にあったのではないかと想像される。

しかし、「武士の血を引く」と書いたが、同時に「島崎氏は封建武士から帰農して郷士となつた者の後裔」でもあった（瀬沼茂樹『島崎藤村――その生涯と作品』一四頁）。山深い木曽に生まれ育った藤村が御定書よりは、農村の価値観・道徳観に縛られていた可能性もないではない。性愛モラルが都市部に比べ、農村では緩やかであり、解放的であったことは多くの民俗学的研究が明らかにするところだが、近親相姦についても禁忌意識は薄かったという説がある。たとえば、久保摂二は、「近親相姦はむしろ農村地帯に多かったのではないかと考えられる。一般に農村では、低い経済状態、低い教育・教養程度、性的悪習慣、娯楽施設の少ないこと等が指摘され、これ等が近親相姦に対する一基盤を形成するものであろう」と論じる（前掲論文、六二頁）。久保の総括はやや差別的で、また旧式の道徳臭をはなっているが――たとえば農村の「性的悪習慣」とは何を指すのか、性の頽廃はむしろ都市の現象なのではないかという疑念が起こる――場合によっては、農村地帯で都市部とは異なる、より「自由な」性道徳が存在しただろうことは考えられ、それが「インセスト」のある程度までの許容につながっていた可能性はあるだろう。事実、次兄の島崎広助は『閑窓漫録』に、日本の前近代の農村でよく見られた、一種の「乱婚」、「乱交」が木曽にもあったと述べている（「木曽名物の男女雑魚寝は往々祝宴後に行はる」［瀬沼茂樹『島崎藤村――その生涯と作品』七二頁］）。そして、それがインセストにもつながっていることを隠さない（「木曽谷各地に於て比較的低能児若くは不具者の多きは全き血族結婚に原因すること明なり」）。*11

前近代の農村における性的「放恣」がインセストの温床の一つであったとしたら、今わたしたちは、近親相姦を生み出した近代的制度にも目を向けてみる必要があるだろう。それは戸籍制度である。

普通に考えれば、戸籍は婚姻と出生の秩序を守るための制度のように考えられるだろうが、その見方は必ずしも正しくない。戸籍は、婚姻と出生をコントロールするためのフィクションに過ぎず、まさにフィクションであるからこそ、実はそれがインセストを作り出す。

日本の民法には、女性の再婚を、離婚後一定期間禁ずる規定が長くあり（男性にはこのような禁則はなかった）、性差別的な規定としてときに指弾された。[*12] 女性が半年間の、いわばクーリングオフ期間を持たなければいけないのは、そのことによって、一つの婚姻関係からもう一つの婚姻関係に至る間に子の出生があった場合、それが前夫の子なのか、現在の夫の子なのかを確定するためだとして、この規定は正当化されていた。だが、われわれはだれしも、これが単なる法的幻想に過ぎないことを知っていた。妻帯している男性が子どもを得たとき、法は「それはあなたの子ですよ」と教えてくれるが、このことには法的根拠以外のいかなる根拠もないことは明々白々である（そして、往々にして、「それはあなたの子ではない」のだ）。ここにあるのは、「あなたの戸籍上の妻から生まれた子どもはあなたの子どもだということにしましょう」という同語反復的定義に過ぎない。

今、久保が紹介する、きわめて込み入った、すさまじい事例を見てみよう。ある男の妻が婚姻外関係を持つようになり、夫の知るところとなる。だが、夫はこれを容認する。やがて妻はその浮気相手の男女二児を得るが、二人とも正式の夫の子どもとして入籍される。相手の男は二児を愛しており、その子らとの関係を継続するために、実の弟を自らの家督相続人と定め、その上で不倫によって生まれたところの女児と結婚させた（血縁上、叔父・姪の近親相姦にあたる）。しかし、この結婚はお互いの意志に基づかないものなので、やがて破局を迎える。娘は母親のもとに戻るが、今度は母親の当初の「浮気相手」と関係し、一児を儲け、ついには結婚したというものである（これは父娘相姦である）（前掲論文、三二頁）。

この空恐ろしい事例は、しかしながら、まさに法律上のインセストと、性的関係としてのインセストの乖離をまざまざと示している。そして、まさにこの乖離がこのインセストを作り出しているのである。妻とその愛人との間に生まれた子が（おそらくは周囲もその事情を知っている）、コキュであるところの夫の法律上の子として戸籍上、認知されているからこそ、戸籍の外にいる愛人（実の父）とインセストに陥ることが可能になったのだ。

これは、婚外子がそのまま戸籍にとどまった例であるが、実際には里子に出されたり、よその戸籍に入れられたりすることが多かったのであろう。たとえば、先の例でいえば、何ら事態に介入しようとしなかった夫の態度がこのようなおどろおどろしい事例を作り出す一つの理由となったとも考えられるわけだが、わかりやすい対処としては、不倫の結果の子どもはどこか遠くの家にやってしまうか、あるいは浮気相手の戸籍に養子として（あるいは実子として）入れてしまうというようなやり方も一般的であったのだろう。

　近代初期では——そして、農村部ではかなり遅い時代まで——戸籍上の操作というのはごく普通であった。たとえば牟田和恵は全国民事慣例類集から例をひいて、「処女」が出産してしまった場合、それは世間体の悪いことなので、生まれた子を、産んだ女性本人の弟ないし妹として入籍する風習を紹介している（「戦略としての女」一八八頁）。この場合の「処女」は生家にいまだにとどまって居て（処て）、婚家に移っていない女性、つまり、嫁入り前の娘という意味に過ぎない。ヴァージン（未通女）が子どもを産むことはもちろんできない（聖母マリアを除いて）。牟田はこの例から、（ヴァージニティーという意味での）「処女性」の誕生を跡付けようとしているのだが、それは、戸籍というものの近代初期における弾力性をもあからさまに示していると言えるだろう。

　上記の例のほかにも、全国民事慣例類集では、結婚前、ないし姦通によりできた子どもが、入籍に際しさまざまな処理をされていた例が多数報告されている。男または女側の家の籍にいれる場合もあれば（「父母婚姻ヲ承諾セサル前出生ノ子ハ畑子《はたご》ト唱ヘ私生ノ子ヲ以テ母ノ籍ニ附スル例ナリ［肥後国球摩郡］」［二六頁］）、また「私生ノ子女ハ男子ノ方ヘ引受ルヲ常トス其家ニ育フト否トハ其適宜ニ任スルナリ（和泉国大鳥郡）」（二九頁）などとして、弟や妹の子とすることもあった（「私生ノ産児ハ夫方ニ養育シ入籍ハ多ク夫ノ弟妹ノ振合《ふりあい》ニナスコトナリ［大和国添上郡］」［二一八頁］）。別な場合には、親族の家に入れることもあり（「密通ニテ生レシ子ハ其親族中妻アル者ノ子トシテ届ヲ為ス［相模国足柄郡］」［三一頁］）、ことによってはまったく他人の家に入籍する例もあったようである（「密通ノ子アレハ取親ト号シテ別人ノ家ニ遣シ其籍ニ入ル、慣習ナリ［志摩国答志郡］」［三〇頁］）。概して、非常に曖昧に、よくいえば流動的に処理していたと言える（「若シ父母婚姻ヲ承諾セサル前出生ノ子アルトキハ［中略］某ノ孫某ノ子ナド、曖昧ノ名目ヲ記シ戸籍ニ編入ス［肥後国阿蘇郡］」［二五頁］）。「曖昧」でいいのである。仮にある娘が不義の男児を産み、この子が父の弟や妹の子として入籍されたとしよう。そうするとその男児は娘にとって（本当は実の子なのだが）戸籍上は甥となる。したがって、娘がもしこの「甥」と関係してしまえば、血縁上も、戸籍上もインセストである（日本の民法では三親等の間の関係はインセストと見なされるから）。しかし、もしこの男児がそれより遠い「親族」の家や、まして「別人」の家に「遣わされて」しまったら、実の母と性的ないし婚姻関係を持っても、それは、表面上はまったく近親相姦ではないことになる。*13

久保は、終戦後、広島および島根県下の三十六例のインセストを調べたが、その中でも共同体によってこうした関係が黙認ないしは公然と承認されている事例をいくつも報告している。農村では全国民事慣例類集に記載してあるような事例が、二十世紀半ばになってもまだかなり残っていたのかもしれない。だとすれば、木曽の山奥で十九世紀後半に生まれ育った藤村が、近親相姦に対して若干弾力的な感覚を植え付けられていたとしても、それは大いにあり得ることなのである。

養子制度とインセスト

さて、今の例では、戸籍の流動性がインセストを可能にした場合だったが、近代日本社会を考えるとき、農村部に限らず、広く行われていたもう一つの制度のことを考えなくてはならない。それは（婿《むこ》）養子制度である。家系の存続のため養子制度は世界的にも幅広く行われているが、日本ではかつてそれはかなり特殊な様相を呈していた。そこでは婿取り婚と養子制の合体した形態が取られていたのである。すなわち、将来の婿候補として男児が幼少時に養子として迎えられ、養家の娘と兄妹のように育てられ、長じて結婚し家を継ぐというシステムである。こうした形の養子は明治時代にあってはきわめて普通の慣習であったが、このとき夫婦はそもそも兄妹としてお互いを認知していることになる（女児が未来の嫁として養子に取られる例も、もちろん、存在する。次章で扱う、坪内逍遥の養女くには、それである）。

事実、森有礼は「妻妾論」で、養子縁組に基づいて子息と養女が（ないし子女と養子が）婚姻関係を結ぶことは一種の近親相姦であるとして難じている（「［婿養子制度に基づく婚姻における］配偶ハ兄妹ノ縁ニ当ル、夫レ兄妹ニ婚交スルヲ許スノ国法ハ未タ倫理ヲ重シテ立ル所ノ者ト云フ可ラス」［「妻妾論」二六〇頁[*14]］）。

そのような感覚は、実際、多くの文学作品に読み取ることができる。たとえば、明治の日本文学を代表する二つの「恋愛小説」である、小杉天外の『魔風恋風』と小栗風葉の『青春』にもそれが見られる。『魔風恋風』では主人公の夏本東吾は婚約者がいるにもかかわらず、彼女の友人である女学生萩原初野を好きになる。東吾はこの婚約者の家の養子であり、彼女から「兄様」と慕われている。『青春』もほぼ同じような人間関係となっている。主人公の文科大学生関欽哉は郷里に許嫁がいるが、東京で女学生の小野繁と恋におちてしまう。欽哉は許嫁の家の養子になっており、将来の婿である。この許嫁は欽哉を「兄様」と呼ぶのである。明治三十年代後半の、二つの人気通俗小説が、婿養子制度をめぐる、ほぼ同一の人間関係を描き出したことは、この制度が、当時の日本でいかに支配的な形態であったかを示していよう。そして、どちらも、男が、養子としていずれ結婚するように定められた女性から逃れて、真実の「恋愛」を見出そうとするというテーマを描いていることも、当時の青年の恋愛観、結婚観、そしてそれと現実との桎梏《しっこく》を如実に表しているといえよう。もちろん現実社会では多くの男性は東吾にもならず、欽哉にもならず、「妹」に準ずる女性と普通に結婚して、普通に暮らす道を選んでいたのであろう。本章の文脈で興味があるのは、婿養子制度にあっては――森有礼が論じたように――夫婦が互いに兄妹の関係にあり、そのようなものとしてお互いを意識していたということである。つまり、彼らの感覚は近親相姦的なものなのである。

この感性はさらに拡大されていく。それを、二葉亭四迷の後期の小説『其面影』に見てみよう。『其面影』は、そもそも日露戦争後の「未亡人問題」を取り上げるために書き始められた『茶筅髪』という未完の小説が発展的に解消したものであった。執筆当時の二葉亭のメモなどを見るとわかるのだが、彼は、「貞婦両夫にまみえず」という儒教的な道徳のために多数の未亡人が再婚できずに困窮するという社会問題が戦後起こっていると考えた。このような道徳観を批判する目的で『茶筅髪』は書き始められたのだが、この構想は挫折する。その過程については、わたしは評伝『二葉亭四迷』の中で詳しく述べたので（第五章）、ここでは詳細は繰り返さないが、簡単に言えば、公式的な儒教道徳とは裏腹に、日本では女性の再婚に対するタブーは当時、現実には極めて希薄なもので、小説を書き進めていくにつれ、「再婚できずに苦しむ未亡人」の表象が作者にとってリアリティーを欠くものになっていったせいだとわたしは考える。そこで二葉亭は、禁忌の生じる設定を姦通に置き換える。ここには確実にタブー意識が存在する。しかも、彼はそこにさらにキリスト教を導入する。「姦通」でさえ、明治の日本社会では十分なタブー侵犯の感覚を与えないと考えたのであろう。西洋のモラルを借りるしかないのである。事実、本書の第三章で取り扱う事例だが、岡倉天心に妻を寝取られた九鬼隆一は、何もなかったことにして、自分のもとに戻るように妻を説得し、事態の収束を図っているのである。このような意識はごくごく普通のことであった。しかし、ピューリタニズムの文脈では、「姦通」は神に対する罪であり、どのように取り繕おうと、世間がどう扱おうと、決して許されるものではない。

こうして『茶筅髪』の発展的解消である『其面影』の小夜子は、姉の夫である主人公の哲也と不倫関係を持つ女性として設定される（彼女は同時に戦争未亡人でもあり、これは『茶筅髪』の設定を引き継いでいるのである）。その小夜子は哲也を「兄」と認識している。不義の仲に悩む小夜子は苦渋の思いを口にする。「もう、兄様《にいさん》、死ぬより外は無いぢや有りませんか！」（三七一頁）。この「兄様」という呼びかけは、哲也が義理の兄なので当然ではあるのだが、同居する哲也と小夜子の関係は、明らかに、『魔風恋風』の東吾や、『青春』の鉄哉と彼らの許嫁の関係を彷彿とさせるものである。これは二葉亭が小杉天外や小栗風葉の作品をモデルにしたという意味ではない。そのような、擬制的兄妹関係にエロティックな負荷がかかるという、明治文学に広く見られた「期待の地平」の上で二葉亭は創作しているということなのである。*15

近代的概念装置としての「インセスト」

さてわれわれはこれまで、おもに日本の伝統、因習に根ざしたところの近親相姦的感覚をたどってきた。それは農村部の血族結婚の慣習であったり、伝統的な婿養子制度であったりした。だが、インセストはそれとはまったく別に、近代的な知の制度の産物としての側面も持っている。

われわれは島崎広助が「木曽には血族結婚が多く、そのため障害児が多い」と語っていたことをすでに見た。それは、農村におけるインセストの暗示するものとしてだったが、しかし、「血族結婚」の害を語る広助のまなざしは、実は近代的・科学的なものである。それは遺伝学的な知識を背景としているからだ。

近親相姦（近親交配）の遺伝的問題が前景化したのはいつごろなのだろうか。はっきり断定することは難しいが、遺伝という概念については加藤弘之がすでに社会進化論の文脈で「人権新説」の中で説き（明治十五［一八八二］年）、福沢諭吉も『福翁百話』で言及している（明治二十九［一八九六］年）。明治二十年代には概念としてかなり一般化しつつあったのだろう。話をインセストに限定すれば、明治二十二（一八八九）年に刊行された『体育学』という本には、「早婚及血族結婚ノ弊害」という章が見られる。すなわち同書に曰く、「近親相結婚シテ世々他ノ血族ヲ交ヘサル者ニ在テハ、其遺伝ノ惨状実ニ甚シキヲミルナリ、即チ其薄弱ノ性、父母ヨリ来襲シテ相自乗倍蓰《し》［何倍にも増え］子孫益々虚弱トナリ、屢々不妊ヲ起シ或ハ肺労其他ノ疾病ヲ一族ニ伝ヘ遂ニ一門血統断絶スルコトアリ」（二二五頁）。さらに、インセストの弊害は近代国家構築のためのロジックとして利用されている。「血族結婚ノ弊タル実ニ一人一家ノ不幸ニ止マラス、遂ニ国勢ヲ減殺スルノ大害ヲ来タスノ本タ［リ］」（二二七頁）。[*16] これより先、当時のインテリによく読まれていた東洋学芸雑誌の明治二十一（一八八八）年の記事には、やはり「近親結婚の害」というものがあり、進化論も引きつつ、近親結婚の諸問題を詳しく生物学的に解説している（第五巻第八十三号）。このような、近親相姦をめぐる「開化」的言説に、島崎藤村も広助も触れていたに違いない。広助が、木曽には「血族結婚」が多く、そのため障害児ができやすいと書いたとき、彼ははっきりとそのような観念に依拠していたと思われる。それは新たな科学的言説として、人種学、優生学、ダーウィニズムなどとも結びつき、新しい人間観を生みつつあった。そのなかでインセストは、ある程度まで、宗教的・道徳的な罪というよりは、病理的・生理的障害と読み替えられていったのであろう。

われわれは、ずっとインセストの両義性を見てきた。それは、近親間の性的行為なのか、婚姻なのか。インセストを遺伝的問題系としてとらえる見方は、後者に依拠しているといえよう。近親的関係のものが性交しても、出産に至らないかぎり、遺伝的な問題は発生しえない。[*17] しかし、インセストが血族結婚の問題であるならば――婚姻とはそもそも、すぐれて、子孫を残すことにおける秩序を統括する制度であったから――遺伝的問題は前景化する。姪と性的関係を持っても、子どもを産まないかぎり――その子は障害児である可能性があるとされるから――「血族結婚の害」をきたすことはない。だが、こま子の妊娠によって藤村におけるインセストは単なる性的関係の領域から、婚姻秩序の問題に移行し、そして、問題化する。[*18]

血族結婚により遺伝的な障害が起こるという、近代科学的な概念は明治の中頃までには成立して、そのパラダイムに藤村も広助もからめとられていたわけだが、その中でインセストが問題化したことを見てきた。だが、そもそも「インセスト」自体、近代の性科学がもたらした観念であった。すなわち、「インセスト」と優生学的問題系は相補的に成立したのである。もちろん、近親相姦に対するタブーは古代から存在しているわけだが、日本における「インセスト」は「病理」として、近代になってはじめて整備されるのである。すでに引いた通り、英語の incest はオックスフォード英語辞典によれば初出が十三世紀半ばにさかのぼる古い単語であるが、「近親相姦」は日本ではきわめて歴史の浅い概念である。明治十九（一八八六）年の言海にはおろか、昭和七（一九三二）年の大言海にも見出し語として挙がっていない。また、明治文学全集の総索引にも見ることができない。「近親相姦」は「新語」なのである。[*19]

もちろん、近親間の性行為（ないし婚姻関係）という、事例としては認知されてきた現象が、「近親相姦」という呼び方をされてこなかっただけだという考えもできよう。好色艶語辞典という、近世の性的な語彙を主に取り扱ったレファレンスには「近親相姦」の項目があり、「血属「ちすじ」の近い親族で性交するをいう。親子・兄弟姉妹で、昔はこれを『畜生道に堕ちた』と称した」と書かれている。歌舞伎の世話物『三人吉三廓初買』では、別々に育った双子の兄妹十三郎とおとせが恋仲になるが、「巡り巡って兄妹同士、枕を交はし畜生の、交はりをなすも己が因果」（二一二‐二一三頁）と評される。[*20]

しかし、もちろん、「畜生道」は没義道な関係一般を指すのであって、大言海や広辞苑を見ても、「畜生道」を近親相姦の同義語とする説明があるわけではない。どうも「近い親族との性的関係」という、一般的な意味を持つ「近親相姦」の概念は前近代の日本には存在していなかったのではないかと思われる。

では、いつからそれは現れたのか。これはやはり近代日本の新しい性のパラダイムを決定づけたクラフト＝エビングに始まるものと考えていいだろう。「近親相姦」の語の初出としてハヴェロック・エリスの『性の心理』を挙げたが、それとほぼ同義と考えられる「近親姦淫」の語が、一九一三（大正二）年に『変態性欲心理』として訳出され、刊行されたPsychopathia sexualis に見られる。すなわち、「近親姦淫」と題された章で、「家庭生活の道徳的純潔を保つは文明発達の宝なり。若し夫れ家庭の一員に対し淫楽的なる考が浮かぶに際しては道徳的健全なる人は直に甚だしき不快の感を覚ゆべし。唯強力なる肉欲を有して且、法律的、道徳的に欠陥あるもののみ近親姦淫を行ふに過ぎず」と説明されている（四六五頁）。[*21] 森鷗外も、二葉亭四迷も、谷崎潤一郎も、クラフト＝エビングの理論に接することによって、はじめてインセストをセクシュアリティーの重要な問題として認識するようになったのであろう。[*22] このように、衛生学、心理学、性科学、遺伝学などの接点に、「病理」として近親相姦は析出していったのである。

島崎藤村も、そのような「病理」として、自分とこま子の関係を発見しなおすのである。岸本捨吉（藤村）は逃避先のパリでも節子のことをしばしば思い出さずにはいられないし、自分の「罪」に思いを致さずにはいない。

『節ちゃんは奈何して彼様だろう。奈何して彼様な手紙を度々寄《よこ》すんだらう。』
斯う岸本はそこに姪でも居るかのやうに独りで言つて見て、溜息を吐《つ》いた。成るべく『あの事』には触れないやうに、それを思出させるやうなことさへ避けたくて居る岸本に取つては、節子から度々手紙を貰ふさへ苦しかつた。彼は以前にこの下宿に泊つて居た慶

> 応の留学生からある独逸語を聞いたことがある。その言葉が英語の incest を意味して居て、偏《かたよ》つた頭脳のものの間に見出される一つの病的な特徴であると説明された時は、そんな言葉を聞いた丈でもぎよつとした（一六八頁）。

留学生が教えたドイツ語の単語は Blutschande であろうが――これは「血の恥」というおどろおどろしい意味に解せる語であるが、そのことをも留学生が伝えていたら、藤村はさぞ背筋の寒くなる思いをしただろう――その留学生も、藤村自身も、incest という英語は承知している（留学生は、この単語は英語では［ご存じの］「incest」なのですよと説明したのに違いないのだ）。しかし、英文学の研究の過程で、「近親相姦」の意味での incest は習い覚えていたのであろう藤村も、性科学的な意味づけをそこにはしていなかったのかもしれない。それで、「偏つた頭脳のものの間に見出される一つの病的な特徴」との説明を受けて、ぎょっとしたのであろう。それはただうかうかと過ちを犯したというのではなく、自分が本質的に狂人であり病人であると捉え直させる見方だったからだ。このとき藤村は、自分とこま子の関係を近代的な概念構成の中で「インセスト」として規定しなおすのである。

藤村がいつごろ性科学的な概念として「インセスト」を理解し始めるようになったのかは、はっきりと特定はできない。先述の通り、クラフト＝エビングの『変態性欲心理 Psychopatia sexualis』は一九一三（大正二）年には邦訳が出版されているが、藤村は、ほかの多くの明治の文化人と同じく、英訳ですでに読んでいた可能性がある。また、英文学者の間でよく読まれていたハヴェロック・エリスにも触れていたかもしれない。あるいは、藤村と仲のよかった田山花袋は『変態性欲心理』をはじめ、性科学的言説に親しんでいたはずだから、このラインからの知識摂取も考えられる。だが、もし『新生』の先の引用を信じるのなら、病理学的な概念として「インセスト」の理解はパリ滞在中（大正二［一九一三］年から大正五年）に初めて起こったことになる。

いずれにせよ、この新たな意識によって、「近親相姦」はさらに「狂気」を帯びて、新たな形で藤村をさいなみ始めるのである。

こま子にとっての「インセスト」

これは、しかし、藤村を、原風景としての日本へ、木曽へと連れ戻しもする。それは、島崎家が「狂」に取りつかれていたからである。父正樹は森林の官有化問題で奔走するが失敗し、戸長の地位を失い、失意の人となってからは古道思想に取りつかれ、さまざまな奇矯な振る舞いに及んだのち、精神分裂病（現在は統合失調症という）を発症して頓死する。島崎家に取りつく「狂気」も、半ば奥深い木曽の山中での怪しく古めかしい「物狂い」であり、半ば近代的な心理学・病理学が規定するところの精神異常であった。このような重層的な性格を持つ「狂気」に隣接する藤村の「近親相姦」意識は、やはり重層的なものだったのである。

明治民法に内在していたアポリア、それに対して、インセストに厳格な封建時代の刑法、近代初期のずさんな戸籍管理、広範に行われた婿養子制度、そして農村での自由な性の秩序、前近代的な「畜生道」の観念と、それとは異なる形で成立した、近代的病理としての「インセスト」、こうしたきわめて多様で、ときに相反的な規定が「近親相姦」には内在しているのである。これらすべてのことが、藤村の、姪に対する関係、そして意識を曖昧な、両義的なものにしていたのだといえるだろう。

しかし、ここまでわれわれは「近親相姦」をめぐる意識のありようを、島崎藤村の側からだけ見てきた。もう一方の当事者こま子の側から見たときはどうなるのだろう。

実は、こま子の方は藤村との関係に罪悪感をとくに感じていなかったようである。こま子は終始藤村に対して積極的であり、先の引用にもあったが、パリ逃避中の藤村にもしばしば愛情のこもった手紙を送って藤村を困惑させている。[*23] こま子は藤村との結婚を夢見ていたようで、「頑固な父さえ死んでしまえば、藤村の妻になれると信じ込んでいたらしい」（平野謙『島崎藤村』二〇二頁）という。これがこま子の、法的知識の欠如のせいなのか、それとも木曽の山村の感覚で、入籍の際の適当な操作で血族婚の問題は回避できると考えていたのか、詳しい事情はわからない。確かなことは、彼女にとっては近親相姦にまつわる罪や恥の問題より、自分の恋愛感情の強度の方が重要であったということだ。

この例にも見て取れるように、「罪」におびえているのはたいてい男の方なのである。それは男たちが、この罪を生み出す掟を制定した張本人であるからなのかもしれない。罪は掟があるところにしか生じえないからである。[*24]

第二章　妻の譲渡

――谷崎潤一郎の場合

「細君譲渡」で指弾される谷崎潤一郎

「大谷崎」とも称された稀代の作家谷崎潤一郎は、私生活では自分の妻の妹と関係したり（それも同じ家に住みながら）、人妻に恋慕して奪ってしまったりとか、ずいぶん大胆かつ放恣な生き方をしてきた。その中でもとくに悪名高いのは最初の妻千代を友人佐藤春夫に、関係者すべての合意のもとに譲り渡すという、いわゆる「細君譲渡事件」である。

女性をあたかもモノのように譲ったり、もらい受けたりするというのは、合意があろうとなかろうと、やはり人の眉を顰めるところで、批判は強い。当時の世間もそのように思ったようで、たとえば、新潮誌上で企画された、この事件をテーマにした文学者やジャーナリストたちの座談会では、評論家新居格は「谷崎君の談話の中に、あゝいふ物件譲渡的の口吻があつたことが、事情はどうあれ、宜くない」と難じている（一二〇頁）。ジャーナリストの鈴木文史朗も同じ問題意識で、「結果に於て物品の譲渡といふことになつたといふことが、一般の道徳観念から見ると……」と言いかけて、久米正雄が「佐藤君の方は物品を譲受けたといふ気持ちはない」と擁護したのに対し、「それはないでせうが、世間がさう見る」と反論している（一二二頁）。

モノ扱いされたのは女の方なので、やはり女性の反感は強かったようである。婦人雑誌婦女界に載ったインタビュー記事では、評論家千葉亀雄は、「聡明なやり方」と賞賛しているのだ私は理性的な態度だと思ひますが」と喰い下がっている（婦女界第四十二巻第二号一六七頁）。それに対して千葉は、「聡明なとお仰しやいますが、私はああした行為を、超常識的［『非常識』ということか］な態度だと思ひますよ。『自分の妻を、友人に与へたりして、実に厭だなあ……』といふのは潔癖な［『道徳的に過敏な』ほどの意味だろう］感情ですよ。自分も妻に対して、執着はないし、妻は、幸ひ自分の友人を愛してゐる。友人も亦自分の妻を愛してゐる、それならお互ひのために、最もいゝ結果の来さうな方法で、ことを定めたのですから、全然感情的ではないのです。つまり理性本位の正しい聡明なやり方です」と反論している。千葉はこういうが、女性の側ではやはり納得できないようで、記者はさらに「三人共同の声明書は、少し世間を食つてゐる態度だと思いますが」と喰い下がる。その上、男はそう考えても、わたしたち女は承知しないということを明白にしようと思ってか、その場にいた千葉の妻にも「奥様は、この事件を何ういふ風にお考へでいらつしやいませうか」とコメントを求めている。思惑通り、妻は記者寄りの発言をして、「私は、あゝいふことは到底出来ません。気持ちの上から申しまして、いやなことだと思ひます。なぜといつて、その理由は申上げられませんが、女としても、妻としても、母としても、唯厭な出来事だと思ひます」と答えている。千葉は妻に梯子を外されたかっこうで、女性記者は勝ち誇って「多くの家庭婦人は、千葉夫人と同じく、『何となく嫌だ……』と思はれるでせう」と締めくくっている。

これは同時代の話だが、最近の資料から取れば、ちょっと「色モノ」だが、『文豪春秋』という、文豪の逸話をマンガ化した本でも谷崎潤一郎の「小田原事件」と「妻譲渡事件」が取り上げられている。その中で、文藝春秋の編集者と思われる女性が、同様に、「でもやっぱり女の側から見ると男の勝手に振り回されているよう［だ］」という感想をもらしている（四〇頁）。

しかしながら、千葉もそうだったが、「女性の譲り渡し」という行為をさほど問題視せず、谷崎と佐藤の振る舞いを擁護する立場の人も少なくなかった。すでに引いた新潮の座談会で徳田秋声は、「人の女房を取つたとか取られたとかいふことはあるけれどもあゝいふ風に妥協してやつたことはないだらう」と述べたのに対し、大宅壮一は「芸者なんかで、おれのやつを君にやらうといふようなことはよくある」とコメントを付け加えている（一一八頁）。もっとも、このコメントには、読者もただちに、芸者は話が別だと思われるかもしれないが――芸者はそもそも愛ではなく金で動くものだからか（こうした感じ方をわれわれは第四章で坪内逍遥の結婚を考えるときにも見るだろう）――座談会でもやはり秋声に「それは細君と云ふのと場合が違ふし、感情も違ふ」と切り捨てられている。だが、大宅のように感じる座談会の参加者はほかにもいて、中村武羅夫は「現実の社会ではさういふこと［細君を譲り渡すというようなこと］は下層社会などに割合に多いことではないでせうか」と述べ、徳田秋声も「遊人なんかの中にはあつたでせう」と受けている（一二五頁）。すでに見た婦女界のインタビューで千葉亀雄が言っている「世話物などではよくある」というのも同種のコメントだろう。というわけで、どうも男たちは妻譲渡ということにより寛容なようである——反対に「夫譲渡」というような事例があればどのような反応が起こるのか、興味深いところである。もっとも、千葉のコメントには「下層社会での話」、「遊び人の世界の話」、「江戸時代の話」と、いろんな但し書きがついていて、現代（昭和初期）の「普通」の社会人の間ではあってはならないことという判断も守るべきラインとしては引かれている。

歴史上の妻の略奪・譲渡

事実、近現代はいざ知らず、歴史的に見れば、妻の譲渡（ないし奪取）ということは、古代・中世にあってはごくごく普通に見られることであった。典型的なのは戦争の結果としての妻の奪取であって、敗れた側の君主の妻が、勝ちを収めた方の君主の妻となるわけで、古来、戦さに際してしばしば見られた事態である。まさにこのようなことがエディプスの身に起こるのである。すなわち、エディプスは隣国のリーダーとして、父とは知らずに父王を討ち取り、母とは知らずに母である王妃を自らの妻とするのである。エディプス・コンプレックスは近親相姦のタブーの代名詞のようになっているが、ここには母子相姦と、父殺しと、妻の奪取という三つのタブーが絡まっていることがわかる（もっとも妻の奪取という行為の方は古代や中世にあっては特にタブーの対象となっていなかったと考えられるが）。

日本でも戦国の世にはこのような例は多々見られた。福沢諭吉は『日本婦人論』の中で、そうした例を日本史から多数拾いあげて例示している。「木曽義仲の愛妾巴御前は和田義盛に再嫁し朝比奈を生みたりと云ひ伝へ、織田信長の妹は浅井長政に嫁して三女を生み、長政が信長に亡ぼされて後は其三女を携へて更に柴田勝家の夫人と為り、秀吉は勝家を殺して其三女中の一を取りて妾と為したり、武田信玄は諏訪頼重を亡ぼし其女を取て妻と為し勝頼を生みたり」（一一二頁）。中山太郎の『売笑三千年史』によれば、室町から戦国時代には「女房狩り」というものが横行したそうで、中山は、力ある武将が人に美しい妻あると聞くと、兵を送り込んで攻め滅ぼし、女を自分のものにした事例を多数挙げている（第六章第一節「将軍の女房狩りと執権の宮廻り」）。

また、「強奪」ではなくても、夫が死んだあと、未亡人が夫の兄弟と結婚する、ないし妻亡きあと、夫が妻の姉妹と結婚するというのは逆縁婚と呼ばれて、かつての日本ではある程度、一般的な風習であった。これがどれほど古い慣習なのかはよくわからないが、少なくとも江戸時代には広く行われていたようである。ただし中田薫の『徳川時代の文学に見えたる私法』によると、これは武家階級ではなく、町人の慣行であったらしい。すなわち、「被相続人に子孫なくまた養子なくして死亡せるときは、その家名は妻これを相続す、然れども妻は［中略］（一）養子をなすか、（二）入夫を取りて、亡夫の名跡を継がしむることを得べし、［中略］［入夫の］場合に於ても亦亡夫に弟あるときは、先ず弟を選むを例とす」とある（二四三－二四四頁）。そして、北条団水の『武道張合大鑑』を引いて、これを引証する。「町人を見ればたとへば兄を聟にとる契約して、もし兄死ぬればその家督弟取ゆへに、又弟の妻に取たり遣りたりする也、あるひは兄に妻子共までありて相果れば、頓て兄の妻を直に弟にあたへて甥を養子にするもあり、これみな義をおもはずして、金銀家を本とする故なり、武家にしかある例を聞かず」。

さらに時代をくだって、第二次世界大戦後の日本では、夫なきあと、その兄弟によって妻が「譲り受け」られるというのは、戦争未亡人をしばしば襲った運命であった。出征した夫が引き揚げて来ず、戦死したものとして「未亡人」が夫の弟の妻となり、その後、夫が戻ってきたというような悲劇は、戦後、かなり多くの事例を見たことである。

逆縁婚は、世界史的な現象としてはレビラト婚（levirate）と呼ばれ（寡婦が亡夫の兄弟と結婚する場合。逆に、夫が亡妻の姉妹と結婚するのはソロレート婚 sororate）、古代ユダヤ、アフリカの諸地域、モンゴル、チベットなど、幅広く見られたという。しかし、逆縁婚にせよ、レビラト（ソロレート）婚にせよ、血縁あるものに妻なり夫なりが譲られていくわけで、ただの友人であった佐藤春夫に妻を譲った谷崎はこれらの慣習からはかなり逸脱している。その上、逆縁婚では夫なり妻なりはすでに世にないわけだが、谷崎はぴんぴんしているのである[*25]。

実は、谷崎自身は、そういう、ゆかりのあるものに妻が譲られている実例をすぐ間近に見ている。神戸市岡本在住時代の谷崎潤一郎を蔭で支えた友人妹尾健太郎と君子夫妻がそれで、秦恒平はその間の事情を次のように説明している。「[谷崎が妹尾夫妻を描いたらしい未発見の小説]『お栂』の行方は今や『行方不明』という以外にない。[原稿は] 多分谷崎が君子夫人の生い立ちを聴いて、そのまま当時の妻［丁未子］に筆録させたものだろう。この妹尾夫人は或る商家の若旦那と行儀見習いの娘との間に生まれ、生後まもなく貰い子に出されたものの、養家も零落、十歳にならぬ前に自分の意志で狭斜の巷に身を寄せた人だったという。芸もよくおぼえ才覚も人気もあったことから、さる貿易商社の人に落籍されて結婚し子供も生まれたものの、夫が浮気する一方その頃通訳兼社員だった年若い妹尾健太郎と知り合って恋愛、昭和二年ころ円満にその夫から君子夫人は妹尾に譲られ［傍点は秦による］再婚したのだという」（『神と玩具との間 上』一七頁）。

谷崎はすでに一九二一（大正十）年の「小田原事件」（後述）で、千代を佐藤春夫に譲ろうと試みているのであり、一九二七（昭和二）年に人から妻を譲られて再婚した妹尾健太郎の話に、人生のヒントを得たわけでもなかろう。しかし、この話題を取り上げた、行方不明の小説『お栂』は谷崎のこの主題に対する大きな関心を証し立てているだろうし、あるいは自らの「細君譲渡」の弁明のような気持ちもあったのかもしれない。それほどに「細君譲渡事件」は世間の非難のうずを呼んだ。この非難はどのような価値観から起こってきていたのであろうか。

細君譲渡事件の顚末

そのことを吟味する前に、まず、事件の経緯を整理しておこう。

谷崎潤一郎は一九一五（大正四）年、二十九歳のときに石川千代と結婚する。谷崎は一九〇八（明治四十一）年、東京帝国大学国文科に入学していたが、小説家となることを志望、創作活動を続けていたものの、なかなか芽が出なかった。一九一一年には授業料滞納のため大学を退学になった。しかし、同年、三田文学上で、永井荷風に作品を激賞され、新進作家として華やかにデビューすることになる。その後、居所を転々と変える放浪生活が続いた。一方、石川（小林）千代は前橋生まれだが、祖父石川善七に子がなかったので、養女となり、東京に移る。ところが、祖母が花柳界出入りの酒屋を経営しており、やがては家業を譲って、芸者屋を始める。そして、養女の千代も芸者にしてしまうのである。一九一五年には千代は廃業し、向島で料理屋をやっていた姉のところに身を寄せていた。この料理屋に放浪生活中の谷崎はしばしば顔を出していたのである。

千代の姉は料理屋を経営していたが、自身が初子を名乗る芸者でもあった。竹を割ったような、すかっとした性格の初子を、谷崎はいたく気に入って、入り浸っていたが、お初は年上であり、また、旦那もついていたので、深い仲にはなりようがなかった。そこでお初は、妹の千代を谷崎に取り持とうとするのである。谷崎は作家としての活動も順調に展開しており、生活の転機だと考え、この結婚話に乗る。

しかし、「千代は姉の初子とは性格が正反対で、おとなしく素直で、夫には従順貞淑そのものだった」（瀬戸内寂聴『つれなかりせばなかなかに』八頁）。そのため谷崎は「新妻に失望」する。それは「千代が谷崎の好みの女とあまりにかけ離れていたから」であった。こうして、谷崎はだんだん妻である千代にも、結婚生活そのものにも、嫌気がさしてくる。

そこに、千代の妹である、まだ年若いせい子が、しばしば谷崎家を訪れ、ほとんど住みついてしまう。谷崎は活発なせい子に関心を抱き、次第に二人の仲は怪しいものとなっていった。

これは義妹との関係であり、前章の話題から行くと、インセストに当たることになる（二親等の姻族との関係）。谷崎潤一郎はこの章では「妻譲渡」の事例として取り上げるわけだが、彼にはこうしてインセストもあれば、千代との婚姻についてそうであるように、芸者との仲もあり、ほとんど「道ならぬ恋」の百貨店なのである。

ところで、佐藤春夫は一九一七（大正六）年に谷崎の面識を得、谷崎家も訪問するようになっていたが、一九一九年に谷崎が近所の本郷曙町に引っ越してきてからは、足繁く谷崎邸に出入りするようになる。谷崎は佐藤の「芸術上の鑑識に優れて居る事には毎度ながら敬服」し（「佐藤春夫君と私と」四七八頁）、佐藤の方では谷崎に、「才能がありながら、仲間や編集者から嫌われて、発表の機会に恵まれなかった」ところを激励され（野村尚吾『伝記 谷崎潤一郎』二四三頁）、いろいろ引き立ててもらう。こうして二人の親交はきわめて密なものとなった。佐藤の言葉を借りれば、「［二人を］結びつけたのは、その仕事であるところの芸術の観念と才能とに因つてである。いや、それよりもつと全体的に［二人の］相互の性格そのものであつたと云はなければなるまい」（『この三つのもの』二四九頁）。

そのうちに佐藤は、谷崎に邪険にされていた千代に同情心を抱くようになる。そして、それがだんだん愛情に変わってくる。そもそも、谷崎が嫌った、つつましく、常識的な千代は、佐藤にとっては好みの女性だったのだ。前年に女優の川路歌子（遠藤幸子）との結婚に失敗したあと、佐藤は一九一六年には再び女優の米谷《まいや》香代子と結婚していたが、米谷が佐藤の弟と関係を持ってしまうというようなこともあって（すなわち、ここにもインセストが見られる）、夫婦は離婚の方向に進み始めていた。

一方、谷崎と義妹せい子の関係はますます進展し、肉体関係も持つにいたるようになる。二人の仲は周囲にも次第にはっきりとわかってくる。千代だけは純粋なのか、人が良すぎるのかそれに気が付かない。見かねた北原白秋の妻（当時、谷崎家に住み込んでいた）や同居のばあやに指摘されて驚くといった体たらくである（佐藤春夫『この三つのもの』二〇五頁）。

佐藤の千代に対する愛情も明らかになってくるにつれ、谷崎には千代を佐藤に譲り、自分はせい子と結婚するという解決策が浮上してくる。谷崎は佐藤にそのような計画を諮り始める。千代は子どものこともあるので、当初、離婚に消極的であったが、夫と妹の関係を事実として知るようになり、また夫の決意のほどもわかってきて、次第に別れる方向で考え始め、また佐藤に対しても愛情めいたものを感じるようになる。

そこで、佐藤の方はすっかりその気になるのだが、ところが今度は谷崎の方が逡巡し始め、最後にはこの話を反故にしてしまう。その動機の根底は必ずしも明らかではないが、瀬戸内寂聴の説明によれば、「潤一郎の突然の豹変は、箱根で思いがけず、せい子に結婚を断られたことにある。*26［中略］どうやらその頃、せい子の気持ちは、映画で共演した岡田時彦に傾いていた様で、箱根ではかえってせい子から岡田との結婚をまとめてくれとねだられたのではないだろうか」（『つれなかりせばなかなかに』四〇頁）。また、さらに、佐藤との恋愛めいた関係から、女としての輝きを千代が取り戻し、谷崎の方で手放すのが惜しくなったのだというようなこともあったようである。「大体君［佐藤春夫］に千代子を譲らうと云ふ決心をした最初の動機は、彼女の存在が僕の恋愛生活の妨げになつたばかりでなく、彼女そのものが可哀さうでならず、何とかして幸福にしてやりたいと云ふ念願があつたからだ。［中略］［佐藤との仲が進んで］彼女の色つやが日に水々と美しくなり、不自然に萎んでゐた花が再び日光を仰いだやうに元気づいたのを眺めたとき、僕は嫉妬するよりも先づ喜んだのであつた。それが、どう云ふ訳で急に未練を生じたか。僕の心を翻さした最も強い力は何んであつたか、僕は今でも此の豹変の過程を考へて誠に不思議な気がするのだ」（「佐藤春夫に与へて過去半生を語る書」三六〇‐三六一頁）。

そうして、結局、千代を佐藤春夫に譲る約束を破ってしまう。収まらないのは佐藤の方である。佐藤は谷崎に絶交状をたたきつけ、このあと十年近く、関係を断つことになる。これが世にいう「小田原事件」の顚末である。そして、谷崎は一九二三（大正十二）年の関東大震災を機に関西に移住し、佐藤の方では赤坂の芸妓小田中タミと結婚し、それぞれの生活が始まってからは、谷崎、千代、佐藤の三角関係はいったん立ち消えとなる。

こうして千代と元の鞘に収まった谷崎であるが、千代に対する不満が解消したわけではない。

谷崎はせい子をモデルにした『痴人の愛』や、小田原事件を基にした『蓼喰ふ虫』など新境地の作品を発表し始める。かたや、佐藤のタミとの結婚生活は幸福なものではなく、とくにタミの異常な嫉妬深さは佐藤を苦しめた。[*27]

一方、和田六郎なる人物が谷崎家に出入りするようになる。和田六郎（大坪砂男）は、日本の鉱物学のパイオニアと呼ばれる和田維四郎《つなしろう》の息子だが、和田家族が箱根小涌園に遊んだ際に、やはり避暑中だった谷崎一家と知り合いになる。六郎は探偵小説の愛好者で、作家になることを志望していたが、その捷径（近道）にと警視庁で鑑識課勤務を始める。和田は一九二四（大正十三）年に岡本の谷崎家を訪ね、潤一郎の弟子となり、住み込む。またこの間、佐藤春夫に文学創作の指導を求めたこともあった。六郎はダンディーで才気あふれる男だったらしい。六郎と千代の間に怪しい電流のようなものが流れたのを察知した谷崎は、今度は千代を六郎とくっつけるように工作を始める。後に世間を騒がすことになる「妻譲渡」はすでにここに始まっているのである。

谷崎は、和田と千代の二人を岡本の家に残して、自分は仕事場である別の家に居続けたりする。谷崎の工作は図に当たって、二人は肉体関係を持つに至り、谷崎の末弟である終平の回顧録によれば、どうも妊娠・流産（ないし中絶）という事態にまで至ったらしい（『懐しき人々』一六三頁）。

佐藤は、弟子ともいえた和田六郎と千代の仲を知るに及んで、もちろん心穏やかではない。

同時に、新しい妻との間には問題が生じていた。他方、詳しい事情はよくわからないが、和田六郎と千代の仲は結局、実を結ばなかった。

ところで谷崎は『卍』の大阪弁を手伝ってもらうために、大阪府女子専門学校英文科卒業生の武市遊亀子を岡本の家に住み込ませていた。一九二八(昭和三)年暮れ、後輩であった高木治江は武市から手紙をもらい、友達といっしょに谷崎家に食事に来るように誘われる。谷崎の意向が背後にある。高木は当惑するが、友達ともども谷崎家を訪問する(高木『谷崎家の思い出』四-五頁)。高木は後に武市に代わって谷崎家に住み込んで、『蓼喰ふ虫』の手伝いをする。このときの友達の一人が、後に谷崎の再婚相手となる古川丁未子であった。若さと美貌と見事な肢体を持つ丁未子に谷崎は大いに食指を動かす。

実は、谷崎の「『九月一日』前後のこと」という文章によると、谷崎と佐藤春夫は震災直前の一九二三(大正十二)年八月に、芝の改造社の近くで偶然、顔を合わせていた。長い年月を経て、谷崎と佐藤の間のわだかまりも和らぎつつあった。小田中タミの嫉妬深い追跡をかわしながら女との密会をしていた佐藤は谷崎の気持ちが「理解」できるようになっていた。その心情を佐藤は谷崎に手紙に綴り、それを受けて谷崎が上京してきて、一九二六(大正十五)年には二人は再会する。その結果、佐藤が小田原事件を題材に、谷崎に対するうらみつらみを書き綴った小説であり、改造に連載中であった『この三つのもの』は一九二六年十月号で中断するに至った。こうして谷崎と佐藤は前のように家族ぐるみの交際を再開することになる。そこで、谷崎と佐藤と千代をめぐる怪しい関係が再燃していくのである。
その後、佐藤はついに妻タミと離婚する。むしゃくしゃしていた佐藤は谷崎に遊びに来いと言われ、大阪に行く。千代の兄である小林倉三郎の証言によれば、谷崎は梅田で佐藤を迎え、二人は食事をするが、このときに谷崎は「お千代を貰ってくれないか」と切り出すのである（「お千代の兄より」六八頁）。

これに先立って、一九二七（昭和二）年には、谷崎潤一郎は、かつては豪商であった根津清太郎と交遊するようになり、その妻と知り合っていた。後の妻松子である。松子は日本的なしっとりとした美と、また知性と趣味を合わせもつ婦人であり、こちらにも谷崎は大いに関心をそそられる。松子と結婚したい谷崎は、和田六郎と千代をくっつける算段が不調に終わった今、佐藤春夫に「譲渡」するプランを再び構想する。そして、ついに一九三〇（昭和五）年八月十九日、谷崎潤一郎、佐藤春夫、谷崎千代は連名で、谷崎と千代の離婚、そして佐藤と千代の結婚を公開書簡の形で公表する。そこには、三者の離婚・結婚は合議の上だとか——すなわち、浮気の末に新しい男と結婚し、それがしぶしぶ了承されるとかいうのではなく、話し合って円満に「譲渡」が決められたということ——佐藤と谷崎は家族ぐるみで今後も普通に付き合うとか、世間の常識ではあまり考えられないようなことが書き記されていた。

事情はおそろしく錯綜しているし、真相は闇につつまれた部分も多々あるのだが、以上が文学史上で「悪名高い」、「小田原事件」および「細君譲渡事件」のあらましである。

細君譲渡事件の波紋

この一連の経緯は――とくに「細君譲渡」を新聞紙上で告知したところの谷崎・佐藤・千代の連名の案内状は――世間を騒がせた。イエロー・ジャーナリズムにかぎつけられ、書き立てられたというのではなく、自ら高らかに、談合による女性の受け渡しみたいなことをアナウンスしているのだから自己責任ではある。[*28]

この事件に世間は厳しい非難の声をあげた。谷崎家には非難の書面も多数舞い込んだらしい。高木治江によれば、「投書の数は夥しい。無理解な同情者からの手紙や、誤解の慰問状や、或る小包をほどいてみると新聞紙を数枚つなぎ合わせて、中央へ筆太に〝谷崎の大馬鹿野郎〟と書き余白を細字で馬鹿野郎と埋め尽したものが出て来て以来、先生には見せずに葬ったり、薄気味悪い予感のものは封を切らずに焼き捨てたりした」(『谷崎家の思い出』一四〇頁)。[*29]

マスコミにもいろいろ書き立てられたようで、やはり高木によれば、「雑誌の広告には〝十数年来の愛欲葛藤の清算〟とか、〝恋愛四角関係の終局〟とか、先生と佐藤氏が妻を交換したとか、別れたあと従来通り交際するのはなかま[大阪弁で「共有」の意味]だろう等とかの誤報を信じている人も相当にあった様子である」(一四〇頁)。事実、この件が一種の「スワッピング」だという誤解はあちこちで言われていたらしい。

「譲渡」は「譲渡」で反社会的だが、少なくともスワッピングではなかったので、今でいうところの風評被害である。一番、ひどいとばっちりを受けたのは娘の鮎子で、彼女はこの件で聖心女子学院を退学になってしまった。「既報夫人の譲渡声明書で世間の批判の的となつた谷崎潤一郎氏及佐藤春夫氏一家は、目下谷崎氏の長女鮎子さんが、その通学してゐる学校がカソリツク派のミシヨン・スクールなので『さういふ家族の娘は私の学校には置けない』と突放されたので、旅に出やうとした谷崎までが大いに困り、今、四人共同同じ家に起居して学校当局と折衝中の由である」（婦人新聞一九三〇年九月十四日「その後の谷崎佐藤氏等」八頁）。そして、とうとう、「（学院は）そのような不倫な家庭に子女を置くわけにはいかないという理由で、退学するか、さもなくば学校の寄宿舎に入れて監督するようにしないかぎり在校を許せないと通達してきた。そのため、潤一郎は人をやって折衝したが、学校側が強硬なため、ついに退学させることにした」（野村『伝記 谷崎潤一郎』三三八頁）。これなどは親の行為の責任を子が被っているようで、今日の見地からすればにわかには納得のいかないところである。

とはいえ、宗教関係者がこのようなケースに厳しい眼を向けるのももっともで、ミッションのスクールを退校させられたのもやむをえないのかもしれない。教育者で、キリスト教の社会事業者でもあった林歌子は「そんなことが当世にはやるのですか、あゝ何といふ情けない世の中でせう、そんな不倫な行為を臆面もなく自分から晒けだしていつたい世間が許すと思ひますか、爪弾きすべきことです」（大阪毎日新聞一九三〇年八月十九日、七頁）と切り捨てている。

それでは文学者やら思想家やらはどう評したのであろうか。松本清張はこう書く。「各新聞に谷崎、佐藤が連名で知友人に送った挨拶状が掲載されると、たちまち世間の関心はこれに集まった。その中で新聞の談話に出た里見弴、加藤武雄や柳原白蓮のような好意的な意見を述べるのはきわめて稀であった。その大多数は、自分の女房を友人に譲りわたし、しかも公然と新聞に公告するとは呆れた奴だ、人倫の乱れもここにきわまった、という口吻の非難が集中した」(「潤一郎と春夫」一七八頁)。

しかし、清張の総括――「新聞の談話に出た好意的な意見」は例外的で、ほかは非難の大合唱だったという――は必ずしも当たっていないかもしれない。一九三〇(昭和五)年八月十九日の大阪朝日新聞の「谷崎氏夫人をめぐる愛欲葛藤の清算――離婚して佐藤春夫氏と結婚」というやや週刊誌めいたタイトルの記事では多くの文人や知識人が意見を述べている。歌人の川田順は、外国の同じような例を引いて(「ラスキンがある事情からその妻を友人にくれてやりその後の三人の間柄を美しいものに導いたといふ話柄を私はすぐに思ひ出した」[*30])、「冷静な判断から正しく美しく幸福な道を選んだものと思ふ」と評価している。山田耕筰も同じく例を引き(「ワグナーとコジマ夫人と指揮者のハンス・フオン・ビユーローとの場合も恰度それだつたので外国では例の多いことですが日本ではちよつと珍しいですね」)、特に批判がましい口吻でもない。中には、文芸評論家の土田杏村のように、「一般の人にはあてはまらぬ」として、免罪している者もある。[*31] 清張もあげている「肯定派」の里見弴に至っては「朗らかといふ感じがする」と、ほとんど絶賛で、「この問題のやうに男が二人、女が一人の場合は一般にあつさりゆくやうに思はれる、将来とてもうまくゆくだらう」と太鼓判を押している。[*32]

このように、やや意外の感もあるかもしれないが、かなり多くの評者が肯定的にとらえているのである。川田がいう「冷静な判断から正しく美しく幸福な道を選んだ」という評価は、現代の多くの論者にも受け継がれている。たとえば秦恒三は「これほどの事件をこれほど明快に合理的に解決しえた」（『神と玩具との間　上』四〇頁）と褒めている。また伝記作者野村尚吾は言う。「最も合理的に、クリヤーにやったことが、非難され、誤解されているよい見本だが、これが当時の常識であり、道徳だったのである。道学者風に固まった人には、思いもおよばぬ、考えられない行為として受け取られた」（『伝記 谷崎潤一郎』三三五頁）。

「合理的・理性的な正しい解決策」というのは、実は本人たちが言っていることでもある。佐藤春夫は、公平に見てもらえない、無理解が多い、不当な同情をされるとこぼす谷崎の書簡中のセリフを引用しつつ、こう述べている。「合理的と思うことでも習俗と同じでないことをするには、その事だけで世俗をおこらせるものだ」（「僕らの結婚」二三六頁）。

細君譲渡と個人主義・恋愛至上主義

この「習俗に反しても合理的であればよい」という評価基準は、実は根底にもう一つの価値観を潜ませている。それはざっくり言ってしまえば「個人」という基準である。つまり、こと恋愛、性愛、家庭といった問題は個人の領域のことであり、当人が幸せで満足であればいいのであり、周りがあれこれ意見すべきことではないという考えである。こうした立場は、先に引いた朝日新聞に載せられたコメントのほかにも、さまざまなメディアで表出されている。たとえば婦女界四十二巻第四号では、歌人の柳原燁子《あきこ》（白蓮）が「恋愛問題や家庭問題は、第三者が外から勝手に批評することは慎みたいと思ひます。本人達さへ幸福なら、それでいゝではありませんか。又それが幸福でないにしても、第三者には、何のかゝわりもない筈です」と述べている（一七一頁）。炭鉱王の奥方の地位をなげうって、若い社会主義者のもとに走るなど、波乱万丈の恋愛人生を送った白蓮からすると、当然のコメントではある。

こうした考えは、もちろん、近代的な個人主義の芽生えと連動している。中村光夫は、明治末から大正にかけて、社会主義と個人主義という二つの相反する信条が知識階級をとらえていき、「文学者は大多数が個人主義の教義に新たな進路を見出した」という（『佐藤春夫論』二九頁）。そして、佐藤春夫も、青少年時代の反体制的な「『社会的』な傾向」――この「社会的」は、社会との関わりを第一義に考えるというほどの意味だろう――から個人主義に移っていったとするのだが、佐藤が、自分と谷崎および千代が個人の幸福を全うするために「細君譲渡」は要請されずにはおられなかったのだと主張する背景には、こうした個人主義的感覚があったといっていい。

このような個人主義は、（個人の）幸福追求権という考えに必然的に結びついていく。この権利は多くの国で、憲法などの基本的な法律に明記されている。日本国憲法は第十三条に「生命、自由及び幸福追求に対する国民の権利」を謳っている。これはアメリカ独立宣言においてトーマス・ジェファソンが書き入れた「生命、自由及び幸福追求の権利」をそのまま転用したものであろうが、一九三〇（昭和五）年の日本の知識人たちの多くにもすでに馴染みの深い思想であったに違いない。ジェファソンはこれをロックの思想から借用したものであるから、日本の「識者」たちの思想の源泉はそこにあるのかもしれないし、あるいは同様にロックの影響下にあったフランス人権宣言などを通じての知識だったのかもしれない。いずれにせよ、社会に害を及ぼさない限り、個人は幸福や快楽を追求する権利があるということが全肯定されたわけで、世間やひとさまの考え通りに生きなければならないとされた前近代とは大違いである。

さらに別の角度から考えるならば、ここにはある種の恋愛至上主義もあるのだと言えよう。「恋愛」は社会のためにするのではなく、個人のためのものであり、その限りにおいて、個人はそれを通じた幸福を目指せる、目指してよいという思想である。「恋はいつも辛いもの」と演歌のようなことを言ってもよかったはずなのだが、ここでは人と愛し合うことは幸せであるというテーゼが無条件に肯定されているのである。そこには「恋愛」というものの権威が前提されている。「個人的にはわたしはお金を稼げば稼ぐほど幸せになるので、ひたすら蓄財に走っている。これは個人の自由だからそのことで人にあれこれ言われたくない」という個人主義は、おそらくは大きな社会的支持は得られない。だが、「愛し合うわたしたちのことをとやかく言わないでくれ」というのは比較的に通りやすいのである。佐藤の「僕らの結婚」というエッセイもこのような考えを基にしている。彼は同エッセイに「文字通りに読めぬ人には恥あれ」と副題をつけており、自分たちの行為には恥ずべき点なく、恥ずかしいのはそれを指弾する世間の方だと胸を張っているのである。

L・ストーンは、恋愛を通じた個人の幸福の達成という観念を、エリザベス朝英国（十六世紀後半）の社会・文化を論じつつ、次のように説明している。

［エリザベス朝英国のような］社会の道徳的前提を理解するには、近代西洋文化に根ざす三つの先入観から自由になる必要がある。三つの一つは、利益（つまり金）・身分・権力のための結婚と、感情（つまり恋愛）・友情・性的魅力のための結婚との間にははっきりした二項対立があり、前者は非難されるべきだというものである。実際には十六世紀にはそのような区別は存在しなかった。仮に存在していたとしても、感情は利害に比べて二義的な重要性しかもたず、ロマンティック・ラヴや欲望は移ろいやすいもので、婚姻の根拠としては非合理的なものとして厳しく指弾されていた。もう一つの近代的先入主は、感情的関係の伴わない性交渉は不道徳的なもので、したがって、売買春の一形態だというものだ。三つめは、個人の自立、そして、その幸福の追求はもっとも大切だというものである（『一五〇〇年から一八〇〇年の英国における、家族、セックス、結婚』七〇頁）。

当人の恋愛感情が婚姻においては最も大切で、それを実現するための婚姻関係を結ぶことは、個人の幸福追求の権利に根ざすものだという「近代的先入観」に、谷崎も、佐藤も、そして、わたしたち近代人全ても、囚われているのである。

つまり、佐藤の発言を支えているのはある種の恋愛至上主義である。そして、その燃える恋の思いを佐藤は、小田原事件の後の傷心の生活の中で、文学作品に切々と詠った。広く知られた「秋刀魚の歌」や「秋風のうた」などがその成果で、谷崎も、佐藤がそうして発信し続ける愛のメッセージに心を動かされたと述懐している。「君は詩の形を以て僕に挑戦状を附きつけた。［中略］君の此の恋愛戦術には少なからず参つたものだ」（「佐藤春夫に与へて過去半生を語る書」三四二－三四三頁）。

愛だけが婚姻関係の根拠である——この思想は佐藤春夫のアポロギアに一貫する通奏低音である。たとえば、曰く、「谷崎は彼自身よりも僕の方がより深くお千代を愛し好み敬してゐることを知ると同時に、お千代は僕の妻であるのが至当だといふ考へを持つやうになつたらしい」（「僕らの結婚」二二九頁）。

情熱的に、誠実に愛し合う男女の関係は美しく、崇高であるというのは、「近代」的かつ「西洋」的なもので、日本には明治二十年代以降に（キリスト教系）文学者、思想家、宗教家らによってもたらされた思想であった。この新しい「恋愛《ラブ》」は前近代の日本の性愛観とは顕著に異なるいくつかの特徴を持っていた。それは、恋愛というものを、肉体的な関係であるよりはまず精神的なものでなければならないと考えた。そのためそれは相手の「人格」に対する「尊敬」を要請した。そして、恋愛関係はしばしば友情や同志愛、兄妹関係に擬せられた。このような発想を、佐藤春夫の自己弁護の書はかなり明快に示している。「僕らの結婚」の中で佐藤は自分が「深くお千代を愛し好み敬してきた」と書き、また「お千代にとっては兄の如き友情を抱いて来た」と書く（二二九頁）。（恋愛感情を抱く）女性に対する敬愛の念、友情、妹に対する兄の感情のようなもの、これらは典型的に「近代的」、「西洋的」な恋愛の語彙である。[33]さらに佐藤は、二人の関係が肉体的なものが伴わなかった（したがって、われわれの関係は清らかなものであった）というような発言をしている――「僕とお千代との愛情はプラトニッククラブに終始した」（二三二頁）。佐藤とお千代はいっしょに風呂に入ったこともある。「［千代は］『佐藤さんは無精で不潔でいけません、あたしが綺麗に洗つて上げます』」と言って二人で入浴したのだという（谷崎「佐藤春夫に与へて過去半生を語る書」三五九頁）。批評家によっては、そうしたことをして男女の仲にならなかったわけがない、というように言うものもいたが、[34]ことの真偽はさして重要ではない。肝腎なのは、佐藤が、そのような「プラトニック」なものとして自分たちの関係を提示しようとしたことである。性的関係は恋愛感情に基づかなくてはならない、それなしの交わりは罪である、それどころか、清らかな関係に留まることは美しいというのは、ロマンティック・ラヴの基本的考えである。

　そして、これは恋愛結婚イデオロギーでもある。婚姻関係は「（恋）愛」に基づいていなければならない。谷崎にも佐藤にも千代にも、千代が谷崎夫人のまま佐藤と同居して、恋愛なり愛欲なりを満喫するという解決策は思い浮かばないのである。好きな人といっしょとなるために、好きではない人と別れ、好きな人と結婚するしかないのだ。

これは恋愛感情・婚姻関係・性愛の三位一体を旨とするロマンティック・ラヴ・イデオロギーのしからしめるところだ。そのイデオロギーを典型的に体現した今日のアメリカ人にとって、愛が冷めれば別れるのは論理的必然である。そこに米国社会の極めて高い離婚率は由来する。筆者の米国人の友人・知人にも、三度、四度と離婚・結婚を繰り返している人がかなりいるが、それは決して恥ではなく、むしろ「愛」と「結婚」に対する、妥協のない、正しい態度なのだ。彼らにとって、日本人夫婦によくあるという、「家庭内離婚」などというものは考えられないことなのである。

もっとも、このような生活態度は、欧米においても、決して長い歴史を持つわけではなく、十九世紀末から二十世紀前半にかけて緩やかに広がっていったものである。スウェーデンの思想家エレン・ケイは個人間の愛情に基づく結婚を唱道し、その思想を『恋愛と結婚』などで語り続けた。そして、「人格的恋愛は直接には個人自身にとつてまた間接にはその恋愛が創造すべき新しき生命にとつて最高の価値を有するものであるといふ確信」（『恋愛と結婚』五頁）に至ったと宣言した。

ケイの恋愛至上主義、恋愛結婚説は大正日本の性愛観・婚姻観に大きな影響を与えた。たとえば、厨川《くりやがわ》白村は『近代の恋愛観』にこう書く。

恋愛なき結婚は人としての自己の存在を無意味ならしむるばかりか、民族の発達人類の進化の為にも大なる障碍を与ふる者である。だから法律とか財産とか家名とか、其様な外的条件を如何に完全に具備した結婚であつても、そこに両性間の恋愛を欠いでゐると云ふ事は、最高の道徳から見て三文の価値なき者だ。カイ［厨川はケイではなくカイという読みが正しいとする］は『恋愛と道徳』『恋愛と結婚』等の諸著に於て、極めて大胆に極めて率直に、此恋愛至上主義を唱へた。若し最初は男女相愛して、しかも後に恋愛が消滅したならば、直に其の結婚関係を断絶して可なりとする彼女の自由離婚説の如きも、この論の当然の帰結として喝破せらる可き説だ（二七－二八頁）。

この流れにさらに棹をさした重要な著作は、リンゼイの『友愛結婚』であった。ベン・リンゼイはコロラド州デンバーの家庭裁判所の判事であったが、一九二七年に *The Companionate Marriage* を出版し、波紋を呼んだ。彼も、結婚は恋愛感情によってのみ要請されるのであり、逆にその感情がなくなれば、解消されるべきと考えたが、その解消は、感情のもつれなく、友だち同士の取り決めのようにさわやかに行われなければならないとした。それは結婚についての正しい考えの、ロジカルな帰結であるからだ。離婚はこうしてスティグマから解放される。

谷崎や佐藤が『友愛結婚』を承知していた気配はないが、千代を加えた三人の声明は、「譲渡」以降のお互いの友愛を強調しており、リンゼイ的な感覚が色濃いと言えよう。

リンゼイの著書は、早くも一九三〇（昭和五）年二月に邦訳が出ており、二十世紀前半の日本社会にも大きな影響力を持った。「細君譲渡事件」には半年ほど先立つだけだが、すでに原著などを通じて日本の進歩的知識人には相当その内容が知られていたと想像される。ケイやリンゼイの思想が、進歩的恋愛観・婚姻観を育んでいた大正デモクラシーの流れを汲む知識人たちの、谷崎らの振る舞いを理解する文脈を形成していたのだといえよう。事実、「細君譲渡事件」について『恋愛と結婚』との関連から論評しているものもいた。たとえば評論家の加藤亀雄はサンデー毎日に出た「谷崎事件と世相」という記事で、「社会公安を紊乱すると、意気込むほどの醜事でもない」と評価した上で、「到底一緒に、人生の道を辿り得ない夫婦であるならば、お互いに不愉快な家庭で内訌してるより、離別するのが当然であり、ことに子どものある場合などは、それが更に幸福であるかも知れない。その限りでは、エレン・ケイに共鳴する」と書いている（八頁）[*35]。谷崎とお千代の間に愛がない以上、二人は離婚すべきであり、愛し合う春夫と千代が結婚しなければいけないのだ。そして、この「さわやかな」決定のあとで、三人が友だちとして交際を続けるのも正しいことなのである。

しかしながら、一つの結婚から次の結婚の間には冷却期間というか、ある程度のインターバルが必要であるというのは、世間一般に認められているところであろう。谷崎・佐藤・千代の

「細君譲渡事件」に眉を顰めた人たちの判断基準の一つはここにあったと思われる。佐藤春夫自ら新聞に以下のようなコメントをしている。「今度の場合は両人［潤一郎と千代］の親戚その他の諒解得て綺麗に離婚しそして私がお千代と結婚したのですが今までに決して事実上の夫婦関係があつたとか谷崎君とお千代をとり合ふなどといふ見苦しいことはしなかつたのです。本来ならば離婚してから時日が立つて結婚するのが本当だらうけれどもゴシップの種になつたりすることはいやですし、世間体をつくらふ必要もないのですぐその場――谷崎君の岡本の家で――結婚してしまつたわけです」（大阪毎日新聞一九三〇年八月二十日、二頁）。

佐藤の言にもある通り、こうした場合、つまり婚姻関係を解消して、別な婚姻関係に入る場合は、その間にかなりの時間をおくのが正しいと世間ではされている。それはもちろんまず第一義的には、不倫の疑いが起こりうるからであろう。関係者がすべて納得ずくで承知の上の「譲渡」であればそれでいいはずなのに、「細君譲渡」がいかがわしく響くとしたら、「不倫」の匂いがそこにあるということが、まずあるのだろう。

そして、これは恋愛結婚イデオロギーからも不穏なわけで、結婚が「真正」の愛に基づいていなければいけない以上、一つの愛が次の愛に簡単に置き換えられるとしたら、その「真正さ」が疑われようというものだ。やや「色モノ」的資料だが、進士素丸『文豪どうかしている逸話集』という本の、谷崎潤一郎の項目では、「小田原事件」と「細君譲渡事件」が取り上げられ、妻譲渡については「9年間の思いを成就させて死ぬまで千代と寄り添った佐藤春夫はいいとして、このあと2番目の奥さんにすぐ飽きて不倫に走る谷崎、おまえ……」とコメントが付けられている（一三一頁）。ここには永続的な愛ならば許されるという価値観が背景にあるのだろう。[*36] 真の愛ならば永続的であるはずではないか。アメリカ人はこの問題をやや自分に都合のいい理屈をつけて、折り合いをつけさせているようである。差別的な発言と思われても困るが、わたしが長年、付き合っている米国人の（WASP系の）友人たちは、新しく結婚するときにほとんど必ず「自分はついに真の愛を見つけた」と説明する。ところが、前回、結婚した際にも、やっぱり「わたしは真の愛を見つけた」と言っていたりするのである。

話を、一つの愛から次の愛への間の間隔の問題に戻そう。谷崎・佐藤・千代の離婚・再婚の経緯をめぐっては、ここに一つ不審なことがある。すでに説き及んだことだが、よく知られ、また近年、フェミニズムによって問題にされ、批判されていた再婚禁止期間というものがある。これは民法第七三三条の定めていたところで、離婚後、男性はただちに再婚できるが、女性は六か月、それを禁じられていた。これは戦前の規定を引きずっているもので、旧民法には「夫ノ失踪ニ原因スル離婚ノ場合ヲ除ク外女ハ前婚解消ノ後六个月内ニ再婚ヲ為スコトヲ得ス」とされている（第四章「婚姻」第一節「婚姻ヲ為スニ必要ナル条件」第三十二条）。そうすると、小田中たみ子（タミ）と別れた佐藤春夫の方は男なのでいいが、谷崎と離婚した千代は、すぐには入籍できなかったはずである。だとすれば、佐藤と千代は、千代の潤一郎との離婚後、ただ同棲を始めただけで、入籍はかなり後になってからのはずなのだが、この点は各種の研究でも問題にされていない。[*37] 些細なことかもしれないが、当時の新聞・雑誌記事などでは「千代の再婚」と書かれて、だれも不審に思っている気配がない。連名の声明文が、「このたび千代は佐藤と結婚することになり」と説明しているので、それに引きずられているのだろうし、いずれ時期がきたら入籍するというだけのことと考えられていたのかもしれないが、不正確な把握であることは間違いない。

この民法の規定は、父親との血縁関係を確定するためのもの、すなわち再婚した女性が妊娠・出産した場合、父親が前夫なのか現夫なのかについて疑念が生じないためのものであった。家父長制的動機からの規定であり、そのため女性しかこれに縛られることがないのではあるが、(男女を問わず)早急な再婚に対する否定的な見方は、この民法の規定をある程度まで背景としているのではあろう。

「細君譲渡」に見られる、谷崎の悪魔主義

さて、明治初頭に、西洋文化の影響を受けて文学者・宗教家たちが唱えた「恋愛」の観念に淵源を発し、友愛結婚論のような近代的な思想に支えられてさらに発展していった恋愛結婚イデオロギーは、近現代の日本社会一般に、明治以降、ゆるやかに浸透していっていたわけだが、佐藤春夫はともかく、谷崎のような悪魔主義の人間までそれに捉えられていたというのはやや不可思議なことである。もちろん、谷崎はただいい女、好みの女に目移りしていっただけとも

取れるのだが、好きな女とのみ結婚するという考えの根底には恋愛結婚観が潜んでいたことはすでに見た通りである。谷崎も無意識に恋愛結婚イデオロギーに「毒されて」いたということなのだろう。

そのせいなのか、「細君譲渡」に限ってはとくに谷崎が罪悪感を持っていたような気配はない。声明文を出したあとには谷崎は頭をまるめて記者たちに応対しているので、一応、不始末をしでかしたというような態度を取っているのだが、これは彼一流のパフォーマンスに過ぎないとも考えられる。[*38] やはり「細君譲渡」は近代的恋愛観に依拠してのことではなく、彼一流の、悪魔主義的な快楽至上主義と見るべきなのであろう。彼にとって女、美、芸術といったものが至上の価値であって、それに比べれば世間的な道徳観や、社会を構築している経済や法の原理などはまったく顧慮するに足らないのである。千代という女がその「退屈な」貞淑さ、従順さで自分を満足させないのだとすれば、それを捨て、友だちに押し付けるというのは、自然な方策であったのだと思われる。[*39]

事態を妻の「譲渡」だという把握はしていたようで、それはすでに谷崎が『蓼喰ふ虫』で示していて、要（潤一郎）が美佐子（千代）に六箇条の善後策を示すくだりがあるが、その一条に書かれている。「斯くして一二年の経過を見、愛し合ふ二人が夫婦になつてうまく行きさうな見込みがつけば、要が主となつて彼女の実家の諒解を得るやうにし、世間的にも彼女を阿曽に譲ること」（一四〇頁）。しかし、「譲渡」と捉えていたとしても、そこに問題を見ていたわけではないだろう。だからこそ、「小田原事件」では佐藤春夫に千代を譲ろうとし、気が変わり、今度は和田六郎に譲ろうとし、これが失敗すると、またしても佐藤に「お千代を貰ってくれないか」と打診するというように、「譲渡」工作をいとも軽々と繰り返すのである。また、千代を譲った後、若い雑誌記者古川丁未子と結婚した谷崎だが、その頃にはすでに実業家の根津清太郎夫人である松子に目をつけており、今度は自分が受け取る側になって「譲渡」工作を進め、最終的には松子と結婚するのである。この間の事情は「雪後庵夜話」に書かれていて、谷崎自身「妻を譲る」という表現をしている。「清太郎氏は、いづれは私に公然とM子を譲るやうにみえてゐた」(三二七頁)。「譲渡」は谷崎にとって、ごく普通の愛のかけひきであった。

「細君譲渡」と「姦通」

むしろ、問題があるとしたら——そして、その「問題」を谷崎はむしろ自ら求めていくのだが——、「譲渡」が「姦通」になりかねないという点であった。「姦通」というタブーは彼にも存在していたのである。春夫と千代の間を、あるいは、和田六郎と千代の間を遠ざけておいた上で、あたかも見合い結婚の仲人のように話をつけておいてから、「譲渡」するというやり方も可能だったはずだ。そうすれば「譲渡」であっても、「姦通」ではない。しかし、谷崎はそういう行き方を取らなかった。積極的に二人をくっつけ、できたら「過ち」も犯してくれとでも言わんばかりのやり方に出たのである。

そして、その上でそれを「過ち」と捉える見方を、あちこちで示している。千代と和田六郎は実際に肉体関係を持ってしまうので、はっきりと「姦通」なのだが、谷崎は『蓼喰ふ虫』の中で次のようにそれを説明する。「要［谷崎］は妻の告白［阿曽すなわち和田六郎と深い仲になっているということ］を聞いてからでも、決して彼女を阿曽の方へとそゝのかすやうにはしなかつた。たゞ自分には妻の恋愛を『道ならぬ恋』であるとする権利はない」（一三八頁）。自分はいろいろやりたい放題やっているから、妻が他の男と寝たからといってやいのやいの言う気はないということだが、それが世間から見れば「道ならぬ恋」だという説明はするのである。

事実、「細君譲渡事件」が明るみにでたときに、世間はどちらかといえば「譲渡」の部分よりは、それが「姦通」であるということに神経を尖らせたように見える。*40 たとえば、三輪田高等女学校校長の三輪田元道は婦女界の特集記事で、自らは谷崎と佐藤の振る舞いを擁護しつつ、世間はこういう見方をするだろうと説明している。「奥さん［千代］は教会などにも出入りしてゐたといふから、*41 地味な質素な細君で、浮気な刹那主義的な人ではなかつたらしい。それに子供も十幾歳になつてゐたのに、突如として離婚をしたのである。而もその再婚した人が、日頃自分の元に出入してゐた主人の友人の佐藤春夫氏なのである。これだけの事実について、道徳的な判断を下せば、人妻が他の異性と関係したのであるから、罪悪に相違ない。新道徳から見ても満足を与へないし、法律であれば姦通罪に問はれるのである」（一七二頁）。

挨拶状の公開された紙上で、「不倫」は許されないと声を荒げた、婦人矯風会の林歌子のコメントはすでに引用した。野村尚吾のパラフレーズを借りれば、「とくに矯風会女史などは、『千代子さんの行為は断然糾弾すべき』であると息まいている。亭主持ちの女が愛人が出来たからといって結婚するのは、もってのほかであって、そんな『不倫な行為』を、しかも臆面もなく発表するなど、世間が許すと思うのかと噛みついている」（『伝記 谷崎潤一郎』三三五頁）。

林歌子のコメントを見ても、章の初めに取り上げた雑誌婦女界記者の発言でもわかるように、「姦通」を問題にし、「細君譲渡」に異を鳴らしているのは男性よりもむしろ女性が多かったような印象である。それも無理はない。ここで問題になっているのは、「妻」ではなく、「女性」一般のモノ化であり、それを男が所有しているという事態だからだ。そのような男権社会の問題構制を端的に示す江戸時代の規定は、「姦通」が妻、妾の双方について適用されるというものである。御定書百箇条には「密通御仕置［について］妻・妾すべて差別なし」とある（福永英男編『「御定書百箇条」を読む』二三七頁）。編者の福永は注釈をつけて、「人妻のみならず、人の妾の女性と情交しても密通とみなされ、露見すれば［中略］男女ともに死罪が待っていた。密通の保護法益は、いよいよ『主人権』であると観念されていたことを知る」。妻であれ、妾であれ、「女」に対する所有権が侵害されるのが「姦通」なのだ。これは江戸時代の話だが、妾というものが制度的に認定され、妻に準じるものとされていた明治時代にも当てはまるものだったことはいうまでもない。[*42] 谷崎・佐藤・千代の「細君譲渡」に対し、男性の評者の多くが、目くじらをたてることはないではないかというような鷹揚な態度を示していたのも当然なのである。それは谷崎潤一郎という男が、所有していた千代という女を、佐藤春夫という男に承知の上で譲り渡したというだけの話なのだから。一方、女性にあっては、「譲渡」も「姦通」も等しく大問題だということになる。

さて、そのことを確認した上で、やはり「細君譲渡事件」は、「譲渡」という部分よりは、「姦通」だ、「不倫」だという点が問題視されていたことについてだが、それは世間の誤解だと、谷崎自身、弁明している。「私の妻が私とわかれて、佐藤夫人であるについては、佐藤が終始私の家に出入りしてゐたので、妻との間に間違いがあつて、私とわかれ、佐藤のところに行つたと思つてゐる人が多いが、そんなことはなかつた」（「佐藤春夫のことなど」三二三頁）。しかし、ここで谷崎が言っているのは佐藤春夫と千代の肉体関係のことで、すでに佐藤と千代の入浴についての文章で言われていたとおり、それはなかったと主張しているのである。そのことの真偽はともかく、二人の間に、長年にわたるニュアンスの変動はあったものの、恋愛感情が流れていたことは疑いなく、これを広義に「姦通」と言われてもやむをえないところではあろう。逆に、ここが突かれて痛いところなので、必死に弁解しているのだとも取れる。

このように谷崎潤一郎・佐藤春夫・千代をめぐる「事件」が、「細君譲渡」ということよりは、「姦通」として問題化されていたのは、もちろん、これが姦通罪も存在する時代であって、不倫行為は厳しく指弾される傾向があったからに違いない。それに比べれば、今日では姦通に対するまなざしははるかに緩やかになっている。[*43] かわりに女性解放思想やフェミニズムと連動して、女性をモノ扱いする「妻譲渡」という事態への批判が高まっているのだと解釈できる。

「細君譲渡」は時代の閉塞の表現か否か

「姦通」や「不倫」が「自粛警察」によって厳しく取り締まられていたこの一九三〇（昭和五）年という年は、社会がますます暗く、閉鎖的になりつつあった時代であった。前々年の昭和三年には共産党員の大規模な検挙があり、小林多喜二をして『一九二八年三月十五日』を書かしめている。同じ年には張作霖の爆殺事件があり、一九三一年の満州事変へと続いている。一九三〇年その年にはロンドン海軍軍縮条約が調印され、軍部は統帥権の侵犯だと政府や議会への圧力を強め、条約を結んだ浜口雄幸首相は後に右翼の青年に暗殺されている。要するに、この時代というのは、内政的には労働者階級の貧困化とそれに呼応した労働運動の高まり、さらにそれに対する公権力の抑圧の強化、対外的には満州ほかでの軍部の独走に伴い、第二次世界大戦に至る道のりが着々と用意されつつあった時代だったといえよう。大正デモクラシーは終わったのである。「朗らかである」とか、「個人の問題だから干渉するな」とか、「細君譲渡」を容認するようなコメントをつけていた識者たちは、まだ大正デモクラシーの余韻に浸っていたのかもしれない。

このような暗い時代を見据えて「細君譲渡事件」を論評した現代の論者に松本清張がいる。その『昭和史発掘』に谷崎・佐藤・千代の事件も取り上げられているのだが、そこでは「細君譲渡事件」はどのように評価されているのか見てみよう。「昭和五年は暗い年であった」で始まるこの章だが（一七三頁）、清張はそこで実は「細君譲渡」を極めて肯定的にとらえて、曰く、

千代をめぐる谷崎、佐藤の解決方法［連名の書簡を指す］は正々堂々としていた。実際、何の挨拶なしに千代が佐藤の夫人におさまったとすれば、共通の友人や、編集者たちは挨拶に窮したに違いない。そうなると、よけいあらぬ噂を立てられ、じめじめとした印象を与えるであろう。ただ、不幸なことには、両者が著名な作家であったばかりに私的な挨拶状が新聞に発表され、世間の一部に誤解を招いた。しかし、谷崎、佐藤の択《えら》んだ方法が正当だった証拠には、その後、佐藤夫妻が幸福な結婚生活を送ったこと、谷崎も松子夫人を得てますます旺盛な創作活動に入ったことでも分る（二七七頁）。

これはロジックとしては、川田順、加藤亀雄らとまったく同じである。幸福を追求しての、合理的な正しい判断であった、事実、当事者たちは幸せになったではないかというわけである。だが、松本清張のまなざしを許しがたく思う人もいる。英語学者の渡部昇一がそれで、彼は大部の著作を著して、松本の『昭和史発掘』で取り上げられたほとんどすべての事件について、著者のとらえ方に異を唱えている。「細君譲渡事件」についても言及しており、渡部はとにかく、清張が昭和を悪い時代として描き出すのが――渡部がいうところの「昭和暗黒史観」――

気にいらないのである。「私は何度も、戦前の日本を『軍国主義だ』とか『暗かった』というのはおかしいといってきましたが、この一件こそはそれを証明する典型的な出来事だというべきでしょう。［中略］松本さんはつねに時代を黒く塗りつぶしてしまいます」（『昭和史』二六六頁）。

松本の「暗黒史観」は渡部によれば、その左翼的な見方の帰結だが（「松本さんのほうは、生前、共産党支持を表明していたことからもわかるように『暗黒史観』の持ち主でした。したがって、時代は黒一色で塗られることになってしまったのです」［二三頁］）、ネオ・コンサヴァティヴである渡部は、松本と同じく「細君譲渡」を肯定的にとらえつつ、松本とは違って、そのことを通じて「日本という国はなんと穏やかでいい国であったのか」、「日本はこんなにまでも民主的であったのか」と言いたくてしょうがないのである。

その結果、松本清張が『昭和史発掘』で取り上げる「細君譲渡事件」も、明るく、穏やかで、民主的な事件だと見ないではおれない。

お互いの妻女を交換したわけではありませんが、自分の妻を友人の作家に譲るというのですから、世間が好奇の目でこれを見たのは当然でした。

ただし、いま私がこの出来事を見て感じるのは、やはり当時の日本は明るかったのだということです。こんなことができたのも、それを新聞が大々的に書いたのも、戦前の日本がひらけていた証拠です。［中略］作家が奥さんを譲って話題になるくらいですから、ここに書かれているほど［「かつてない不況時代を現出し、失業者は巷にあふれた」云々という清張の記述］深刻な社会状況でなかったことは明らかです。こんな「妻譲り」をいまの北朝鮮とかスターリン治下のソ連でできるものでしょうか。それを大々的に報道できるでしょうか。

　昭和五年という年は暢気《のんき》というか、ある意味では堕落して自由な時代だったといえるのではないでしょうか（二六五 - 二六六頁）。


「堕落して自由」というのは形容矛盾のようにも思われるが、いずれにせよ、渡部流のネオ・コンサヴァティズムのもとでは、「細君譲渡」も、明るく、「暢気」な行為になるのである。このように「道ならぬ恋」は時代の価値観、イデオロギー、そして評者の政治的立場などによって、いかようにも姿を変えていくのである。

　一九九一年の『事件・犯罪──日本と世界の主要全事件総覧』には「谷崎潤一郎・佐藤春夫妻譲渡事件」というものが項目に挙がっており、谷崎らの公開書簡は「『妻を友人に与える声明』といわれる」と説明している（三三頁）。これは「事件」であり「犯罪」なのである。また、「細君譲渡事件」は『事件・犯罪を知る本──「高橋お伝」から「秋葉原通り魔」まで』という本でも取り上げられている。時代順の配列だがその前後には殺人・放火・傷害を繰り返した通称「鬼熊」の事件や、猟奇殺人事件の「阿部定事件」なども取り上げられており、まさに「犯罪」扱いである。そもそも「事件」という呼称が、社会秩序の侵犯という非難を込めたものであることに思い至るのである。[*44]

「細君譲渡」はこのように準・犯罪として見られているのである。筆者はここで「妻譲渡」を、乱倫と罵る気もなければ、明るく暢気だと称える気もない。それぞれの評価には、それぞれの政治的・イデオロギー的根拠がある。しかしながら、これが渡部の言葉では「穏やかで、民主的な」国であるらしい日本で、そのほかのありとあらゆる人間の行動とともに、いつか粛清対象の「事件・犯罪」に転化する日は来ないのか、警戒を怠ってはならないだろう。

第三章　上司の妻との仲

――岡倉天心の場合

禁忌としての、上司の妻との仲

本書は「道ならぬ恋」――禁断の恋として指弾される間柄と、めでたしめでたしの恋愛との間にある、グレー・ゾーンの仲、つまり悪いともいわれないが、必ずしも諸手を挙げて祝福されはしない仲――の諸相を探るものであるが、「はじめに」でも述べた通り、構成としては、完全に禁忌に近いものから始めて、世間に指弾される程度が低くなっていく順に――もちろんこれは筆者の主観的な判断によるもので、その程度が数値化できるわけでもない――配列した。そこで第一章ではタブーの中のタブーであるインセストを取り上げたわけだが、そこでも、父娘や母息子の関係ではなく、叔父と姪という、やや距離のあいたもの、インセストとしてはど真ん中のストライクというわけではない関係を扱った。その点で、藤村とこま子の情事は、微妙に両義的なのであった。

しかし、本書では、もう一つの、性的タブーとしてはやはり典型かとも思われる「姦通」については、あえて章を設けてはいない。タブーの典型と言ったが、多くの宗教においても、さまざまな性的行為が禁止されている中で、姦通（婚姻外性交渉）のタブーは特に強調されている。ユダヤ教、キリスト教では、同性愛も罪なら、自慰も禁忌とされているが、性的タブーで十戒に入っているのは「姦淫するなかれ」という掟だけである。*45

そして、いつでもどこでも禁止されていることの裏返しなのだろうが、「姦通」はそれこそ一番、当たり前に見られる「道ならぬ仲」なのだ。近代日本文学史を繙いても、そういうものとまるで無縁だった人を探す方が難しいかもしれない。そこで、本書では「姦通」を扱った章は、独立しては立てていないのである。また、各章の内容は「姦通」とかぶる場合も多々あるのだが、概して「姦通」の分析にはあまり意を用いていない。したがって、本章の話題である、岡倉天心の生涯を通じて考える「上司の妻との仲」という事例のポイントは、「姦通」の部分ではなく、職場の秩序を乱す恋愛・性愛関係ということになる。

　つまり、上司の妻との情事が許されないのは「姦通」だから、「不倫」だからということもあるのだが、やはり上役の奥様と懇《ねんご》ろになったりしてはいけないのである——別な言い方をすれば、部下の妻とできてしまうことは禁忌度が低いのだと言えよう。

　これに対し、上司の妻と関係するのは、まったく一般常識に反している。道を外している。職業倫理にも反している。何よりも自分のキャリアが危うくなる。

　江戸の法度も明確にそれを禁じている。「主人之妻と密通いたし候もの　男ハ引廻之上獄門　女ハ死罪」（『徳川禁令考』後聚　第四帙、八一頁）。もっとも、江戸時代では不義密通はそもそも死刑なのだが（「密通ノ男　死罪」［八一頁］）、江戸の刑法では同じ死刑でも庶民にあっては下手人、死罪、獄門、火罪、磔、鋸挽き、武士にあっては切腹と斬罪に分かれており、順に重くなっていた。下手人というのは斬首で、ただ首を切られるだけだが、死罪となると、さらに引き廻しが付け加えられたり、刀や槍の試し切りにされることもあった。獄門といえばさらに重く、生首が見せしめに三日間放置された。主人の妻と密通した場合には、これに引き廻しも付け加えられるのだから、ただの密通よりはかなり重い刑になっている。「主人への不忠の要素の加わる犯罪はすべて重い。それぞれ普通の妻との場合より一～二ランク重い刑となっている」(福永英男編『「御定書百箇条」を読む』二三六頁)。

これは近世だが、近現代社会におけるその名残りはいくらでも拾うことができる。一つだけ例を出そう。前章で、谷崎潤一郎が妻千代を佐藤春夫に「譲渡」する前に、和田六郎に譲り渡そうと画策していた経緯を叙した。和田は千代夫人との結婚話が流れた後、別な女性と結婚するが、それは和田が警視庁に勤めていた際の上司の妻であったという。その女性は夫の浮気がもとで離婚し、郷里に戻っていたところに、和田六郎が押しかけて、自らの妻の座に据える。だが、和田はこのことで家族から窘《たしな》められている。和田六郎の息子周の回想によれば、「かりにも上司の妻だったからというので、母の里方は反対だったのを父[六郎]が押し切ったようです」(瀬戸内寂聴『つれなかりせばなかなかに』一〇四頁)。これは離婚後なので姦通ではないのだが、それでも上司の元妻というだけで反対が強かったのである。

本章のヒーローである岡倉天心については、たとえば、天心のインド人詩人との仲を綴った作家大原富枝に次の評言がある。「閣下と呼びかける上司の妻と、都下を、いや大げさにいえば日本中を騒がせる恋愛沙汰を起し[た]」(『ベンガルの憂愁』五三頁)。

「上司の妻との情事」ということで国外に目を向ければ、前章で「細君譲渡」の海外版として紹介したラスキン、妻エフィー・グレイ、画家ジョン・ミレイの関係だが、ラスキンは美術界の重鎮としてミレイを引き立てていたのであり、この関係は、九鬼隆一、波津子、岡倉天心の関係にかなり近いといえよう。すなわち、「抑もミレイは年齢上ラスキンよりも十歳後輩であつた。而して情誼上彼が愛弟子中最も親しい一人であつた。此破鏡［ラスキンとエフィーとの離婚］嘆の四年前即ち一八五一年に於て此先輩がかのラーフェーエル前派擁護の筆を執つたのも其実此ミレイが来つて此大家の掩護を懇請した結果であつた」（浦口文治『ジャン・ラスキン』一四一頁）。「パトロンの妻との関係」という文脈で、この事件はずいぶん世間の指弾にあったようである。「此破鏡嘆、否ラスキンおき去られの事は当時の倫敦に於て彼の身辺にかなりに喧しい噂の種となつた」（一四四頁）。

岡倉天心は、文部省（現 文部科学省）の有力官僚であった九鬼隆一の部下であった。九鬼は、文部少輔まで昇りつめ、「九鬼の文部省」と言われほど文化行政において実権をほしいままにした。すなわち、三宅雪嶺によれば、「文部省は［文部卿であった］河野が学事に興味なく、九鬼少輔が省務を切廻はし、九鬼の文部省と言はる。九鬼は当時少壮気鋭、加ふるに岩倉右大臣に親近し、文部省内に飛ぶ鳥を落とすの勢ありたり」（『同時代史』第二巻、一一八頁）。

九鬼と天心の親分子分的関係は、天心が文部省に出仕していた時代に始まり、文部省を離れたのちも、天心は、美術行政に隠然とした力を持ち、美術界をコントロールし続けた九鬼をながらく輔佐する立場にあった。それが九鬼の妻波津子とただならぬ関係になってしまうのである。日本近代史上、最も顕著な「上司の妻との関係」の事例ということになろう。

話をもっと広げて、「職場内恋愛」ということにすれば、古今東西、例に困らない。日本ですぐに思いつくのは、お染久松である。これは一七一〇年、「質店油屋の娘そめと丁稚久松が油組工所で情死した事件」に発し、歌舞伎、歌祭文《うたざいもん》、浄瑠璃などで取り上げられ、「質屋の娘と奉公人、しかも少年少女の情話として一般に流布し」たものである（日本架空伝承人名事典）。身分違いの恋の悲劇の典型とされる。使用人が主家の娘といい仲になってはならないという職業規範に悖《もと》ったのである。章の冒頭で、主人の妻と情交に及べば獄門という、江戸の法度を紹介したが、主人の娘とできてしまっても同じである。御定書には「主人の娘へ密通致し候者、中追放」とある（福永英男編『「御定書百箇条」を読む』二四〇頁）[*46]。編者の福永は注釈をつけて、「奉公人の分際で主人の娘に手を出すとはけしからんというわけ」と書いているが、主人の妻に手を出した場合は獄門であったから、それに比べるとかなり軽い扱いになっている。「姦通」ではないからだろう（住み込みの奉公人が主人の「家つきの」娘と懇ろになるわけだから、娘は嫁入り前と考えられる）。

お染久松ものの、人形浄瑠璃における代表作『新版歌祭文』の、しばしば上演される「野崎村の段」では、久松の父久作は「嫁入の極つてある。主の娘をそゝなかすとは。道しらずめ。人でなしめ」と久松を罵る（一四五頁）。父は、ここでは実は、直接に息子を批判しているのではなく、お夏清十郎の道行本の話をしており、言葉の上では清十郎を罵っていながら、暗に久松に意見しているのである。お夏清十郎も、やはり手代とお嬢様の悲恋の話であり、このようなことは頻繁に起こり、まただからこそ禁止されなければならなかったのであろう。

恋愛・結婚の障害としての身分・人種・階級

このような話に現代のわれわれは眉を顰める。それは近現代の人間が一種の恋愛民主主義みたいなものを信じるようになっているからである。身分、人種、階級などといったもので進学や就職上の差別があってはならないのと同じように、それらをもとに特定の個人が別の特定の個人と恋愛してはならないとか、結婚してはならないとかいう制約は非人道的だと現代人は考える。現代において恋愛は基本的人権なのだ。「西側の民主主義社会では、そして、国際法においては、われわれの基本的人権は、性的な親密さへの権利を含むという考えが、しだいに強く認知されるようになってきている」(McArthur, "Relationships between University Professors and Students," p.130)。そして、恋愛と結婚を強く結びつけるロマンティック・ラヴ・イデオロギーが支配的になりつつある現代社会（とくにいわゆる西側先進諸国）では、結婚の自由も基本的人権としてますます認知されるようになってきているのだといえよう。

しかし、もちろん、現実はそうすんなりとはいかない。筆者が米国留学中、大学院の同学年の女性は週一度、ニューヨークのユダヤ教の神学校に通っていた。ごく普通の白人アメリカ人女性だったが、理由を訊くと、ユダヤ人（ユダヤ教徒）の男性と結婚するのだが、そのために自分もユダヤ教に改宗しないといけないのでということであった。彼女はユダヤ教徒になることについて喜んでいる気配もなければ、とくに嫌がっているようでもなかった。だが、もし彼女が熱心なイスラム教徒であったならば、二人の恋愛や結婚には暗雲が立ち込めていたかもしれない。

人種や民族による障害については第五章で論じる予定であるが、階級差からくる「道ならぬ恋」も厳然として存在している。オーソン・ウェルズの映画『市民ケーン』では大統領の姪と結婚したケーンは、気位の高い妻としだいに不仲になり、歌手志望の貧乏娘スーザンと恋に落ちる。ニューヨーク州知事選に出馬したケーンだが、スーザンとの不倫がスキャンダルとなり、落選し、妻とも離婚してしまう。代わりにスーザンと結婚したケーンは、巨大なオペラ・ハウスを彼女のために建設するが、スーザンの舞台は大失敗に終わる。この後も、スーザンは、彼女の音楽的キャリアのために湯水のように金をつぎ込むケーンのやり方に苦しむ。スーザンは自分に大した才能がないことがわかっているのである。結局、スーザンは歌の道をやめ、二人は広大なザナドゥ城に隠棲するが、豪奢であっても孤独な生活にスーザンは耐えられず、去っていく。ケーンとスーザンの不幸な結婚は、ケーンの心の歪みから来るものだったが、その歪みは二人の出自の違いによって加速されるのである。

「住む世界が違う」ことによる結婚の失敗を、アメリカの文化的テキストは繰り返し、繰り返し描いている。これは、階級差による結婚の適合性・不適合性という問題と、先ほど述べた、恋愛・結婚における民主主義との矛盾を、アメリカ人が明確に意識し、悩んでいることのあらわれだろう。[*47]

早い話が階級による、恋愛・結婚の障害は、決してなくなってはいないのである。では、「身分」はどうか。

「身分」の問題は第六章で志賀直哉と女中の仲を語るときに立ち帰るが、現代では「身分」というようなものは、一応なくなったことになっている。が、職業倫理の一部としての恋愛・性愛関係の制限に話を限るのなら、それは現在でも続いている。あからさまな例は、タレントとマネージャーの間の恋愛禁止である。多くの芸能事務所はタレントとマネージャーの恋愛関係を禁止している。[*48]

しかしながら、こうした事例——実際にタレントとマネージャーが出来てしまった事例——は現実にはかなり多いのである。古いところでは、アグネス・チャン、石川さゆり、八代亜紀、新しいところでは西野カナなど枚挙にいとまがない。もちろん、これは氷山の一角に違いなく、世間の知るところとなった実例だけでこれほどふんだんにあるのだから、闇から闇に葬られた関係はそれこそ無数にあるに違いない。

これは仮説だが、芸能事務所の恋愛禁止は、かつての家内労働者——たとえば女中と「下僕」——に課されたものを概念上のモデルにしていた部分があったのではないかと想像される。「女中稼業」は明治中頃までは、行儀作法や家事の要領を学んで、何某家で躾けられた立派な女性として、よい嫁ぎ先を探すための修業の意味が強かった。明治後期に産業が発達し、女性の仕事の選択肢が増えると、花嫁修業中の奉公人という性格は薄らぎ、普通の被雇用者という面が強くなっていくが、それでも、雇い主（の主婦）が女中をよい花嫁候補として送り出すというあり方は、長らくこの職種につきまとっていたようである。たとえば、女中を雇う際のマニュアル本のようなものが多数出されていたが、その一つ加藤常子の『女中の使ひ方の巻』（一九一七［大正六］年刊）には自らの、女中を使った経験を語る次のような記述がある。「最初の附添ひは十五歳から二十六歳迄十余年間私の手許に居りまして、其間育児、裁縫、洗濯、料理等主婦の為すべき事はひと通り立派に仕上げましたが、世話して下さる方があつて、然るべき家に縁付き唯今では立派な奥様となり一人の女中を使つて安楽に暮して居ります」（一三七頁）。芸能事務所もかつては、「良家の子女をお預かりして、立派にお育てする」というようなスタンスを概して取っていた。

こうして、女中は花嫁修業であるから「悪い虫」が付かないように注意され、とくに同年配で同僚に当たる「下僕」などとの恋仲が警戒された。同じ作者の同種のマニュアル『女中の使ひ方』には「男女雇人間の規律」という章があり、そこで色恋沙汰が起こることへの注意が説かれている。「男も女もめいめいに気をつけて、相互に乱れぬやうにするやうに、中で一人でもしつかりしないものがあれば、当家の恥でもあり、又お前方［雇人たち］全体の恥でもあるのだからと言ひ聞かせて御座います」（一二九頁）。

「職業」倫理としての性愛関係の禁止のもう一つのよくあるパターンは、風俗営業店における風俗嬢と店員の関係である。[*49] これも古くから存在する規範であって、たとえば江戸時代の遊郭にもそうした「廓法」があった。第一章でも引用した『三人吉三廓初買』の第二番目序幕では、茶屋の若い者である忠七が、番頭新造（世話役の女郎）の花の香に「忠七どんのやうな［よい］人はござんせぬ」と言われて、「そんな事を［使用人が自分に気があるようなことを］いつて下さいますな。二階を止められる［出入りを禁じられる］」と困りますと答える場面がある（二九九‐三〇〇頁）。これはふざけて言い合っているのであるが、その背景には廓法で女郎と遊女屋の男性従業員との間の恋愛関係が禁じられていて、それを犯すと出入り禁止になってしまうというのがあるので、そのことを踏まえてのことなのである。

これは、特定の職場の中での恋愛関係を禁じたものだが、概ね、勤め人社会ではゆるやかな禁止が暗黙のうちに含意されていると言えるだろう。もちろん、「寿退社」の言葉に象徴されるように、職場は現実には恋愛の場としての機能を期待されてもいた。しかし、それはあくまでも近代的家族を維持する装置としての役割が求められているわけで、結婚に至らないような恋愛は白い目で見られるし、まして、それが社内に愁嘆場を引き起こすようなものでは困ると思われている。現に、社内恋愛の禁止を明文化する企業も増えているという（東浩「日本における社内恋愛禁止規定について」）。だが、米国では、これが憲法違反だとの見解も法曹関係者の中に強く、意見は分かれているらしい。

さてこれは職場恋愛の一般的な禁止であるが、その対象が上司の妻ないし愛人に向けられていたらどうか。上司の妻との関係というものは、禁止されるまでもなく、職業上の不利益になるので、やってはならないタブー行為として自明のことと考えられているように思われる。上司その人と部下の関係はセクシュアル・ハラスメントという文脈でただちに語られるが、もし上司の妻と恋愛（性的）関係に入り、そのことによって左遷されたり、閑職に回されたりしたら、これも明々白々なセクハラであると思われるが、そのような議論は聞いたことがない。自業自得のばかな奴というだけで終わってしまうのか。

サラリーマン作家源氏鶏太は『サラリーマンの十戒』の「恋愛の戒め」にこう書いている。「特に申し上げておきたいのは、女事務員との恋愛です。入社早々、女事務員に惚れたり惚れられたりしてはいけません。生意気な奴と誤解されます。とかく、新入社員となると、女事務員からチヤホヤされるものですが、決して、いい気になってはいけません。かりに、我慢できなくなって、内証で恋愛するにしましても、その女に、もしかしたら課長の思召しがあるのではないか、十分の調査をしてからすべきです。女の怨みは、食べ物の怨み以上ですぞ。もし、課長の思召しのある女であったらあきらめなさい。断じて、あきらめなさい。世の中には女なんて星の数ほどもあるのですから、何も課長の思召しのある女なんか相手にすることは無いのです。出世の妨げになります」（三一頁）。課長お気に入りの女性社員と恋愛するだけでキャリアの危機なのであるから、その妻に手を出すのは当然、言語道断ということになろう。

岡倉天心と九鬼夫人の場合

九鬼隆一と岡倉天心の関係は同じ文部省の人間、すなわち宮仕えの文脈でのものであり、もちろん時代的にはずいぶん離れているものの、源氏鶏太が現代サラリーマンの心得として説いている「上司の女には手を出すな」という訓戒は、明治年間にも通用するものであったろうし、その戒めに逆らっているのである。

岡倉天心は多くの顔を持っていた——美術史家、教育者、詩人、思想家、官吏。その中で松本清張は、天心が何よりも「官僚」であったという評価を下している。「天心は不羈奔放といわれるが、その専断が官僚主義から出ているのを見のがしてはならない。官吏の養成所たる東京帝国大学卒業と同時に文部省御用掛を振り出しに文部官僚の道を歩き、帝国博物館理事兼美術部長として宮内省［現　宮内庁］にも足をかける。二十六年の『支那視察旅行』も宮内省の出張であった。彼は根っからの官僚であった」（『岡倉天心』九九頁）。この評価がどれほど正しいのかについては判断を保留するが、官僚的側面を大いに持っていたことは間違いあるまい。「官僚」なればこそ、上司の妻とできてはいけないのだ。

岡倉天心は、このタブーを、事もあろうに、文部省のドンとして振る舞っていた九鬼隆一を相手に犯すのである。事実、岡倉は、この色恋沙汰をきっかけとして、順風満帆の文部官僚キャリアから、坂を転がるように落ちていく。

では、まず岡倉天心の、上司九鬼隆一の妻波津子との恋愛沙汰のいきさつを振り返ってみよう。岡倉天心の伝記はめぼしいものだけでも十を下らない。岡倉覚三は近代日本を代表する美術史家であり、美学者であり、思想家であった。その経歴は華やかなものであったし、当時の美術界の指導者でもあり、批評界の重鎮でもあった。生前から世界的な名声を得ていたし、また、後世への思想的影響も大きかった。

しかし、天心の華麗なキャリアには一つの大きな挫折があった。それは帝国博物館理事兼美術部長の職と、東京美術学校（現 東京藝術大学）校長の地位を返上しなければならなかったことである。その背景には政治的・社会的・文化的要因が複雑に絡まっているが、一つの大きな理由が、彼の「道ならぬ恋」なのである。

岡倉覚三（天心）は、一八六三（旧暦だと文久二［一八六二］）年に横浜に生まれた（東京生まれだとの史料もある）。父親は貿易商で、家には外国人商人が出入りし、覚三は幼くして英語を聞き覚えた。そのあとさらに高島学校に通い（同校はヘボン式ローマ字で名高いヘボン［ヘップバーン］が開いた語学学校と並んで評判の高かった英語学校である）、教師ジョン・バラーから英語の基礎を学んだ。さらに東京外国語学校でも学んだので、岡倉天心の英語は並外れて達者なものであった。子の岡倉一雄は『父 岡倉天心』で父の英語は「会話は、英米人の間に立ち混ざって退けをとらぬまでに上達し」ていたと伝えている（一三頁）[*50]。

その後、天心は東京開成学校高等普通科を経て、東京帝国大学文学部に入学、卒業後、一八八〇（明治十三）年には文部省に出仕した。

一方、後に岡倉の後ろ盾となる九鬼隆一は、一八五二（嘉永五）年、三田藩（現兵庫県）の地方士族であった星崎家の第二子として生まれた。幼名は貞次郎である。天心より十歳ばかり年上ということになる。母の死後、綾部藩の家老九鬼隆周の養子となり、隆一と改めた。その後、同じ綾部藩家老の娘と結婚し、一子をもうけるが、この縁はやがて破れ、隆一は上京して、慶應義塾で学ぶことになる。三田藩主九鬼隆義と福沢諭吉の間には親しい交際があったという。

後に天心と「道ならぬ仲」になる波津は万延元（一八六〇）年、杉山弥右衛門の長女として生まれた。隆一と結婚するにあたり、波津はいったん隆一の実兄星崎琢磨の養女となったのち、星崎波津子として九鬼隆一に嫁いでいる。このような複雑な操作をしてのち、婚姻関係を結んだ理由はよくわからない。松本清張も書くように、「波津子は隆一の実兄の養女になってから隆一と婚しているが、形式的でも『姪』が『叔父』と結婚するのは、古代ならばいざ知らず、明治の世ではきわめて不自然で」（『岡倉天心』二九頁）、何故そのような関係を敢えて作らなければならなかったのか不可思議である。

不自然というより、そもそも叔父と姪とで婚姻が可能かという疑問が生じてくる。第一章でも述べたとおり、旧民法（現行民法でも同じ）では三親等以内の親族とは結婚できない。したがって、婚姻届も受理されない。旧民法七二七条には、「養子と養親及び其血族との間に於ては養子縁組の日より血族間に於けると同一の親族関係を生ず」とある。養子も立派な「親族」なので、九鬼は三親等の姪である波津子とは婚姻できないはずなのである。

ところがここには逃げ道があって、同第七六九条では、「直系血族又は三親等内の傍系血族の間に於ては婚姻を為すことを得ず但養子と養方の傍系血族との間は此限にあらず」とされている。養子は近親結婚の禁の範疇外にいるのだ。

しかしながら、実子か養子かということは傍からは往々にしてよくわからないことであり、普通に見れば九鬼隆一と星崎波津子の関係は叔父と姪のそれに見えたであろう。[*51] 清張が「きわめて不自然」と書くのも無理はない。しかし、逆に言うと、血のつながりのない養子という可能性もあるから、まわりの人はとりたてて問題視しなかったということも考えられる。徳川時代、明治時代の日本は養子縁組のきわめて盛んな社会であった。近世から近代初期の日本では二親等ないし三親等の間のインセストに関する禁忌は比較的緩やかであったように筆者には思われるが、これはそのことと関わっているのかもしれない――養親と養子の血のつながりの濃さは往々にして、はたからはよくわからないものだから。第一章でも紹介した『三人吉三廓初買』では逆に、里子に出したせいでインセストが起こってしまう。この近親相姦の物語では、「世の中ではそういう不幸なことが起こってしまうものなのだ」という諦観めいたものが感じとれるが、それも養子制度が親族関係を複雑にし、そのことによって禁忌の侵犯が招来されるという認識を背景にしているのだろう。

また、第一章で見たが、幕末の農村では私生児が生まれた場合、これを親の戸籍に子として入れるということが行われていた。未婚の娘が生んだ子を、親は自分の子として、つまりその娘の弟もしくは妹として処理する。しかし、この場合、たとえば生まれた子——この子が女の子だとして——の父親、娘の相手が、その子と結婚したらどうなるのか。これは立派な実父と娘の間の近親相姦だが、戸籍上は無関係の他人なので、そのようには判断されないことになる。フレキシブルな戸籍処理のもとでは、近親相姦の関係は曖昧にならざるをえない。

つまり、ここで指摘しておくべきなのは、岡倉天心の「道ならぬ恋」が始まる前に、すでにもう一つの「道ならぬ恋（ないし関係——というのも、隆一と波津が『恋しあっていた』とはあまり考えられないから）」があったということである。

話を波津から九鬼隆一に戻そう。最初の妻と別れ、上京し、慶應義塾に入学した隆一だが、慶應義塾在学は一年を少し超える程度と短く、一八七二（明治五）年には文部省に出仕した。木戸孝允の引きもあり、出世街道を走り、天心が文部省入りする一八八〇（明治十三）年には、今日の次官にあたる少輔に昇進し、ほとんど省を牛耳るまでになっていた。そこに出仕してきた岡倉覚三はその高い英語能力、深い美術史上の知識、そして、フェノロサの信頼する助手としての立場から、九鬼隆一の信任を得ることになる。一八八二（明治十五）年に、九鬼隆一は学事視察のため近畿地方に古社寺所蔵の古書画・彫刻などを調べる目的で出張するが、この際、当時、専門学務局勤務であった岡倉が同行するのである。これが九鬼と岡倉の密接な関係の始まりであった。

一八八六（明治十九）年九月には、岡倉は美術取調委員としてヨーロッパ出張を命じられ、フェノロサとともに米国経由で出発した。

一方、九鬼隆一は一八八四（明治十七）年に米国特命全権公使に任ぜられ、妻波津子とともにワシントンに赴任した。しかし、波津子はそもそも外国行きを望んでおらず、さらに懐妊して、日本で出産したいと希望したので——お腹の子が後の哲学者九鬼周造である——夫隆一より先に帰国することにする。そこに、折からヨーロッパ視察を終え、やはり米国経由で帰国途中であった岡倉がエスコート役を依頼されたのである。

この頃には天心はすっかり九鬼の腹心の部下のようになっていた。彼のために働き、彼の文部行政の実現・拡張のために尽くしたのであり、またその見返りも期待していた。岡倉一雄の回想によると、中根岸（台東区）時代に、天心の書生をしていた美術学校生早崎梗吉《こうきち》が、ある日曜日に掃除のために天心の部屋に入ると、見慣れないメモを見つけたという。早崎は好奇心からそれを覗いてしまった。メモは「生涯の予定表」と題されていて、「四十歳にして、九鬼内閣の文部大臣となる」、「五十にして貨殖に志す」、「五十五にして寂す」などと記されていたという（『父 岡倉天心』一四四頁）。天心は上司九鬼隆一の引き立てで、官界で立身出世することを大いに期待していたのである。

九鬼の方も信頼する部下に家族の世話を任せたわけだが、この船旅が天心と波津子の距離を縮める。波津子は隆一の女性関係のだらしなさに嫌気がさしていた。すでに米国行き以前より離婚の請求を始め、それがこの後、延々と繰り返されることになる。天心の方は、まだ十六歳で東京帝国大学の学生だった一八八〇（明治十三）年には、三歳年下のもと子と結婚している。もと子はそれ以前、家事手伝いとして覚三の身の回りの世話をしていたという。おそらくは若気の至りで、深く考えずになされた選択だったのであろう。もと子は天心の知的・美的要求に応えうる女性ではなかったようである。これに対して、波津子は近代的な教養を備えた女性というわけではないが、もと新橋の芸者で、生き生きとした魅力ある女性だったようで、米国の社交界でも好意的に評価されていた。天心と波津子の間に電流が走るのも自然の成り行きであった。

帰国してから岡倉はただちに東京美術学校幹事に任用され、一八八九（明治二十二）年に帝国博物館が開設されるとその理事兼美術部長に、翌一八九〇年には東京美術学校校長に任じられ、順調な出世コースをたどっていく。もちろん、この背後には文部省を牛耳る九鬼の意向がある。だがこの間、天心は、一八九五（明治二十八）年には、異母姉の長女、つまり姪の八杉貞との間に一子を儲けている。お盛んなことだと言わざるをえない。それと連動しているのか、一八九七（明治三十）年には、病後の静養のためという理由で妻もと子が別居、自らは根岸の家で独身生活をするようになった。そもそも、それ以前の一八九六年には、波津子がすでに天心を慕って、夫隆一と別居し、根岸に転居してきていた。この波津子の根岸の家に、天心は入り浸るようになる。このころの天心と波津子の様子は、九鬼周造が愛惜を込めて、追想している。

「岡倉氏はたいてい夕方から来られた。中二階の奥の間でぼんぼりの灯かげで母と夕食を共にされることがよくあつた。酒の徳利がいつも目についた。氏の真赤な顔を見たこともある」（「岡倉覚三氏の思出」二三三―二三四頁）。「別居してゐた父と母とは全く来往はなかつたやうに思ふ」（「根岸」二二七頁）という状況である。天心は朝帰りというようなことも多かったようで、回想の次の部分はもっとなまめかしく、痛々しい。「或る日曜の朝早く起きて母の家の庭で一人で遊んでゐると岡倉氏が家から出て門の方へ行かれるのとヒョッコリ顔を合はせた。その時の具体的光景は私の脳裏にはつきり印象されてゐるが、語るに忍びない。まもなく母は父から離縁され、……」（「岡倉覚三氏の思出」二三七頁）。

寝取られ夫九鬼隆一の不可思議な対応

このように、部下に妻を寝取られた形になった九鬼隆一であるが、これに対する態度はきわめて微温的であった。松本清張が『岡倉天心――その内なる敵』で暴露したところのマル秘資料が示しているように、基本的には、元の鞘に収まってほしいという要望を執拗に繰り返していただけのようである。マル秘資料とは、九鬼隆一が東京府巣鴨病院院長呉秀三に提出した申請書であるが、妻波津子が、離婚をしきりに懇請し、同居を拒み、出奔し、帰宅を懇々と説諭しても聞かず、岡倉天心の妻との間に悶着を起こし、天心との引き離し工作もなされたが、それでも天心のもとに走ろうとしたことなどが綿々と書き綴られている。それにもかかわらず、そ九鬼は「傲然離婚をなすことなどは到底出来ず、況んや予と病女［波津子］の間には四子あるにおいてをや云々とて［わたし九鬼は］親友人の勧告も病女の悃請も聞入れざりし」と、とにかく、穏便に済ますことだけを考えていたと縷々述べているのである（一一頁）。

もちろん、これは巣鴨病院（旧東京府癲狂院）院長であった呉秀三にあてて初子（波津子）*52の極めて不安定な精神状態の原因を説明し、理解を求める文書であって、天心を批判するために書かれたものではない。だが、初子の錯乱の背景には天心との「不倫」があるわけで、少しは責任を問うようなことが書かれていてもいいはずだが、二人の「道ならぬ仲」のことはこの文書では注意深く言及が避けられている。これでは呉秀三も何が原因で精神に異常をきたしたのか判断に苦しむところだろうが、岡倉天心と九鬼隆一夫人の関係は広く世間に知られたところでもあった。書かずもがなということか。当該文書では岡倉天心の名前も伏せられているが、別に天心の名誉を守ろうという意識ではあるまい。執拗に繰り返される「米国同帰の某士」というもってまわった名指しは、逆に九鬼のいら立ちを示してもいる。だが、それにしても、「姦通」の事実も語られず、「よりによって恩人である自分の妻と」というような表現も見られないのである。

九鬼隆一は機を見るに敏で、権謀術数にたけたエリート官僚であった。気が弱くて泣き寝入りというようなタイプではない。また、彼がどれほど武断的な性格を持っていたのかは判然としないが、少なくとも旧藩士である。恥をかかされては黙っておれないという気持ちがまるでなかったはずはなかろう。それなのに、九鬼は妻と部下の情事を目のあたりにして、事態を繕うのに汲々としているのである。

もっとも、仮に九鬼がサムライ的精神にあふれていたとしても、やはり大騒ぎして、遺恨を晴らそうというような態度には出ていなかったかもしれない。その種の報復は精神衛生的にはいいかもしれないが、行為としては割に合わないのである。

「妻敵《め》討ち」とは「妻ヲ人ニ盗マレタル者、其姦夫、姦婦ヲ尋ネテ、討果タスコト」(大言海)を指す。妻を寝取られた夫が相手の男や妻を成敗することは江戸時代の武士には権利として認められていた。野蛮な話と思われるかもしれないが、今日の民法で認められている、姦通相手の男や妻に対する損害賠償請求の権利は、「成敗」の形態が変わっているだけで、ことの本質は変わらない。現行法では姦通罪は廃され、「姦通」行為は刑法ではなく民法の対象となっているだけで、「不義・密通」があった場合、裏切られた配偶者が「姦通」相手に落とし前をつけさせるという基本的構造は同じなのだ。

ただし、この民法に規定された権利を行使しようとする夫はあまり見られないようである。仮に賠償を勝ち取ったとしても、金をよこせと騒ぐのは、寝取られ亭主の恥の上塗りでしかない。

戦前では、相手を姦通罪で告発して刑事的に訴追してもらうということも可能であったが、これも稀だったようである。そもそも姦通罪は強姦と同じく親告罪である。ここでもやはり、恥を忍んで姦通を親告して表沙汰にしようという男は少なかったように見える。同様に、江戸時代にあっても、姦通の決着を妻敵討ちにしようという武士は少なく、あっても「立派に討って恥の妻敵」などと川柳で茶化されてしまうのである（『「御定書百箇条」を読む』より孫引き。二四六頁）。

夫の側の訴追をくらった稀な例の一つが有名な、北原白秋の一件である。白秋は一九一二（明治四十五）年、隣人の妻と恋に落ち、関係し、その夫に姦通罪で告発されたことによって、短いが投獄される。

戦前の有名な事例に、「内縁の夫が出征中に、隣家の男が内縁の妻と私通し、一子をもうけたために、内縁の夫が精神上の苦痛を受けたとして、隣家の男に対して、五〇〇円の損害賠償を請求した場合について、裁判所は、内縁の妻と通じた男について、夫への賠償責任を認めたというものがある（自由国民・法律書編集部編『夫婦親子男女の法律知識』一二九頁）。「戦前の事例」というのがいつのことかはっきりしないが、『新版日本長期統計総覧』第四巻によれば、一九四一（昭和十六）年の一世帯の平均月収は一四二円七三銭となっている。したがって五百円というのは、月収の三か月分強ということになる。これは現代の金銭価値に換算すると、百二、三十万円というところであろうか。現代でも寝取られ夫（妻）に認められる賠償金はこの程度なのである。これが妻の（ないし夫の）姦通に司法がつける値段であり、たかが知れた金のために大騒ぎして、ことを荒立て、恥をかくのはばかばかしいと多くの人は考えるであろう。

九鬼隆一が天心と波津子の「姦通」を指弾した気配がないのも、同じような理由、すなわち、騒いでも自分の恥の上塗りをするだけという判断だったのかもしれない。九鬼は、天心に対しても、妻に対しても、特に姦通を咎めだてるような発言をしていた様子はない。それは二人の関係の進行中もそうであるし、終息後も同じである。また、批判がましい口を第三者に対してきいていたような形跡も、現存する史料を見るかぎりない。もっとも、恥をさらしたくなかったからなのか、あるいは、自分自身がほかでさんざん女遊びをしているので、そのことで四の五の言う資格がないと思っていたのか、その辺の事情はわからない。

さて、「妻敵討ち」は割に合わないと書いたが、章の冒頭での「上司の妻との仲」という問題設定に対する説明にもあった通り、上司のお気に入りの女に手を出したり、まして、妻を口説いたりすればキャリアの危機であり、実生活上の損害は甚だしい。だが同時に上司の方も手ひどいダメージを受けずにはいない――そして、それは精神的なものだけではない。体面は汚されるし、「妻に裏切られた男」ということで評価は下がるし、また、部下の管理ができていないという誹《そし》りも受けるであろう。九鬼の、部下に妻を寝取られるという尋常ならざる事態に対する煮え切らない態度の背景には、やはりこのようなキャリア上の配慮があったのではないかと推察される。ワシントン公使の任務を終え、帰朝した九鬼は、図書頭、宮中顧問官、帝国博物館館長の職を次々と兼任で襲い、一八九〇（明治二十三）年には貴族院議員に勅選され、一八九五（明治二十八）年には待望の枢密顧問官の地位を得、さらに一八九六年には男爵に叙されて、華族となった。まさに飛ぶ鳥を落とす勢いであったのである。「そうした九鬼隆一にとって、妻との別居、波津子と岡倉天心との不倫な関係の進展、さらに妻の離婚請求はまさに頭痛のタネであったであろう」（高橋眞司『九鬼隆一の研究』一五〇頁）。

九鬼は妻の離婚の要求を執拗に拒み続けるが、大岡信はそのことについて、「私に不思議に思われるのは、九鬼隆一がなぜ頑なに彼女からの離縁の熱望をしりぞけつづけたのかという点である。宮中顧問官、貴族院議員、枢密顧問官といった地位が、離婚という醜聞をことにも恐れさせたのだろうか」と書いている（『岡倉天心』三〇八頁）。近藤富枝は「一番隆一が怖れたのは、離婚した波津が天心と結婚することだった。これは大へんなスキャンダルになる。そのためにすぐ足許まで来ている授爵の栄誉が消える心配があった」と推測し、その結果、別居して交際は断つが、婚姻関係は解消しないという、形式的な体裁にこだわって、ことを荒立てない解決策の提案に至ったとする（『相聞』一六〇頁）。妻を離縁して、その妻をほかの男に取られる、そのような醜聞を、高級官僚であり、野心的な政治家であった九鬼の立場が許さなかったということになる。

「カップル」という新しい単位

九鬼自身は、離婚を逡巡する理由を、呉博士に宛てた請願書の中で次のように説明する。

「悲しむべきは病女と共に公生活をなし、上辺の拝謁をさへなして度々病女の容体をさへ、御尋ねを蒙ること度々に予は一身を切るが如き思ひをなせり、此時に当り其離婚の事を公にしてはどうしても予がどの面を下げて、上辺の拝謁ができるものか、又一には外国友人に対しても予の多くの友人に如何にして予の面皮あらんか」（松本清張『岡倉天心』一一一頁）。

この説明で興味深いことは、ここに明治になって始まった新しい「カップル」単位という感覚が見て取れることである。

徳川時代の武家社会において妻は子孫を残すための再生産装置としての、また、家内労働力としての意味しか持たない。家は父系で継続していくのであり、妻はそこに関与しない。嫁は嫁ぎ先の家には実は入っていないのであり、江戸時代には、妻は死後は婚家ではなく実家の墓に入るのである。

一方、福沢諭吉は『日本婦人論』で妻が財産権を持たないと書いているが（「日本の女子には資産あるものなし。前に云へる如く三界に家なしとまで諺するほどの次第なれば、固より私に有財する者ある可らず」〔一〇五頁〕）、これは必ずしも当たらない。福沢の説くような事態は明治民法下においてそうなのであって、徳川時代にあっては妻が実家から持ってきた着物、家具そのほかの動産は妻の所有物である。[*53] やはり妻は婚家の成員にはなっていない。それが、明治以降の旧民法の体制においては、妻は完全に婚家の一部となる。そして夫婦が家の中核をなすことになる（もちろん、夫と妻の間のヒエラルキーが変わるわけではない）。

そこに欧米諸国より「男女同権」や「友愛結婚」の理念に基づくカップルの思想が流入する。

この流れに大いに棹さしたのは啓蒙思想家福沢諭吉である。たとえば『日本婦人論』では、徳川時代において女性が不当に「空房を守ら」され、行動の自由を奪われていたと書き、続けて、「当時の諸藩士が藩用を以て江戸大阪其他の要地に旅勤寄留するにも、大概は家族の携帯を許されず、尚広く平民社会に於ても、商用等にて旅行するに交通不便利、妻を伴ふなどは絶無と云ふも可なり」と嘆いている（一〇九頁）。言葉を変えれば、（公用や商用で（西洋諸国で行われているように）妻を同伴するべきだと説いているわけであり、福沢の男女同権論は、なるべく夫婦いっしょに行動するのが望ましいという考えにストレートにつながっていっているのである。

翻って『男女交際論』では日本では夫婦が外では他人のように振る舞っていることを批判し、こう述べる。「川柳の句に二三丁出てから夫婦連れになると云ふことあり。元来男女の天賦夫婦の情に於ては散歩するにも我家より相伴ふて門を出るこそ本意ならんに今然らずして出門二三丁の間は態と道を前後に齟齬し約束の処に至て始て連れになるとは何故なるや」（二五頁）。

こうして、（カップルとしての）「夫婦」というものが、生活の、人生の、社会的活動の単位として奨励されるようになる。社交の場には夫婦同伴ということになるし、政治・外交・経済活動の儀式も妻といっしょに出席するという規範が生じるといったことになってくる。

この流れを可視化したのが肖像写真であった。ポートレート写真は十九世紀後半のヨーロッパで広まるが、カップル単位の行動様式がすでに確立しており、肖像写真も当然、夫婦で撮ら

図2　ホテル経営者の夫婦、1930年頃

（ザンダー『20世紀の人間たち』、44頁）

れたものが広く見られた。[*54] 十九世紀末から二十世紀前半に活躍したドイツの肖像写真家ザンダーの作品から夫婦の肖像を一つ引こう（**図2**）。解説者のウルリヒ・ケラーは「ここで対象になっているのは夫婦二人が力を合わせて、仕事を分担して切盛りしている家族経営体であることが、この写真で明らかになる」と説明している（四三頁）。もちろん、明治の日本人は欧米のカップルを「男女平等」と誤解したが、西洋社会に存在していた現実の男女の力関係がこの写真でも明らかになっているので、ケラーは続けて、「黒い服を来た夫がフロントやカウンターのような表向きの仕事を受け持ち、しわくちゃの仕事着を着た妻が料理や部屋の掃除などを受け持っているのだろう」と付け加えている。

日本における肖像写真の歴史に目を向ければ、下岡蓮杖が横浜で一八六二年に開いたものが、フォト・スタジオを備えた最初の写真館だったとされる。この頃の日本人が、写真を撮ると魂を抜き取られると言って恐れたことはよく知られたことだが、次第に肖像写真は一般化する。そして、その中でもカップル単位という意識を反映してのことだろう、夫婦でのポートレートが頻繁にみられるようになってくる。

この、夫婦での肖像写真というものの根底には、夫婦単位の発想、そしてそれを支える男女同権論があり、日本ではそのような思想の優れた代弁者が福沢諭吉であったことはすでに見た通りだが、それを裏書きするように、福沢はカップルでの肖像写真の日本における濫觴《らんしょう》（起源）となっているのである。

もっとも、その写真は夫婦でのポートレートではなく、アメリカの少女と並んで撮ったものである。『日本はじめて物語』によると、日本で初めて「ツー・ショット」の写真を撮ったのは福沢諭吉だという。万延元（一八六〇）年、咸臨丸にもぐり込んで、遣米使節とともにアメリカにわたった福沢諭吉は「ある日、サンフランシスコの写真屋に立ち寄ると、そこにいた十二、三歳の少女と並んで写真を撮ってもらった。実はその写真屋は、当時サンフランシスコで有名なウィリアム・ショウという人の店で、撮影したのはショウ自身、少女は彼の娘だったのである。だが諭吉には、若い娘と二人で写真を撮ったことだけが自慢だったようだ」（一一三頁）。同書はこの写真をあげ

図３　福沢諭吉の肖像写真①
（サンフランシスコの写真館にて）

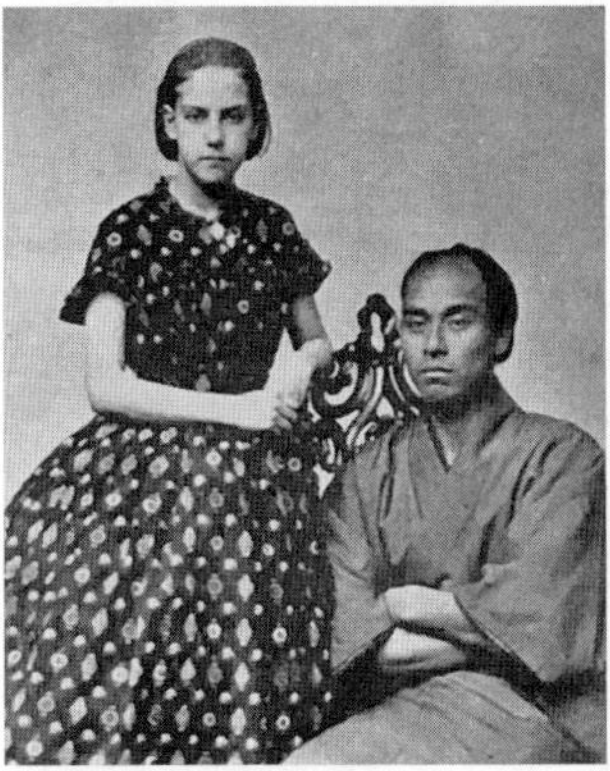

（福澤諭吉全集第七巻口絵、岩波書店、1959年）

図4　福沢諭吉の肖像写真②

（石河幹明『福澤諭吉伝』第四巻）

図5　坪内逍遥・セン夫妻

（『明治文学アルバム』別巻1、42頁）

ていないが、おそらくはよく知られた、**図3**の写真であろう。

もちろん「若い娘と二人で写真を撮ったことだけが自慢」と書かれるように、この写真は、必ずしも、後に福沢が唱える男女同権論を反映したものでもなかろうし、また「カップル」という意識の表出ではないのかもしれないが、それを予告しているものになっていることだけは間違いないだろう。事実、福沢は後には夫婦の肖像写真もちゃんと撮影している（**図4**）。

こういったものを皮切りに、夫婦での肖像写真というものは一般化していくのであって、文学史で馴染みの深い、坪内逍遥とセン夫人のポートレート（**図5**）や、北村透谷とミナ夫人のツー・ショットなど、おそらくは西洋文明の思想に深く接していた人たちを中心に、この慣習が広まっていったようなのである。

このようにして、欧米風のカップル単位の発想が維新政府の新しい規範となっていった。九鬼隆一もその流れの中にいたのであろう。九鬼のような、古いシステムを引きずっているかに思われるような人物に、このような新しい価値観が見られるのはやや奇異にも感じられる。九鬼は慶應義塾で福沢諭吉に学んでいたときに、こうした発想を吸収したのかもしれない。

さらにいえば、おそらく「カップル単位」という行動規範・意識は、進歩的知識人の間だけではなく、密かに日本社会に広く、深く浸透していたとも考えられる。だからこそ天皇と皇后の両者が並んだ御真影を「臣民」は家に飾って崇めたのである。**図6**にあげたのは、明治天皇と昭憲皇后の石版画の絵葉書である。これは天皇・皇后が実際にこのようにポーズしたというのではなく、かくのごとく構想され、表象されたのである。天皇は明治以降の近代日本国家において社会構造の中核であり、モデルであったわけだが、そこにおいて、夫婦単位というものが意識的にイメージとして再生産されていった

図6　明治天皇と昭憲皇后

（石黒敬章『幕末明治の肖像写真』、67頁）

のである。

九鬼が執拗に「上辺への拝謁」があるから離婚できないと繰り返すのは興味ある事態である。九鬼は保守派で、そのため天心とともに反西洋美術的政策に走ったし、皇室への敬愛の念も強かった。だが、九鬼は逆説的に、公共の場ないし政治的な場におけるカップル単位の行動という、西洋近代的理念にも縛られるのである。もちろん、米国公使としてワシントンに三年間、社交生活を送った九鬼が、そのような行動パターンを血肉化していたのは当然のことではある。だからこそ、離婚して、独り身になった上で皇家の人々に拝謁を賜るような事態を受け入れることができなかったのであろう。

飼い犬に手を噛まれたのはだれか

九鬼の天心に対する態度の問題に戻ろう。前述のとおり、九鬼の態度には不思議なほど、恩を仇で返した元部下への憎悪なり、反感なりは感じ取れない――九鬼が、スキャンダルは表沙汰にするのではなく、なるべく内々に済ましてしまった方が、恥もかかないし、自分のキャリアも傷つかないと考えて我慢したのだとしても。

しかしながら、少し意地悪な言い方をすれば、「上司」に対して、恩を仇で返すような振舞いに出たのは九鬼隆一本人も同じであった。それは福沢諭吉に対する態度である。九鬼は郷里三田で藩校および英蘭塾で学んだのち、上京して、慶應義塾に入学する。九鬼は義塾中退後、文部省に出仕するが、それ以降も福沢のもとには足繁く出入りしていた。その様子を福沢が書簡に書き記している。「老生は本と三田藩主と懇意、旁隆一も自から近しく致し、身の内外の有様までも語るの交際、其後官途に就き候ても不相替拙宅に出入、家人同様に致居候」(書翰集、六九〇頁)。ところが二人の関係はやがて決裂する。そもそも九鬼は保守的な思想の持ち主で、文部省で実権を握ってからは、教育令の制定を推し進め、その過程で自由民権運動を抑圧し、国権主義的な方向性を露わにする。福沢がそのことを快く思うはずがない。一八八〇(明治十三)年には国会期成同盟が結成され、国会開設を求める運動が起こる。この問題に関して漸進主義的構えを取る伊藤博文・井上毅と、国会の早期開設を唱える大隈重信が対立する。そこに北海道開拓使官有物払い下げ事件が起こり、民権派の政府攻撃が強まる。伊藤博文と井上毅は事態収拾のために、国会開設の詔勅を出すとともに、大隈重信参議を罷免する(明治十四年の政変)。大隈によれば、「[国会開設について]吾輩共が相談してゐた事柄を〇〇〇〇などといふ反覆の多い男が裏切りをして薩摩の連中に報告したものと見えて、吾輩が福沢と謀叛を企てたといふやうな問題になつて来たので、伊藤井上は腰を抜かしてしまつて手を引き、又岩倉等もへこたれてしまひ、遂に吾輩が一人その事件を背負つてしまった」のだという(石河幹明『福沢諭吉伝』第三巻、七〇〇頁)。

この「反覆の多い男」というのは九鬼隆一を指しているらしい。機を見るに敏な九鬼は、薩長派に恩を売った方が得だと考えたのであろう。飼い主の手を噛むようなこの行為に福沢は激怒する。事件の後の時事新報の社説（一八八二［明治十五］年三月六日）では九鬼を「時勢に走るの軽薄児と云ふべきなり」とこき下ろし、その後の書簡では九鬼を「反覆鉄面皮」と呼び、果ては、九鬼が駐米公使として米国に赴任した際には、米国留学中の息子たちが九鬼に接近しないようにという注意を与えている。そして、「［九鬼は］己が利害こゝに去れば旧誼を棄すること弊履の如くなればなり」と吐き捨てている。

自己の都合で、恩人に仇をなすことをためらわなかった隆一である。天心という飼い犬に手を噛まれた際にも、世の中そうしたものと達観していたのかもしれない。

もちろん、心中どうだったのかということは推測するしかないのだが、少なくとも、九鬼が書簡などでそのような憤懣をもらしているものは見当たらないし、また、九鬼本人ではなくとも、九鬼側の、つまり天心を指弾する側の文書にもそのような部分はないのである。たとえば、松本清張が暴露した天心「誹謗」の怪文書を見てみよう。

「築地警醒会」と署名された天心を弾劾する文書は一八九八（明治三十一）年三月二十一日に、美術界の関係者、新聞雑誌社、美術学校生徒の父兄らに配布された。そこには天心が学校を私物化し、好きなように予算を使い、「怪物的な」作品を弟子に制作させたなどさまざまな誹謗中傷が語られているが、性的スキャンダルをめぐる部分は、以下のような内容である。

［東京美術学校の］校長タル岡倉覚三ナルモノハ、一種奇怪ナル精神遺伝病ヲ有シ、常ニ

ハ快活ナル態度ヲ以テ人ニ接シ、又巧ミニ虚偽ヲ飾ルモ、時アリテ精神ノ異状ヲ来タスニ及ビテハ、非常ナル惨忍ノ性ヲ顕ハシ、又強烈ナル獣慾ヲ発シ、苛虐ヲ親属知友ニ及ボシ、人ノ妻女ヲ強姦シ、甚ダシキハ其ノ継母ニ通ジテ己レガ実父ヲ疎外シ、怨恨不瞑ノ死ヲ致サシムルニ至ル（松本清張『岡倉天心』一〇五－一〇六頁）[55]。

「獣慾」という語はもともと仏教の文脈などで用いられてきた古式ゆかしい単語だが、明治二十年ごろからは新しく導入された性科学的言説の影響下に、病的肥大性欲といった意味で用いられるようになった。ここの「獣慾」がどちらの意味で用いられているのかは、この怪文書の起草者と目される、美術学校図案科主任教授であった福地復一という人物の経歴が詳しくはわからないので、はっきりとしたことはいえない。松本清張が発見した福地の履歴書には伊勢の出身で、津の師範学校を出た後、上京し三田英学校で「英語を学ぶ傍ら史学・哲学等を修」めたとされているから（松本前掲書、一〇九頁）、ある程度、新しい「科学」的言説に親しんでいたかもしれない。「継母ト通ジ」というのは、異母姉の長女である八杉貞との関係を言っている。先述の通り、岡倉は貞との間に男児を儲けている。そして、「人ノ妻女ヲ強姦シ」[56]というのが九鬼波津子との関係を指しているが、木下長宏の伝記『岡倉天心』がこの「怪文書」について、「なぜか、そのとき岡倉を最も悩ませていた前九鬼隆一男爵夫人星崎波津子との関係は暴いていない」と書くように（一七九頁）、取り立てて九鬼夫妻との「愛欲のもつれ」が詳しくほじくり出され、指弾されているわけではない。[*57]

一方の当事者である天心がこの「道ならぬ恋」をどのように観じていたのかについても、不思議に史料がない。天心はこの件について特段、何も書き残していないのである。[*58]

道ならぬ恋の悲母観音と白狐

そのような「欠落」を補おうという評者や史家たちの試みもある。一つは狩野芳崖の傑作『悲母観音』の解釈である（図7）。フェノロサは「日本ニ於イテハ聖像御影トシテ完タル版画アラザル」ことを嘆き、狩野芳崖にイタリア・ルネサンスの画家ジョルジョーネの石版画『祭壇のマドンナ』を示した。「フェノロサのもたらした聖母御影《マドンナ》や彼の発言に刺激されて、芳崖は日本のマドンナを描こうとしたに違いない」（細野正信「悲母観音の秘密」七五頁）。岡倉天心もその試みに大いに賛同していた。「翁［芳崖］嘗テ人ニ語テ曰ク人生ノ慈悲ハ母ノ子ヲ愛スルニ若クハナシ観音ハ理想的ノ母ナリ万物ヲ起生発育スル大慈悲ノ精神ナリ創造化現ノ本因ナリ余［芳崖］此意象ヲ描カント欲スル茲ニ年アリ未タ適当ノ形相ヲ完成セスト」（国華第二号、二一頁）。一部の評者は、こうして出来上がった観音の図絵に、天心の波津子に対する、いつまでも消えぬ思いを見るのである。

この見方をおそらく最初に示したのは天心の弟由三郎である。由三郎は、波津子が「自分等兄弟が、幼少にして失つた慈母に対するやるせの無い追母の念」を喚起したと語った上で、

「我々兄弟とD夫人［男爵夫人、すなわち九鬼隆一夫人である波津子］との関係の中には狩野芳崖氏も大いに与つてゐることは、同翁一代の傑作として世に遺されてゐる、東京美術学校所蔵の『慈母観音』の大作からも知られる」と書いている（「次兄天心をめぐつて」本欄一二三頁）。

しかし、「永遠の母性」への憧憬というテーマの表現のために、狩野芳崖が波津子を参照したかどうかということになると、史家の多くは否定的である。大岡信は時間的関係からこれを否定する。「天心が初子の護衛を九鬼駐米公使から頼まれてともに帰国したのは、ちょうど一年前の二十年十月十二日であって、天心と初子の関係はまだまっさらなものだった。したがって、芳崖の絶作『悲母観音』に関する［それが波津子の面影を伝えるものだという］由三郎教授の言葉は、いずれにしても天心・由三郎・初子らの具体的関係にかかわるものではありえず、

図7　狩野芳崖『悲母観音』

（国華第二号）

その精神的な意味を語ったものであろう」（『岡倉天心』二二三頁）。松本清張も年代的に合わないとして否定している（『岡倉天心』一二二 - 一二三頁）。

一方、一番断定的なことを書いているのは近藤富枝である。「観音にもモデルがあった。九鬼波津である。ある日、芳崖が画室としていた、小石川植物園内の図画取調所に、九鬼波津が紫のお高祖頭巾姿であらわれた。案内してきたのは天心の弟の由三郎であったらしい。温柔、端麗、地合いをたたえた美の極致といわれる芳崖の観音は、このときの波津のスケッチをもとにして描かれた」（『相聞』一五〇頁）。しかし、この記述をほかの史料から裏付けることはできない。

高橋眞司は、これらの賛否両論を踏まえた上で、天心の『欧州視察日誌』の記述にある「Hogai meets H」という記述の「H」が波津子であるという可能性を示唆しつつも、『悲母観音』のモデルとして波津子がいたかどうかは性急には結論を出せないとする（『九鬼隆一の研究』一七四頁）。

本書は、ここで新しい新資料や新解釈を提出して、この問題に決着をつけようとしているわけではない。そもそも狩野芳崖論でも、美術史でもない。岡倉天心の「道ならぬ恋」がどのような性格だったのかというのが、ここでの関心の焦点である。その立場からいえば、重要なのは『悲母観音』のモデルが波津子であったかどうかではなく、天心がそこに何を見ていたかである。少なくとも、天心は、すでに引用した記事「狩野芳崖」の中の文言からもわかるように、

『悲母観音』に、由三郎が言うような、「母なるものへの憧憬」を読み込んでいた。残る問題は、天心が、『悲母観音』に表現された「永遠の慈愛の母性」の背後に、さらに波津子という現実の女性をイメージしていたかどうかということである。それに白黒をつけることのできる史料は存在しないが、少なくとも、清張のいう、「［『悲母観音』制作の時点で］天心と波津子の間の関係は始まっていないから、『悲母観音』に波津子を読み取ってはならない」という議論は芳崖論ではありえても、天心論からは逸脱している。九鬼が「米国同帰の某士」と執拗に思わせぶりな表現で天心を呼んでいたことからもわかるように、天心と波津子が米国から共に帰国した一八八七（明治二十）年には、まだ二人の間に具体的な男と女の何らかの関係が生じてはいなかったにしても、「恋の予感」のようなものがあったことはほぼ疑いえない。さらにいえば、それから十年後、天心と波津子が現実に深い仲になったときに、天心が『悲母観音』を想起し、またそこに自らの聖母マリアであるところの波津子を見なかったとはだれにも言えないのである。少なくとも、すでに引いた、天心が国華に寄せた「狩野芳崖」という記事で見たように、天心は『悲母観音』に聖母をはっきり見て取っている。

これとは別に、天心の波津子に対する、語られざる思いの説明として、天心の「白鳥の歌」である『白狐』を引き合いに出す論者もいる。たとえば、『悲母観音』に波津子を読み込むことには慎重だった大岡信の説である。英文のオペラ台本『白狐 *The White Fox*』は、天心の唯一の戯曲であり、生前には刊行されず、タイプ原稿だけが残っている。この戯曲は葛の葉伝説に取材したもので、葛の葉と保名《やすな》は恋仲であるが、横恋慕した悪右衛門が葛の葉を奪い取ろうとする。コルハという白狐は保名に命を救ってもらった恩義があり、保名を助けようとする。そして、魔法の石の力を使って悪右衛門を殺害し、また葛の葉の姿に化け、葛の葉を悪右衛門に奪われたと思って絶望していた保名の前に姿を現す。二人は結ばれ、子までなすが、葛の葉が存命で、保名を尋ね歩いていると巡礼から聞いて、コルハは狐の姿に戻り、消え去るというものである。

大岡信は『白狐』を読み込みつつ、「［天心は］保名に彼自身を、葛の葉に［天心が晩年、深い交友関係を持ったインドの詩人］プリヤンヴァダ・デーヴィ・バネルジーを、ひそかに擬していたにちがいない」とし（一四八頁）、同時に、「女人の中に慈母を見る心の機構からすれば、コルハの形象はまた、初子と母このの複合されたイメジでもあっただろう」とする（二二二頁）。

プリヤンヴァダが葛の葉になぞらえられているのは、テキスト上の根拠がある。コルハが化けているところの葛の葉が待つ家に保名が帰ってきて、葛の葉（と保名が信じている女性）をたたえる歌を唱うのだが、この歌がプリヤンヴァダの詩から取られているのである（あまつさえ、天心は、プリヤンヴァダとの往復書簡の中で、彼女の詩を『白狐』で使うことの許可を求めていたりするのである。天心の意図するところは明らかであろう）。だが、『白狐』に波津子も詠み込まれているというのは推測に過ぎない。大岡は言う。「思うに、初子との事件は、折さえあれば血を噴くていの、きわめて破れやすい深傷として彼［天心］の中にたたみこまれたのである。『白狐』のもう一つの隠されたモチーフは、この深傷の中にくるまれている初子の悲劇的なイメジを、コルハ狐と保名の悲恋物語のうちに解き放ち、これに永遠的な形を与えて聖化するということにあったのだとさえいえるのではなかろうか」（一九五頁）。しかし、この推測を補強する歴史的・テキスト的事実とても、とくにあるわけではない。

狐コルハを波津子に見立てるのは魅力的な仮説ではある。コルハ、葛の葉、保名の三人は三角関係を形成しており、正妻葛の葉の帰還に伴い姿を消していくコルハは波津子の運命と重なりはする（もっとも、大岡は、葛の葉の方は天心の正妻基子ではなく、プリヤンヴァダに見立てているのだから、やや不整合ではある）。

そもそもこの「コルハ」という一風変わった呼び名はどこから取られているのだろう。これに関しては諸説あり、一つは天心の息子一雄が『父 岡倉天心』に書いていることで、「女主人《ヒロイン》の『こるは』という名は、『聊斎志異』に現れる狐の姓が、いつも胡氏であるところから借用した命名である」とする（二七六頁）[*59]。一雄はその根拠として、「葛の葉姫に変化せんために『こるは』が月に祈る一場のごときも、同書の記載にヒントを得たもののようである」と書き、また、「天心の幾ばくもなかった書庫の中から、この奇譚を集めた支那小説が発見されたので、私は明らかに、そういうことが断ぜられるのである」と主張している（二七六－二七七頁）。

一方、大岡信は、すでに引いたように、コルハの名前には、天心が幼いころに死んだ母この、の名前が響いているとする。

筆者には岡倉一雄の説も、大岡信の説も、積極的に支持する根拠もなければ、退ける理由もない。だが、一つの新しい発見があって、これは天心研究で言及されたことがない点であるが、kolha は実は、インドの方言の一つ、マラーティー語で「狐」という意味なのである。[*60] マラーティー語は、インド西部で話され、現在八千三百万人の話者を持ち、インド国内ではヒンズー語、ベンガル語につぐメジャーな言語である。全世界的にも話者数で十一位を占めている。天心は一九〇一（明治三十四）年から一九〇二年のインド旅行の際には、マラーティー語を公用語とするインド西部のマハーラーシュトラ州の州都ボンベイ（現ムンバイ）などの都市も訪問しており、その際に kolha の語に触れていたのではないかとも推測される。「狐と何々」といったタイトルの民話も多く、天心は、狐を表紙にあしらった絵本などを見たか、購入していたのではないか。

しかしながら、kolha を狐として明瞭に意識していたわけではなかったかもしれない。天心は晩年にはプリヤンヴァダの導きでベンガル語を学習していたが、インド国内の方言差は大きく、マラーティー語話者以外には、kolha が狐だということは必ずしも分明ではないようである。事実、天心は、プリヤンヴァダに、登場する狐を kolha と呼ぶことについて意見を求め、プリヤンヴァダは「コルハという語はバナナの実をややくだけた言い方で言う時にちょっと似ています。――あまり礼儀正しい言葉とはいえません」と回答しており、「狐」の意味の方言だとは認識していない。[*61]

だとすれば、おそらく決定的な一つの解はないので、天心は『白狐』に、マラーティー語の狐も、『聊斎志異』の狐である胡氏も、母親のこのも、そして、それが体現する「永遠の慈母」も、その代理である波津子も、その芸術的形象である（悲母）観音も、少しずつ盛り込んでいたのであろう。

『白狐』と悲母観音との接点は、『白狐』のテキストの中に書き込まれている。第三幕では葛の葉の姿で保名の子どもを産んだ白狐のコルハが観音のお堂で赤子の世話をしている。この設定は悲母観音を想起させずにはいない。同幕では巡礼たちが「南無大悲の観音さま」と祈りを捧げている（二七五頁）。さらに最後の葛の葉と保名のセリフの異文ではコルハに呼び掛けて、「そなたは生けるものなのか、それとも尊い観音さまなのか」と歌われている。

こうして、岡倉由三郎も、岡倉一雄も、大岡信も、近藤富枝も、天心が悲母観音や『白狐』に波津子を読み取り、書き込もうとしていたと解釈し、また、それが「永遠の母性」への憧憬であるとして描き出そうとしているとしたら、そのような解釈の戦略は、天心が、「姦通」を犯し、あまつさえ、上司の妻に手を出すという振る舞いに及んでいたという「道ならぬ」経緯を、異なる光で描き直そうということだったに違いない。岡倉由三郎の、「「天心と波津子の関係を」普通の肉欲だけの問題ほか解し得ない世間一般の人々には、自分として、説明の道が無く感じる」（「次兄天心をめぐつて」本欄一二二頁）という言葉は、まさにそういう意図からなされているのであろう。

天心の騎士道恋愛

さて、日本でも好きな女性を観音になぞらえるということはときに行われたが、恋人と神格化された母との結びつけは、西洋文化——とくに中世以降——の伝統であったといえよう。もともと（新約）聖書の中では大きな意味を持っていなかったキリストの母マリアは、紀元後四世紀ごろには「神の母」という特権的地位を獲得する（ペリカン『聖母マリア』第四章）。その後は「神聖な女性」としてますます渇仰の対象となり、「永遠に女性的・母性的なるもの」の体現者となっていった。そして、この聖母崇拝は、中世になって騎士道恋愛と結びつく。すなわち、永遠の慈母に対する信仰が、永遠の女性への憧れに読み替えられるのである。

宮廷風恋愛（amour courtois）とも呼ばれる騎士道恋愛は十二世紀、南フランスの吟遊詩人トゥルバドゥールたちによって謳われて今日に伝わる愛の伝統である。ここではM・ドラブルのオックスフォード英文学辞典 *The Oxford Companion to English Literature* の簡潔な説明を借りることにしよう。「[amour courtois は十二世紀プロヴァンスのトゥルバドゥールたちの愛の概念で]この概念は一二〇〇年までにはフランスとドイツの抒情詩・叙事詩で中心的なテーマとなった。それらの作品にみられる、崇拝する貴婦人に対する恋人の関係は、封建領主［lord］に対する臣下の従属関係がモデルになっている。そこでの恋愛感情は宗教的情熱であり、高貴なもの、そしていやましに増えていくが、決して満たされぬものであった。『満たされぬ』というのは、それが結婚前ないし結婚外の関係であったからだ」。「結婚前ないし結婚外の関係であった」と書かれているが、騎士道恋愛は標準的に、騎士が主君であるところの王の妃に恋することであった。「臣下の従属関係がモデルになっている」というが、それは、君主に忠義を誓うような気持ちで貴婦人を愛するというだけではなく、実際に貴婦人と騎士の間には上下関係が存在しているのである。この関係は天心と波津子のそれと同じい。湖の騎士ランスロットが自らが仕えるアーサー王の妃ギュニヴィアと愛し合ったように、岡倉天心は、自らが勤務する文部省の事実上のボスであった九鬼隆一の妻波津子と睦みあったのである。[*62]

宮廷風恋愛における貴婦人崇拝がやがて聖母マリア崇拝と結びついたのもわかりやすい道理だといえよう。原始キリスト教では、ただ神の子をこの世に送り出すための通過点の意味しか持たなかったマリアは、次第に神性を付与されていき、中世初期には貞節の模範として、永遠の母として信仰されるようになっていた。騎士は貴婦人を清純な、そして神聖な存在として崇めたわけだから、その心性は聖母マリア崇拝に重なっていく。天心が仮に『悲母観音』や『白狐』に「永遠なる慈愛の母性」のようなものを見出していたとするならば、そして、そこに波津子への思いを込めていたのだとすれば、天心はある意味で——本人がそのように意識していたわけではないが——宮廷風恋愛の語彙に乗っかっており、また聖母マリア崇拝もそこに重ねていたのだともいえよう。

天心は『芦屋道満大内鑑』を下敷きに『白狐』を創作したが、そこに宮廷風恋愛的観念を持ち込んでいたから、保名も悪右衛門もlordであるとの設定にしたのだろう。だが、『白狐』が騎士道的恋愛の物語として読むことができるとしたら、やはりそれは、波津子というよりは、むしろプリヤンヴァダ・バネルジー夫人と天心の関係を説明しているのかもしれない。プリヤンヴァダその人は『白狐』を読んでの感想として「あなたの作品では、野をさまよう騎士が表現する情熱の強さに圧倒されてしまいます」と書簡に書き送っている（一九一三年五月二十八日付。平凡社版岡倉天心全集別巻、二五七頁）。さらに書簡では、「私は崇拝される資格などありません。どうか尊崇の念をもって私に近づくなどとおっしゃらないでください」というようなことを書いていて、天心の側ではバネルジーに宮廷風恋愛の語彙で接していたことが推測されるのである（一九一三年六月四日付。岡倉天心全集別巻、二六二頁）[*63]。

さらに興味深いことには、岡倉天心はプリヤンヴァダを観音にもなぞらえている。「まったく、あなたは観音さまの化身だ」（一九一三年七月二十二日付。岡倉天心全集第七巻、二七九頁）。

こういったことを辿っていくと、『白狐』の行間にあった「永遠の母性」、「観音」、「理想の貴婦人」といったものの指し示していた対象は、波津子というよりはプリヤンヴァダだったのではないかと思われてくるのである。大岡信は『白狐』に三人の女性を見る。プリヤンヴァダと結びつける根拠は、『白狐』の中に取り入れられたプリヤンヴァダの詩文である（一四八頁）。

そのことを裏書きするように、プリヤンヴァダ夫人自身も、「永遠の母性」というような自己イメージを天心に提示してもいる。自分を「慈母」、ないし「永遠のマドンナ」に見立てる表現もしていて、同書簡で二つの詩を天心に書き送っているのである。その一つ目では「私はそなたにわが生命の聖らかな乳を与え、そなたをあやす。そなたを永遠に生かすために」と書き、二つ目では天心に「私の赤子よ」と呼び掛けているのである（岡倉天心全集別巻、二六四頁）。

こうして、天心と波津子の「道ならぬ恋」に対するさまざまな見方を追ってきた。その評価はかくて全否定から全肯定まで幅広いスペクトラムに分かれることになる。指弾する方の最たるものは、「怪文書」の「強姦」という糾弾である。天心に対する好意的な評価には、生涯、波津子を思い続けたとする、大岡信の詩的なロマンティシズムがあり、また近藤富枝のセンチメンタルな恋愛美化がある（「とげられない愛、報われない愛、捨てられた愛」［二六三頁］）。そして、最大限の美化は、天心の「道ならぬ恋」は実は永遠の母性への憧れであり、それを「肉欲」の所作とするような、卑しい世間の理解を越えているとする、弟由三郎のものである。

その間にさまざまな条件付きの見方がある。松本清張は大岡信の、永続的な愛という見方を疑問視する。松本にとっては、天心の女性関係は「浮気」という語で評されるものだ。「天心が果してそれほどまでにいつまでも波津子を想っていたかどうかきわめて疑問だとわたしは思う。天心の詩人的な感傷性は十分に認めるにしても、また一方、初めは熱中するがまもなくその熱がさめてしまう、好きやすの飽きやすの性格も十分に考慮に入れなければなるまい。女性関係ではそれが浮気となる」（『岡倉天心』一四八頁）。

筆者も、天心が晩年まで波津子を愛し続けていたという考えには懐疑的にならざるをえない。とはいえ、松本清張が『昭和史発掘』に示した、一連の歴史の「恥部」批判は――渡部昇一はこれを清張の「暗黒史観」と呼ぶが――谷崎潤一郎の「細君譲渡事件」も含まれていて、それはすでに第二章でも紹介した。天心の「道ならぬ恋」は昭和の事件ではないので『昭和史発掘』には収録されていないが、松本清張は岡倉天心の「不義」についても、坪内逍遥の元遊女の妻をめぐっても大部の論評を書いており、『昭和史発掘』の発想と手法が繰り返されている。もちろん、それを批判する渡部の「明るく、自由で暢気な日本」というような（政治的意図の透けてみえる）オプティミズムにも付き合いきれないが、清張のまなざしはやや悪意が勝ちすぎているように見える。

本書は、これらのさまざまな見方のなかから、事実に即して正しい考えをえらみ出そうとしているのではない。これらすべてはそれぞれ自らの拠って立つ人生観・世界観・歴史観、そしてイデオロギー的背景に基づいて裁断しているだけなので、それに応じて天心の「道ならぬ恋」もカメレオンのように性格を変えていっているのだ。この章の結論として最も相応しいことは、九鬼隆一の息子九鬼周造とともに、次のように言うことだろう。「やがて私の父も死に、母も死んだ。今では私は岡倉氏に対しては殆どまじり気のない尊敬の念だけを持つてゐる。思出のすべてが美しい。明かりも美しい。蔭も美しい。誰れも悪いのではない。すべてが詩のように美しい」（「岡倉覚三氏の思出」二三八頁）。

第四章　花街の女との仲

——坪内逍遥の場合

娼婦の社会的地位の比較文化史

旧約聖書ホセア書は神が預言者ホセアに、娼婦を娶れという宣託を与えるという、ややショッキングなオープニングから始まる。「ヱホバ、ホセアに宣はく汝ゆきて淫行の婦人を娶り、淫行の子等を取れ［。］この国ヱホバに遠ざかりてはなはだしき淫行をなせばなり」（第一章二）。これは神による、イスラエルの民への「罰」と考えられる。その罰の所以となる罪は偶像崇拝であった。そして、「淫行の妻」から生まれた子も「淫行の子」となり、イスラエルは凋落していく。

古代ユダヤ社会はこのように、娼婦に対して厳しい態度を取った社会であった。しかし、あらゆる社会が同じような態度だったわけではない。わかりやすい例でいえば、古代エジプトやギリシャには神殿娼婦というものがあり、彼女たちはある種の特権的ステータスを持っていたわけであり、必ずしも世間から貶められてはいない。[*64] ホセア書の「淫行の婦人」も、ただの姦婦――姦通をしている女性、ないし、しかねない女性――なのか、神殿娼婦を指しているのか議論が分かれているという。しかし、仮に神殿娼婦を指すにしても、ホセア書はそのような存在を許す社会からして糾弾しているのである。このような不寛容な態度は、ユダヤ・キリスト教的伝統の中で受け継がれていった。カトリックではときに娼婦との恋が語られることもあったが、近代のピューリタニズムの中では娼婦に対する視線はきわめて厳しいものになる。[*65]

翻って、日本近世の都市社会は、娼婦に対してきわめて寛容で、親和性の高かった社会だったといえよう。江戸幕府は一六一七（元和三）年には吉原に公許の遊郭を開かせ、遊女たちを登録して、売春を国家の管理する制度とした。吉原、そしてその後、全国の主要都市に作られた遊郭は徳川時代の社会・風俗・文化の不可欠な一部分として機能した。女性は生殖と家事労働を担う地女（妻）と、性愛対象である遊女とに二分され、補完しあった。

しかし、同時に、地女と遊女は截然と切り離された、二つの社会集団というわけでもなかった。地女がときに遊女に転落していくことは今日と同じで自明のことだが——貧しい家の娘が吉原に売られる、借金のかたに妻が苦界に身を沈める、今日でいえば、闇金の返済に行き詰まった女性が客を取らされるといったところか——遊女が地女に「這いあがる」ルートも用意されていた。早い話が金さえあれば、遊郭の年季奉公に終止符を打つことができたので、金力のある男が気にいった「女郎」を請け出して、正妻や側室の座に据えることは稀ではなかった。

例は歴史上でも、フィクションの世界でも列挙にいとまがないが、顕著な事例では吉原の花形太夫高尾を身請けした、仙台藩藩主伊達綱宗をあげることができる。西鶴の『好色一代男』にも、世之介が島原の遊女吉野太夫を請け出す話がある。吉野は、彼女に恋こがれて忍び込んできた貧乏な小刀鍛冶に同情して金もとらずに思いを遂げさせる。これは廓法違反だが、当夜の客であった世之介は吉野の意気に感じ、彼女を請け出し、正妻の座に据える。しかし一門はこれを「道ならぬ事」といって世之介を義絶する。吉野は最初、暇を取らせてくれるように願い出るが、世之介は聞き入れず、そこで親戚たちを説得しようということになる。吉野の指示で一族郎党を、離縁するので別れの宴を張るという口実で呼び出し、宴たけなわのところで挨拶に出た吉野は、見事に歌い、琴を弾き、歌を詠み、茶を点て、花を生けと、素晴らしい女ぶりを示すので、親戚一同は感じ入り、「おもしろさ限りなく、やさしくかしこく、いかなる人の嫁子にもはづかしからず」と、逆に世之介に吉野を正妻として残すように懇願するのである(「後は様つけてよぶ」一三一頁)。

とはいえ、最初は「道ならぬ事」と親族たちの顰蹙を買うのだから、遊女に対する差別は存在しているのではある。しかし、この逸話が示す通り、それは超克可能な差別であった。さらに注目すべきは、歌だの、琴だのと、遊女の優れた嗜みで親戚の地女たちを感服させるだけではなく、娘たちの髪を上手になでつけたり、「内証事」(家計経済の話)でも人を引き付けており、地女としての資質も高いことが示されているのである。地女と遊女の美質は親縁性を持つ部分もあることが認識されている。やはり、地女と遊女はある程度まで、交換可能なカテゴリーだったのである。[*66]

これは――冒頭では旧約聖書から預言者ホセアのエピソードを引いたが――ユダヤ・キリスト教的社会・文化の発想とは大きく異なるものだといえよう。そこでは一般女性はあくまで清く(あるいは、清くあるべきであり)、娼婦は救済不能な罪人なのである。[*67]

さて、江戸時代ではこうして遊女が客と結婚して、普通に家に入っていく事例が多々あったわけだが、花柳界の女性、遊郭の女が妻として迎えられるような事態は明治以降も頻繁に見られた。明治の元勲の中にもそうした例は多く、たとえば木戸孝允は京都の芸妓幾松（後に松子）と結婚している。このほかにも伊藤博文の妻梅子は、下関の置屋いろは楼の芸者お梅、陸奥宗光の妻は新橋柏屋の芸者亮子と、例に事欠かない。海軍大臣・内閣総理大臣を歴任した山本権兵衛の妻は品川の妓楼の遊女であった。

本書の文脈で言っても、谷崎潤一郎の最初の妻であった千代は前橋の芸者であったし、その千代を譲り受けた佐藤春夫の前妻タミは赤坂の芸妓であった。また、岡倉一雄は父天心と不倫関係におちいった九鬼波津子が、「もと京都花柳界の出身で、九鬼がそこから彼女を引上げて、男爵夫人の位置をあたえた」という説をなしている（『父 岡倉天心』一五六頁）[*68]。遊郭や置屋から芸娼妓を妻に迎えるという慣行は、明治・大正、そしておそらくは昭和に入っても、それほど変わらなかったのである。

坪内逍遥と根津遊郭の花紫の結婚

坪内逍遥は一八八六（明治十九）年に、根津遊郭は大八幡楼のお職（遊郭随一の遊女）であった花紫と結婚したが、したがって、そのとき彼はどこにでもある慣行にしたがって、ごく普通の結婚をしたという意識しかなかったであろう。

根津は東京都文京区の北部に位置する地域であり、現在の東京大学本郷キャンパスの北側になる。徳川綱吉は世継ぎである家宣のために豪奢な根津権現を造営する。権現の参道の周りに私娼窟（岡場所）が発生し、これがやがて賑やかな根津遊郭へと発展する。

東京大学は学部が散在していたが、一八八四（明治十七）年八月、神田にあった法理文学部が医学部のあった本郷に移転し、一八八六年の工学部新設と合わせて、東京帝国大学と改称された。本郷と根津は目と鼻の先であり、帝大生は根津遊郭に入り浸った。文科の学生も、以前は神田から通っていたのが、本郷に大学が移って、便利になったと前にもまして遊び呆けたらしい。帝大生の悪所狂いを問題視した明治政府は根津遊郭の移転を決め、一八八八（明治二十一）年には洲崎に移されることになった。

根津遊郭では文学者たちも多く遊んだので、その記録が作品にかなり残されている。森鷗外の『キタ・セクスアリス』では主人公が友人に「根津へ探検」に行くのを誘われる場面がある。その友人は、「根津の八幡楼といふ内のお職と大変な関係に」なって、学業も廃してしまった別の友人のことが心配で探りに行くのである（六七頁）。

河竹繁俊の『人間坪内逍遥』によれば、坪内逍遥が後の夫人となる、大八幡楼の花紫と馴染んで、通うようになったのは一八八四（明治十七）年のことである。逍遥は一八八三年には東京大学を卒業しているから、大学生として花紫と遊び始めたわけではない（もっとも、日記によれば明治十六年一月からは本郷元町に寄宿を始めており、神田に住んで、同地の文学部に通っていたほかの学生に比べれば、根津を訪ねる便はよかったはずである。しかし、逍遥が花紫と会う前から根津遊郭に出入りしていたのかどうかはわからない。逍遥は日記に、料理屋での会食などについてはこまめに記録しているが、登楼についての記事はない。河竹によれば「大八幡で夫人と相まみえる前にも、両三度は悪友に誘われて、青楼にのぼったこともある」という〔二七頁〕）。

このとき逍遥が大八幡楼で花紫と逢ったのは「香坂駒太郎という大学の同級生に誘われたからであった。ただし、最初の時は話をしただけで一儀に及ばずして帰った。そうして十七年から十八年、十九年と通いとおした」（二七頁）。ちなみに、初会に「一儀に及ば」ないのは普通の作法で、二度目に「裏を返し」、三度目にやっと床入りするのがしきたりである。坪内は根津遊郭については何度もその作品中で言及し、詳しく説明してもいる。『当世書生気質』第十四回では、駒込の温泉に人力車で乗り込んできた客を「根津の廓からの流丸ならずば」（一二七頁）と軽く、話の枕のように触れているだけだが、『京わらんべ』においては大八幡楼にさえ説き及び、「酒で根津などとハどうですネ。と駝洒落半分にて大八幡へ。まんまと誘ひあげる野太鼓書生」（二六七頁）と書く。花紫との交情をそのまま文学作品に応用しているのである。

逍遥のこうした伝記的事実を坪内の弟子河竹は、師が残した「遺書」に基づいて綴っている。河竹によれば、坪内の「遺書」は都合三つあり、二つは単に死後の処理についての指示を書き留めたものだが、もう一つは「Her past and my several life（彼女の過去並びにわがある生活）」という大部のものだったという。[*69]

河竹ともう一人の弟子山田清作は、坪内逍遥が一九三五（昭和十）年二月に没して二年後の一九三七年一月、セン夫人が孤閨《こけい》を守る、熱海の旧宅双柿舎を年始の挨拶に、そして、柳田泉の『坪内逍遥』を読んで聞かせるために訪問した。三日がかりの朗読が済んで帰ろうとすると、山田は夫人から、生前、逍遥から預かっているものであるという稿本を渡され、中身の吟味を依頼される。二人は夜を徹して遺稿を読む。それは逍遥の青少年時代の性生活の記録や、セン夫人の生い立ちについての詳しい記事を含む、赤裸々な内容のものであった。河竹はこれをいずれ将来あるべき公刊のために保管しておくべきだと主張するが、坪内逍遥の個人的な愛顧を親しく受けていた山田は夫人に返すことにする。その後、山田は夫人から熱海に呼ばれ、「あの書いたものは、少しばかり拾い読みをしましたが、どうかあれは焼かしてもらいたいから」と言われる。

こうして、この大部の遺稿は永久に失われてしまったのであるが、河竹はそれが重要な史料であるとの判断から、また逍遥が死後の刊行を予定していたと考え、『人間坪内逍遥』の中に、記憶を頼りに再現したのである。

その記述によれば、「逍遥夫人のセンは名古屋の生れ。尾張国愛知郡寺野村、加藤孫右衛門の娘であった。名古屋には四歳から十七歳まで生い立った。十七歳の時、大阪にいた実母に呼び返されて大阪に行き、家庭の事情で神戸の福原遊郭に身を沈めた（この間の事情、夫人の同胞について、また実母が大阪にあった理由等についても相当詳しい説明があったが記憶から失われた）」（一七頁）。

センは「福原にあること四年にして、東京根津の大八幡楼に鞍替えした。大八幡の年季は三年、前借金は六百円で、源氏名は花紫であった（若紫とか盛紫などとも伝えられているが、花紫が正しい）」（一七頁）。そうして、すでに述べた通り、明治十七年に坪内と出会い、逢瀬《おうせ》を重ね、一八八六（明治十九）年十月には結婚するに至った。

結婚に際しては、坪内は周到な準備を重ねた。

このころ逍遥は掛川銀行頭取であった永富謙八に見込まれて、本郷真砂町に二階建ての家を建てて、住まわせてもらうなど庇護を受けていた。永富はさらに、センを東京支店に勤務していた旧西条藩士鵜飼常親の養女として入籍するように手配する。「普通」の家の子女として、坪内の家に入るためである。

しかし、そうした根回しにもかかわらず、やはり波風は立ったようである。河竹繁俊によれば、「逍遥の実家では、士族の養女を嫁にしたとはいい条、過去を持つ婦人として、決して賛意を表さなかった。兄さん方をはじめ一族の人たちは夫人を軽蔑する傾向にあったのも止むを得なかった」（『人間坪内逍遥』二三頁）。『好色一代男』のエピソード「後は様つけてよぶ」でも見た通り、遊女でも請け出されて普通の家に入ることはまったく可能なのだが、やはりそこには世間の冷たい目はあるのである。

さらに言えば、逍遥の場合、芸者ではなく娼妓を家に迎えるということが差しさわりになっていたようである。芸者というものは三味線が日本に輸入され、普及し、酒席に欠かせぬ道具となって以来、それを生業とする者として成立した。江戸では宝暦年間、一七五〇年代より次第に盛んになったという。もとは遊女のサポートとして宴席に呼ばれ、場を盛り上げる、補助的な役割を担っていたが、「三味線が国民楽となるに及んで、遂に酒席に欠くべからざる勢力となり、更にこの三味線を芸妓が専占してからは、媚容の精と音楽の妙と相俟つて、漸く酒間の花となり、遊女が籠の鳥として廓外に出づる能はざる拘束を受つゝある間に、芸妓は縦横に闊歩して杯盤の座に斡旋し、これに併せて時代好尚に迎へられて他の私娼を越え、以て明治期の旺盛を来たした」という（中山太郎『売笑三千年史』五六九頁）。こうして芸者は「明治期において遊女を圧倒し、更に他の多くの私娼に後塵を拝させ、独り氏なくして乗る玉の輿の栄耀を極めた」のである。

一方の、遊女の方は、明治に入ると、廃娼運動の文脈で「醜業婦」と呼ばれるなど、社会的地位はどんどん低下してしまった。坪内の妻は花街上がりというだけではない。元芸者ではなく、元娼妓なのだ。この点がさらに坪内家のこだわりを強めたのであろう。坪内士行の説明を借りれば、「もとより花街出身の者を妻とするのは世に稀なことではない。ことに明治維新頃の政治家、実業家などは、むしろそうした社会からの女性を妻としたことによって成功したとも見られる者が少なくないのであるが、しかし、同じく色街の女といっても、芸妓と娼妓とでは、その頃でも格はちがい、ことに夫の職業によっては非常なハンディキャップになったことは否定できない」のである（『坪内逍遥研究』三七頁）。

話を逍遥とセンの結婚の経緯に戻そう。このようなさまざまな根回し、準備を経て、一八八六（明治十九）年十月二十二日、二人は真砂町の家で永富謙八を媒酌人として結婚式を挙げた。日記によれば、客は永富夫婦と鵜飼夫婦だけで、午後四時から八時まで宴を張ったという。しかし、翌日午後には、永富の息子のほか、真砂町の家に寄宿していた学生ら数名と披露宴を催し、歓を尽くしたようである。

さらに、結婚翌年の一八八七年七月、逍遥は関西旅行へと出ている。日記には「重に脳患を療養せんが為也」と書いているが、目的の一つは朝日新聞社との入社交渉をすることで、もう一つは妻センの家族と会って、身請けにめぐる筋を通し、金銭的処理をし、「将来のわずらわしさの起こらぬための手配をすることも重要な目的であった」（『坪内逍遥研究』三四頁）。

この間の坪内の動きは、彼のきちょうめんな性格をよく表している。しかし、同時に、それはもののよくわかった、世慣れた人の振る舞いでもあった。遊郭より遊女を請け出し、まず養家を見つけて入籍させておいて、しかるのちに結婚し、また生家には話を通し、後腐れのないように金のけじめはつけておく、これは狭斜の世界の事情に通暁した人の態度である。

遊び人としての逍遥

事実、逍遥は若いころには、人並みには「遊んで」いたようである。伝記作者たちは坪内の潔癖さ、清純さを強調しがちである。たとえば、大村弘毅は逍遥の結婚についてこう書く。

「逍遥の若き日の根津の花街における艶聞が新聞に報ぜられていたので、この結婚のこともすぐに人々の口の端に上った。世間の一部には、夫人の前歴にのみこだわって陰で非難する者もあり、この結婚を何か道徳的に欠けたものであるかのように見る目もあった。親友の高田がこの事について後年、『坪内君は実に純情な男だ。純情すぎる。そのために自ら求めてずいぶん苦労している』といったというが、逍遥の深い愛情と堅い信念は少しもゆるがなかった。むしろかりそめの縁からちぎった、不幸な境遇にあった夫人を救出し、良家の子女以上の品性高き女性、真に終生の好伴侶にまで仕立てあげようとしたのであった」（『坪内逍遥』六五頁）。

また、先の、焼失してしまった遺稿でも、坪内は自分の悪所との関わりについて告白しながら、自らの「清らかさ」を強調している。河竹の、記憶に基づく叙述でしかないが、「大八幡で夫人と相まみえる前にも、両三度は悪友に誘われて青楼にのぼったこともあるが、その中一回は一儀に及ばなかったし、夫人と相知った以後は他の夫人と接したことはない。だから自分はたった一人の女体しか知らない人間だと言っていい」（『人間坪内逍遥』二七頁）。

これに先立って、河竹が「鷗外の『ヰタ・セクスアリス』を思わしめる描写があった」と感想をもらす箇所があったらしい。坪内は、小柄で、紅顔の美少年だったので「年上の男の子に追っかけられたことも」あったとか、「上京（十八歳）以後のことであるが、自慰をおぼえて一年半ばかりおこなっていた」というような記述である。死後の発表を想定し、冒頭に「これにて予に秘密といふべきものなし」とまで書かれていた文章であるから、ほぼ事実を赤裸々に語ったものだったと考えていいのだろう。したがって、遊郭に行ったのも二、三度だけだった、ろくに閨事もなかった、生涯に妻しか女は知らないという告白も、とくに執筆者によって粉飾が施されていると疑う必要もあるまい。

だが、同時に、遊びの経験はまったく乏しく、花柳の事情にも疎いというような書き方も、やや「謙遜」が過ぎるのではないかと思われるのである。逍遥の日記を見ると、彼のこの分野での穿《うが》ちは、なかなか半端なものではない。たとえば、既に紹介した、一八八七（明治二十）年八月の関西旅行の記録を見てみよう。坪内は、朝日新聞社に入社を招請され、社主村山龍平らに接待されて、ずいぶんその種の饗応を受けている。「浪花芸者」と題された日記の抄録では、ほぼ毎日のように、料理屋で接待され、芸妓をあげて舟遊びをし、雑魚寝をしたりと、遊びたおしている。

そして、観察もおさおさ怠っておらず、余裕の態度で「浪花芸者」の生態を観察しているのである。『演劇博物館資料ものがたり』の編者も書く通り、ここでの坪内は「花柳界の描写には綿密を極め」ている（四頁）。八月三日の項には、娼妓の花代、茶屋の男への心づけの額から、「雇い中居」という斡旋業についてのかなり詳しい説明、「見られ」という、芸子のせり売りのような習慣の描写など、詳しい観察、聞き書きが綴られている。そして、逍遥の大阪花柳界への評価はだんだん否定的になっていく。まず大阪の遊び客は品がないと逍遥は考える。たとえば逍遥は「大坂の紳士」をこう評する。

野卑なる言葉を用ひて、猥褻ナル事を公然と吐露して妓と戯むれ、少しも体裁にかまはざるを以て通客の資格とせるが如し、換言すれば磊落粗暴児戯にひとしきことをなし、妓等をキャッ〳〵いはせるを得意とせり、故に大坂に於て妓に泥まざる者若くは妓に対して譃せざるものは、殆ど劣者の位置にたゝざるを得ず、遊藝を愛して妓を招き、遊藝を以て妓に接する者は絶えて無しといふも過言にあらじ（「浪花芸者」二五七頁）。

ただのばか騒ぎではなく、風流を解し、遊芸に通じた遊びこそ大事だと説いているわけである。当時の東京と大阪の遊郭文化の比較がどれほど正確かはわからないが、少なくとも、逍遥は遊郭での「遊び」の理想についてある種の見識を持ち、また、東京の「遊び」の実態についても把握しているということなのだろう（このあと、逍遥は、大阪の芸娼妓の容貌についても否定的なコメントを続け、眉毛が太すぎるし、前髪も大きくてだめで、「東京の女性を見馴れたる目には目安からず」などと不平をこぼしている）。

このような深い観察と比較ができるということは、坪内が東京の花柳界の事情について、ずいぶん通じていることを示していよう。大八幡楼以前には、両三度しか登楼したことはないという遺稿での告白をそのまま信じるとするならば、坪内の遊郭体験は花紫に逢いに根津に通った経験にほぼ限られるのだろうが、それでもかなりの事情通にはなりおおせたようである。遺稿でも、根津遊郭についての詳しい説明があったらしく、河竹によれば、「根津遊郭の沿革や大見世についての格式体裁等については、詳細に逍遥は考証してあって、遊郭についての知識のまったくないものにもわかるように説明されていた」という（河竹繁俊『人間坪内逍遥』二〇頁）。この知識は明治十八年から二十年頃の作品によく表れているのである。

坪内逍遥自身は日本の文学ひいては文化の「近代化」の、最も重要な立役者の一人だと一般に見なされている。一八八五年から一八八六年に刊行した『小説神髄』は「小説の主脳は人情なり　世態風俗これに次ぐ」と宣言して、人間の心理や社会の状況を写実的（坪内の用語では「写真的」）に描出するものとして近代的小説の理念を明確にした。また、シェークスピアの全訳を刊行し、歌舞伎の刷新を図るなど、演劇の近代化にも尽くした。しかしながら、多くの面で坪内の唱道した「近代化」が不十分な、微温的なもの、ないしはときには反近代にとらわれたものであることはすでにさまざまに指摘されてきた。

坪内が『小説神髄』の中で展開した近代小説の理論についていえば、二葉亭四迷のそれとの比較を通じた相対化がなされている。在学していた東京外国語学校が東京商業学校（現一橋大学）に合併されたことに憤慨して退学してしまったころの二葉亭は、『小説神髄』を読んで、その内容に興味を持つとともに多くの疑問を抱き、それを質すために筆者を自宅に訪ねたことは有名なエピソードである。『神髄』の疑問箇所に多数の付箋をつけて持参した二葉亭はそれらの疑問を坪内にぶつけ、その根拠となる理論を尋ねた。ベリンスキーやドブロリューボフの文芸理論に親しんでいた二葉亭は、坪内の小説論にも西洋の文学理論が背景にあると考えたのである。

ドイツ観念論に根源のある、意（イデア）と形（フォーム）の違いを根拠にした、西洋文学の写実観を正確に把握していた二葉亭に対し、坪内のリアリズム理論が「事実」の反映ということを無反省・無自覚に唱えたものという嫌いがあったことは、研究者によって指摘されている（北岡誠司「『小説総論』材源考」）。逍遥の出世作『当世書生気質』は、『小説神髄』で示された近代的な文学理論を実践する実験として書かれたものであったが、その成否については評価が分かれ、むしろ実作は理論についていけなかったという意見の方が強い。

坪内のこうした「微温的」な近代意識は、おそらくは、『当世書生気質』に示された、逍遥の思想一般についてもいえるのだろう。たとえば、恋愛観については一応、近代的・西洋的発想を示している。恋愛は男女の相愛と気性の一致に基づかなければならないこと、気高い婦人に向けた思慕の念が、男性の資質を高めてくれるという発想がこれである。逍遥は、自らが訳したばかりのリットンの小説『リエンジ』（『慨世士伝』）に依拠しつつ、こう語る。「意気相投じて相愛する、是等は所謂上の恋にて、リエンジのナイナ［英雄リエンジの恋する姫］に於る其一例とも見るべきなり。こは其人の韻気《きぐらゐ》の高きと、其稟性《こゝろばえ》の非凡なるとを、景慕するより起これる恋にて、御前［非常に］上々吉。恋の座頭ともいふべきものなり」（三五八頁）。

新時代の若者の「人情」や「風俗」を描こうとし、近代の「恋愛」をも提示しようとしたこの作品は、しかしながら、書生たちの恋や愛のありようについては前時代の意識を大きく引きずるものであった。主人公小町田粲爾は「ラブ」しているなどと書かれながら、その「ラブ」の実態は、芸妓田の次に対するものである。また、小町田と、その父によって育てられた田の次（お芳）が幼いころに生き別れた（義理の）兄妹だったと後にわかるというのも、江戸戯作的な趣向である（ちなみに、この関係は第二章で紹介した「第二のタイプのインセスト」に当たるわけである）。逍遥の恋愛観における「近代」と「前近代」の交錯は、小町田と田の次の関係についての、作中の次のような評言からも見て取れるだろう。すなわち、小町田の親友倉瀬は、田の次を「気性も中々快活だ」などと讃えて、「其気性さへ高尚なら、君のコンキユウ（コンキュバインの略にして妾といふ事。）位にやしたツてもいゝ」と勧めるのである（一一八頁）。「気性が高尚」と、評価基準は「近代」的だが、そこで与えられるのは「妾」の地位となっており、花柳的な発想を外れるものではないのである。

このような江戸趣味の色恋から坪内逍遥が抜け出せていなかったとすれば、「近代的」な恋愛の「教主」として大きな影響力を持ったのはキリスト教信者の詩人・評論家であった北村透谷であった。彼のエッセイ「厭世詩家と女性」の冒頭の一句「恋愛は人世の秘鑰［秘密のカギ］」は同時代の（文学）青年たちに大きな感銘を与えた。透谷がその活動の本拠とした女学雑誌、あるいは後に文学界に拠った文学者たちは、新時代の、すなわち欧米で信じられている恋愛・婚姻の理想をこれらの雑誌の中で盛んに宣伝した。そして、徳川日本の「色」や「粋」

と区別するために、まず「ラヴ」という外来語をそのまま用い、ついには「恋愛」という翻訳語を――最初はしばしば「ラブ」というルビとともに使われたが――新たに作りだし、流布させた。「恋愛」で含意されていたような男女関係とは、精神的な相互愛・敬意の上に成り立つ、清い、神聖な間柄のことであった。これが前代に遊郭で一般的であった男女の仲と対比された。江戸の恋は芸娼妓を相手にした、したがって、肉体的関係を主とし、女性に対する尊敬を欠いたものとして、透谷らの進歩的文化人から激しく指弾された。このような恋愛観・性愛観は、女学雑誌の枠を超えて幅広い支持を得、二葉亭四迷もその『浮雲』（一八八七－八九年）の中で「恋愛」の理想を描き出そうとしていた。主人公文三は、「相愛は相敬の隣に棲む」（第八回）、すなわち、愛し合う気持ちは相互に尊敬しあう念を基にしていなければならない、精神的・人格的なものであるべきだというような信条を持っている。彼が準婚約者であるお勢を「愛して」いるのは[*70]、自分が叔父の家に、ほぼ婿養子のような立場で住んでいるからではない。彼女が「清浄なものだ潔白なものだ」からである（第三回）。そして、彼女もそのような理想を共有している。そこでお勢は「三千年の習慣」を破ろうと文三に誓う。「三千年」というが、それは中国式の誇張語法で、実際には「前代の」、つまり「江戸時代以来の」という意味である。したがって、そのような理想とは無縁である同僚の昇が、お勢に卑猥な冗談を言いかけたり、文三に「懸想」しているというような言い方で二人の関係を総括しようとするとき、文三は激怒せざるをえない。そのときに文三が口にするのは、「お勢を芸娼妓の如く弄」んだという難詰なのである（五二頁）。

　これに対して、すでに述べたように、坪内が『当世書生気質』で示したのは、花柳がらみのものが主で、とくにほぼ主人公と考えることのできる小町田粲爾とその思われ人、芸者の田の次の恋の成り行きが作品の主筋となっている。坪内が、透谷らと同じ「ラブ」という語を用いて、「其田の次たらいふ女が。小町田のラアブしちよる女じやネ」（一一〇頁）などと書くとき、坪内がいかに——いい意味でも悪い意味でも——「ラブ」を骨抜きにしてしまったかということは思わずにはいられない。別な箇所では、小町田は、「君のラーブ［意中人《いろ》］のレッタアを見たヨ」という友人の倉瀬に対して、「君ハ僕を以て花風病的の人物だと思ッたんだネ」と、やや抗議めいたことを言っている（一一八頁）。小町田としては、仮に自分の相手が芸妓であっても、やはり神聖の、純真の「ラブ」のつもりなのであるが、田の次が事実、花柳界の人間である以上、語るに落ちるというしかない。

　そもそもこの田の次という名前がいかにも花柳界である（もちろん、田の次は芸者だから当たり前なのだが）。この愛称は実は「タの字」のことで、彼女はほんとうは「タツ」だの「タネ」だのいう名の芸者であるはずなのである。そこでそのイニシャルを取って「タの字」と呼ばれているのだ（もう今では流行らないのだろうが、ひと昔前には、バーで常連がタカユキではなく「ターさん」と呼ばれた、あの伝である。あるいは、大正の「恋愛」の唱道家厨川白村の表現を借りてもいい。厨川は「ラブ」に相当する言葉は日本語にない、それはそのような思想が日本にはないからだと説く。そして、その代わりに日本人が口にする「『わたしや、あなたにいろはにほの字よ』では、まるで成つて居ない」ということになる〔『近代の恋愛観』一〇‐一一頁〕。

文学理論の近代化においても、穏健な「改良主義者」であった坪内が、恋愛・性愛・婚姻の「近代化」においても、北村透谷らが追求していたような過激な変革から距離をおき、古い意識の保持に大きな問題を感じなかったことも無理はない。それどころか、文学作品の中の理想はおろか、現実生活においても、彼は、二葉亭が『浮雲』の中で「三千年の習慣」と呼んでいたものに従った人生を送っていた。まさにそれが花紫との根津遊郭での交情であり、さらに彼女を請け出して正妻の座に据えるというライフ・スタイルであった。

明治文学における花柳的なるものの系譜

木下尚江の『良人の自白』では、このような、玄人筋（芸者）との色恋の問題が取り上げられている。主人公の白井俊三は優秀な、そして理想に燃える若い弁護士である。権力や富裕層の圧政・抑圧を憎む彼は、恋愛観・婚姻観においても進歩的で、気質のあった男女が貞潔な、敬愛に満ちた関係を築くのが真の結婚だと信じている（木下尚江自身、若くして、すでに引いた、北村透谷の「恋愛は人世の秘鑰なり」というマニフェストに接して激しい感銘を受けたというのは、有名なエピソードである）。そして、俊三には学生時代に将来を契った女性がいた。ところが、俊三は、親族関係のしがらみから婿養子に行かざるをえなくなる。その嫁や姑との関係がぎくしゃくして、俊三は次第に道を踏み外し、人妻と道ならぬ仲となり、妊娠してしまったその女性が自殺するという悲劇を引き起こす。その後は自暴自棄となって、皮肉にも自らが花柳界に入り浸ることになる。一方、自殺した人妻の夫は資産家であったが、何の因果か、俊三が通い始めた茶屋の女将に熱を上げる。そして、遂には、身持ちを保つためなら、もう、その女将を家に入れてしまった方がいいのではないかという話が親類から起こる。そのときの議論は以下のようなものである。「『寧《いっ》そ彼のお浪［茶屋の女将］と云ふものを本妻に直したら如何だ、それから源兵衛［男やもめの資産家］も今後は一切馬鹿遊蕩《あそび》をしないこと』といふやうな趣意でね、大分八釜《やかま》しかつたそうですよ、彼様《あんな》何処の馬の骨だか牛の骨だか解りもしない旅稼《たびかせぎ》の芸《げい》妓《しゃ》上りなどを家《うち》に入れるなら、今後深志屋［資産家の実家］とは一切親類交際《つきあひ》をしないなぞと、力んだ者もあつたさうでね、所が又た芸妓だらうが女郎だらうが今日の時勢では構ふことは無い、大臣衆の奥方にも大分左褄取つたものがある程だからと云ふものもあつてね」（『良人の自白』一九五頁）。

「今日の時勢」というが、こうした感覚は江戸時代から続いていたものなのである。

では二葉亭四迷は、文学上の師であった坪内が――唱えているはずの「近代」とは矛盾するものの――作品に描くところの、旧式の色恋のあり方にはどのような考えを持っていたのであろうか。既に紹介したとおり、二葉亭が逍遥の文学理論『小説神髄』に多くの疑問を抱き、それを逍遥に質し、師の方ではろくに説明することもできず、自らの思索の足りなさに恥じ入ったということは、坪内が後に回想している（『二葉亭四迷』「長谷川君の性格」上巻、二二四 - 二二五頁）。しかしながら、『当世書生気質』に対する二葉亭の批評は残されていないし、感想も伝わっていない。繰り返すが、『当世書生気質』は近代的な「小説」を書くという著者の意気ごみとはうらはらに、江戸戯作的な作品に終わってしまったというのが一般的な見方であり、二葉亭もかなり厳しいコメントをしたに違いない。一八八六（明治十九）年頃の坪内の日記を見ると、二葉亭がしばしば坪内を訪ね、文学・芸術・思想などさまざまなテーマで大いに議論をたたかわせていたらしいことがわかる。三月十七日の記録には「此夜長谷川［二葉亭］来訪大いに美術［芸術］及小説を論じ　小説文章論に及ぶ　同子が書生形気《ママ》の批評尤も奇妙［人並みでなく、すばらしい］也　此夜一事をなし得ずして寝に就く　逆上［興奮］の為の故也」とある。『当世書生気質』はずいぶん手ひどく批判されたのであろう。こういった場面で、坪内は、彼の旧式の恋愛観をも批判されたに違いない。二葉亭は、逍遥とセンとの結婚披露宴にも出ていない。二葉亭の同学の盟友で、坪内家に寄宿していた矢崎鎮四郎（嵯峨の屋おむろ）や、高田早苗をはじめとする坪内の若い友人たちは出席しており、この頃では二葉亭は坪内とかなり濃密に交際していたはずなので、不審といえば不審である――この欠席が二葉亭の、不賛同の表明であったという証拠はどこにもないが。

　だが、皮肉なことに、二葉亭その人はこの後の人生で、清く、真面目な「恋愛」から、色と遊びの世界へと回帰していくのである。たとえば、二葉亭は『浮雲』を第三篇で中断させたのち、内閣官報局に入り、「文学は男子一生の業にあらず」と宣言して、筆を折る。そして、哲学、心理学、社会学などの研究に走るが、それは人生の意味をつきつめるためだった。その、彼がいうところの「ライフ」探求には、下層社会の調査が含まれており、そこで二葉亭はごくごく下等な私娼窟などに出入りするようになる。内田魯庵の回想では「学者の畑水練《はたけずゐれん》は何の役にも立たぬからと、実際に人事の紛糾に触れて人生を味はうとし、此好奇心に煽られて屢々社会の暗黒面に出入りした。［中略］田舎の達磨茶屋［「達磨」は密淫売婦（江戸ことば・東京ことば辞典）］を遊び廻つたり」していたという（『思ひ出す人々』三二三頁）。このような態度は彼の家庭生活にも及び、二葉亭の最初の妻福井つねは「いわゆる素人ではなかつたやうです。玄人としても当時の二葉亭の趣味や財政状態から察して、あまり金持相手の種類には属さなかつたやうです」とされる（中村光夫『二葉亭四迷伝』一八一頁）。

　こうした二十年近いブランクの後に執筆した小説『其面影』は、「グッとハイカラに行きたし」（内田魯庵あて一九〇六［明治三十九］年九月書簡）などと意気込んでいたのとはうらはらに、江戸の花柳情緒を色濃くにじませる作品になった。二葉亭は古臭い小説のタイトルを提案して、魯庵の手厳しい批判を喰らっている。「『其面影』を発表するに先だちて二葉亭は新作の題名に就て相談して来た。『二つ心《はあと》』とか『心《はあと》くづし』とか『新紋形二つ心《はあと》』とか云ふやうな人情本臭い題名であつて、シカモ題名の上に二ツ巴の紋を置くとか、或いは『破《や》れヰオリノ』という題名として絃《いと》の切れたヰオリンの画の上に題名を書くといふやうな鼻持ならない黴臭い案だつたから、即時にドレも之も都々逸文学の語であると遠慮無く貶《けな》しつけてやった。［中略］此相談を受けた時、二葉亭の頭の隅ツコにマダ三馬か春水の血が残つてるんぢやないかと、内心成功を危ぶまずにはゐられなかつた（『思ひ出す人々』三五五‐三五六頁）。さらに最後の創作となった『平凡』では、やはり玄人っぽい女性を多く登場させ、代わりに、トルストイの禁欲主義を激しく批判している。

逍遥の、花柳的なるものからの訣別

このように、晩年、いわば江戸の情緒への回帰を強めていった二葉亭に対して、坪内の方では、花柳的な色恋のありように対して、緩やかに距離をおき、批判を強めていったのだと見ることができよう。

これは一つには、「近代」的な恋愛観が明治二十年代以降、一般化し、常識化していったのに逍遥も歩みを合わせていたということであるのだろう。それは作品からも窺うことができる。たとえば、一八八五（明治十八）年刊行の『当世書生気質』では主人公と芸者とのハッピーエンドを描いた逍遥だったが、翌一八八六年に出された『妹と背かがみ』は、芸者を含む三角関係を新聞に書きたてられて、主人公が辞職してしまうという筋にしているのである。ここには坪内の（芸娼妓をめぐる）婚姻観・性愛観の変容がすでに始まっていることが見て取れるだろう。

また、「芸者」についてのコメントではないが、一八八八（明治二十一）年の『細君』では、坪内はずいぶんと開明的な婦人観を示し、男性中心社会を批判している。

人間の不仕合《ふしあはせ》と仕合《しあは》せは無論其時《そのとき》の運不運、理屈を言へば鬚《ひげ》の有無にて差等のあらう筈はなけれど、さうばかりにも言へぬが浮世、格別に気の毒なるは鬚なき人の身の上なり、誰か束髪と共に女の味方が殖えしといふや　同権論を書く主人も原稿料を得し後まで竟《つひ》に持論を行はねば　細君はいつまでも頭《あたま》の上《あが》る時はなし　誠《まこと》に唐人のいひし通り　つまらぬ者は女なり、かよはい背中へ行路難《かうろなん》［世渡りの困難］を負《おは》されて　五十年が其間《そのあひだ》、殿さまの言附通《いひつけどほ》り、右へ向け　左へ向け、束髪が宜《い》い　丸髷《まるまげ》に限る、洋服を着な　紋附にせよ、斯《か》うせい　あゝせいと無理難題、それをイヤといへば　曲事《きよくじ》也と大筆特書《たいひつとくしよ》した七去の定め三従の掟は廃《すた》れたれど　楽屋を窺《うかが》へば扨《さて》も／＼なり、足るを知らぬ女郎《めらう》と当人［夫］は言ふべきが、シラ、マリヤスの跡継《あとつぎ》にシーザル［いずれもローマの専制君主］を下されても悦ばぬが真《まこと》の自主（三〇 - 三一頁）。

こうして坪内は、口先だけではない「同権論」と女性の「真の自主」を説く。ここでは、恋愛問題については言及がないが、夫婦が互いの人格に対する敬意と、愛情の念で結ばれる、やがてエレン・ケイや厨川白村などが説くであろう、「近代的」な、恋愛に基づく夫婦関係を坪内が模索し始めていたことは、先の引用における、論の流れからも容易に推測できるのである。

「恋愛」といったものを坪内が自らの夫婦関係に持ち込もうとしていたとはあまり思われないが、二人が進歩的な夫婦像を見せているのは日記などからも窺われる。妻せき子[*71]に関する非常に細々とした記述が見受けられるのである。「関子長蛇亭の合奏会へおもむく」（明治二十一年九月二十三日）。「細君と食物の美味不味を論じ　終に断じて曰く　只食ふを主とせば左の所よし［以下、料理屋の名前が列挙される］」（明治二十三年一月八日）。「せき子胸痛しとて臥す」（同十五日）。「此頃夢見るも大概は朝になりて忘れ了る　此夜の夢忘れざるが奇なり　せき子とならび臥したるとみるうちに　幸田露伴来りて　共に打臥しながら　文学を語れるも奇な［り］」（同二十日）。これは比較的若い頃の記述だが、せき子に関する記録はこの後も日記に長く記される。妻の行く先をいちいち記録し、健康を気遣い、食い物のうまい店についての語り合いと、まるで当今のラヴラヴ・カップルなのである。

逍遥はセンを「新婚旅行」に連れて行きさえした。結婚後、二か月ほどして、二人は熱海に旅行している。『日本はじめて物語』の「ハネムーン」の項目では、一八八三（明治十六）年に井上馨の息子が熱海に旅行に出かけたことを紹介して、これを新婚旅行の嚆矢《こうし》としている。新聞でもかなり話題になったらしく、東京日日新聞は「新婚後まもなき旅行は、琴瑟和調の本にして、西洋には常に行われるものなり」と報じたという（六三頁）。坪内も、自らの新婚旅行を回想して、「其年末［結婚した一八八六（明治十九）年］には、休暇を利用して、宿痾の養生かた〴〵、約一週間ほど熱海温泉に冬籠り。世に出て初めてのプチ・ブル気分。結婚した当年なのだから、今なら新婚何とかといふところかね。笑つちやいけない。人並に若い時もあつたよ」と書いている（『柿の蔕』三一頁）。逍遥は、新婚旅行という意識はなかったような書きぶりだが、井上馨の息子の顰《ひそみ》に倣った可能性も高いだろう。逍遥夫妻が日本における、ツー・ショットの肖像写真の非常に早い例の一つだったことも、前章で紹介した。こうして、欧米のカップルのライフ・スタイルが模倣されているのである。

逍遥は、センを近代的な良妻賢母に教育しなおそうともした。だが、それは失敗する。「夫人の前歴が前歴だったから、教養の深いわけもなかった。でも逍遥もはじめには教育しようと試みたのだが、それは中途で断念したと告白している」（河竹繁俊『人間坪内逍遥』一二三頁）。

また、逍遥本人によっても、友人や弟子たちによっても、逍遥が生涯セン夫人一人としか肉体関係を持たなかったというようなことが語られている。河竹が伝える遺稿にすでにそのような記述があったことは紹介したが、河竹はさらに続けて、市島春城と旅行中に、「坪内君はおそらく一人の女しか知らないであろう」と聞いたという（『人間坪内逍遥』二七頁）。これらの証言や伝承の真偽は別に検証するまでもない。重要なのは、ここに、愛しあい、尊敬しあい、お互いに貞操を守りあうという、欧米流の夫婦の理想が込められていることである。

こうして「近代的」なカップルを理想像として持ち始めたことは、坪内が自らの夫婦関係の「過去」を批判的に見ることを強いたには違いない。これはすでに引用した文章だが、『当世書生気質』で小町田の友人倉瀬は、「［田の次が］仮令芸妓をして居たツてもいゝ。［中略］君のコンキュウ位にやしたツてもい〻」（一一八頁）と助言する。ところが逍遥は芸妓どころか娼妓を、妾どころか正妻にしているのである。このセリフを書き連ねながら、逍遥が自らの身を省みなかったと考えることは難しい。

「芸妓どころか娼妓を」と書いたが、『当世書生気質』では芸妓より娼妓が議論の中心となっている。たとえば、第七回では男性（遊客）と娼婦（娼妓）の間の、日本における特殊な事情が語られる。「西洋の開明の国々にも、淫売といふ陋習のみハ。尚禁じがたき弊とぞ聞く。「中略」しかしながら我国にてハ。娼妓の容皃を買ふのみならず。其情をしも買はまくする。嗚呼《をこ》のふるまいのある」のである（八九頁）。ここでも「近代」的恋愛観と、江戸の性愛観は微妙に交錯している。北村透谷らが説いた「恋愛《ラブ》」の理想においては、崇拝・尊敬といった人格的・精神的契機が恋愛において第一義の——ないし、一義的な——要件とされていた。厨川白村ら、大正の恋愛至上主義者たちは、精神的契機と肉体的契機の合致を説いた。いずれにせよ、人格的・精神的要素の強調が「西洋」起源の恋愛観の特徴であった。娼妓に対して「肉体の欲」だけではなく、「人情」といったものを求める日本の恋のありようは、その意味で西洋的恋愛観の理念に適うものであった。その意味で、逍遥は、センとの間に正しい、近代的な恋愛感情を構築していけるはずであった。しかし、この考えは江戸の色恋の常識によってただちに否定される。すなわち、娼妓との人間的な恋愛感情の交換など期待してはならず、「色専一に目的として。楼に登るこそ当然」なのは、「娼妓《うかれめ》に手練あるハ当然」で、「遊郭は詐譎《うそ》の世界」

であるからだ（八九頁）。結局、遊郭で成立していることは、「色に迷ふハ嬋妍《あだやか》なる、其貌容《かほかたち》を愛するなり。所謂一旦の快楽《けらく》［ラスト］なるから。他の禽獣の欲にひとしく。迷ふも浅く悟るも早」いのである。娼妓に迷う、すなわち「其情に溺るゝものハ。所謂《いわゆる》恋情《こひ》［ラアブ］に迷ふものにて。愛惜《あいじやく》の絆に長く繋がれ。一生迷津［迷いの世界］に流転して。竟に浮かぶ瀬を得ぬもの多」いのである。これを書く逍遥は、まさに自らが、娼妓に溺れ、縛られ、流転しているのではないかと疑わなかったか。[*72]

事実、逍遥はかなり早い段階から、花柳界的な色恋の批判を示し始めてもいる。一八八八（明治二十一）年の、最初の関西旅行の記録では、京都四条通りの「あけぼの」という店で軽い食事を取るが、「此店は一枚鑑札[*73] 芸娼妓を聘する能はざる清潔の処也」などといったコメントをつけているのである。

教育者・倫理学者の職分

坪内が自らの結婚生活に疑義を感じ始めるようになった、もう一つの理由は、彼の人生の展開における職業上の要請があると思われる。それは、坪内が、教育者としての側面を徐々に強めていったことである。坪内士行にいわせれば、「［海軍大臣山本権兵衛もそうだったが、遊女を妻としたことによって］逍遥の場合も、もし彼が浮気鳥の文士、又は劇作家としてのみ終始したのであったならば、さして苦労はせずにすごしたのであろうが、幸か不幸か逍遥は、周囲の事情から半ばやむをえず、次第次第に教育方面に関係せざるをえなくなり、やがては中学の校長までも引受けざるをえなくなった」（『坪内逍遥研究』三七 - 三八頁）からである。

坪内逍遥の教育家としての歩みを振り返ると、まずそれは、まだ大学時代の一八八一（明治十四）年、神田の下宿に鴻臚塾と称した私塾を開いて、英語を教えたのに始まる。さらに本郷の私立進文学舎でも教えた。これらの仕事は学費を補うためのものであった。

翌年からは下宿に寄宿生を置くようになり、こちらも指導した。同年には友人の高田早苗が東京専門学校（早稲田大学の前身）を創立するが、一八八三年からは請われて出講し、世界史、憲法論、英米詩講読を担当した。講義録などの出版も始め、いよいよ逍遥は文士稼業から教育の世界へと移っていく。

坪内が文業を廃したのは、二葉亭の場合と似て、自らのその領域の仕事に対する不満が大きな動機となっていた。もちろん、それは彼の理想の高さの裏返しでもある。一八八七（明治二十）年六月十五日の日記には、「五月の末方脳具合あしく　意気沮喪す　之と同時に我筆の陋劣を憤り耻づる心甚し　果は悉く管城子［筆］と縁を断ちて、ぶら〳〵遊びて日を送る」との記載がある（『坪内逍遥研究資料』第五集、四頁）。苦労して書いた『細君』があまり高い評価を得られず、モデル問題だけが取り沙汰されたことにも失望し、いよいよ一八八九（明治二十二）年の年頭の日記に「今年より断然小説を売品とすることをやめ　只管真実を旨として　人生の観察に従事せんと思ひ定む」（六七頁）と宣言するのである。

翌一八九〇年には逍遥の首唱で東京専門学校に文学科が創設され、この運営も逍遥の肩にかかってくる。この時期に、ほかに明治英学校、私立商業学校にも出講しており、「この三校の授業時数を合わせると四十時間にも及んだ」という（大村弘毅『坪内逍遥』八二頁）。一八九三（明治二十六）年には、文学科の卒業生をはじめて世に送り出した。逍遥は祝辞を述べて、「学問の独立・精神的教育・学問の活用・自主恃行・学術併行・進歩向上・愛国心」などを説いたという（九二頁）。いよいよ逍遥は、真正の教育家の風貌を帯びてきたといえよう。

一八九六（明治二十九）年には早稲田中学校が創設され、教頭に推されその職に就く。そして、逍遥は「徳育すなわち実践倫理に新教育の重点を置くこととの必要を感じ、これを新設早稲田中学校の特色として標榜したのだった」（一一一頁）。そして、「まず自分の倫理観を確立するために、余暇の許す限り、倫理書類を読んだ。そして、社会の実際にも即き、学理にも徹した、りっぱな教案を立てようと試みた」という（一一二頁）。逍遥は単に教育家であるだけではなく、倫理教育者として立ったのである。そして、一九〇二（明治三十五）年には、ついに早稲田中学の校長に就任するのである。

こうして、教育に深く関わっていくにつれて、逍遥は、倫理学、道徳教育研究を精力的に始め、欧米の関連文献を渉猟した。書き物の中にもカント、フィヒテ、ベーコンなどの名前がしげしげと見られるようになる。どの著者に最も大きな影響を受けたのかは判定が難しいが、邦訳もあったパウルゼンの『倫理学書解説』は熟読していたようである。研究成果は、やがて著作にも反映されるようになり、一九〇二（明治三十五）年の『文芸と教育』を皮切りに、膨大な数の倫理学、教育学関係の論攷が発表されていく。同年には前述のとおり、早稲田中学校の校長に就任するが、これ以降も、陸続として倫理学関係の著作を公刊した。一九〇三（明治三十六）年の『通俗倫理談』、一九〇六年の『中学修身訓』、一九〇八年の『倫理と文学』などである。[*74]

逍遥が熱心に研究したと思われるパウルゼンは後述の通り、『倫理と文学』でも言及されているが、その『倫理学大系』System der Ethik は一九〇四（明治三十七）年に邦訳が出されている。坪内は英訳 *A System of Ethics* を参照していたのであろう。

さて、このような研究を通じて、坪内は次第に道徳家臭、教育者臭を強めていった。たとえばエッセイ「主として倫理講話者のために」に逍遥はこう書く。

知は竟に行と合すべく、智育の至れるはやがて徳育の至れるものなるべし、而も智能未熟なる少年時代に於ける智育的徳育は、偶々以て智徳を分離せしむるの弊を生ず。今の子弟の実際を観るに、彼等の大かたは忠、孝、仁、義の名目にのみ飽饜して聊かも其の真旨味を解せざるが如し。今や十二三歳の児童も尚ほ能く公利、公益を口にし、忠孝仁義を弁説す、而も漠然其の行はざるべからざるを知識せるのみにして、之れを行はんと欲するの念、若しくは行はざるに忍びざるの念は殆ど蕩乎として見いだすこと能はざるなり（四頁）。

いかにも道学者然としたセリフである。

そして、ここでは「忠孝仁義」が達成すべき徳目として挙げられている。金子馬治が「倫理教育時代の坪内先生」に書くように、「先生の倫理思想は大体に於て儒教的色彩が濃厚であった」（附録六頁）のである。逍遥は主に（旧制）中学教育の文脈で語っているのだから、この四つが主になるのも不思議はない。つまり、この年代の学生のための倫理であるから、婚姻や家庭にまつわる道徳についての話を第一義にする必要はないし、性的な倫理も関係ないということになろう。[*75]（旧制）中学生に対して行った講話をまとめた『通俗倫理談』でも、女性、家庭、性愛などの問題にまつわる話題は一切見られない。その巻末には「修身奉公訓 図表」なるダイアグラムが掲げられている。飲食、服装、業務などさまざまなカテゴリーについて、その（倫理上の）目的、善習、善報、誘惑、悪習、悪報が記されている。たとえば飲食の目的は強壮、善習は適宜、善報は美味、誘惑は飲食欲、悪習は飲食過度あるいはその逆の栄養不足、そして悪報として疾病といった具合である。父母の項目には、目的が協同、善習が忠恕、善報が愛、誘惑が意を迎うる心、悪習が虚礼、悪報が隔心とされている。ところが「妻」、「子」という項目は立ててありながら、その二つについて、これらすべての欄が空欄になっているのである。（旧制）中学生にとって妻や子に対する道徳というのは無関係だから考察しないということなのだろう。

とはいえ、逍遥は広く一般に倫理にまつわる文献を渉猟していたので、そこには当然、婚姻・夫婦・家庭・性愛などに関わる道徳の研究に向き合う必要もあったであろう。事実、『倫理と文学』には「邪淫」についての記述がある。「邪淫と云ふ言葉は大変悪いが、もし之れを普通世間に行はれて居る夫婦間の関係とは異なる関係で性欲を遂ぐること抔と云ふ抽象的な解釈にしたならば、どうであらう。かくても或は大抵は悪と言はなければならぬかも知れんが、必ずしも罪悪といふ程でない、只善でないといふ程度に止まる場合が幾らも生ずるであらう」（一三四頁）。ここでは、逍遥は「性」に対し、ほとんど驚くほど寛容な態度を示している。婚姻外性関係が必ずしも悪ではないと言っているのである。「夫婦間の関係とは異なる関係で性欲を遂ぐる」ということで坪内が具体的に何を含意しているのか、十分に判然とはしないが――未婚女性との関係を指すのか、姦通をいうのか、芸娼妓との肉体関係のことなのか――ここで逍遥は、自分と花柴との関係をやや弁護しようとしているのかもしれない。しかし、「大抵は悪」、「善ではない」わけで、はなはだ歯切れは悪い。

『倫理と文学』ではさらにパウルゼンに依拠しつつ、性欲に関わる「悪」の問題が触れられている。「パウルゼンの倫理学の中には悪に関する幾分の論がある。それは悪の根本は二つに分れる、肉欲《センシュアリチ》と利己心《セルフィシネス》と云ふ此の二つが悪の根本であると、斯う解釈してある。肉欲と云ふうちには暴飲《インテムペランス》それから放蕩《デシペーション》――此の中には邪淫と云ふことも入るのであらう」（一三五頁）。

こうして性的欲望は明瞭に「悪」として規定される。さらにそれは悪所とも結びつけられる。「放蕩」といった概念にははっきりとそのような連想がある。大言海（一九三四［昭和九］年）は「放蕩」を「行ヲ修メズシテ、恣ニ遊楽ニ耽ルコト」と、広辞苑は「酒色にふけって品行の修まらぬこと」と定義している。この「酒色」や「遊楽」というのは、主に花柳界のそれがイメージされていると思われる。

先に引用した『倫理と文学』の記述にちょうど当たりそうなパウルゼンの『倫理学大系』の文章は残念ながら見つけることができない。坪内が参照していたのは、*A System of Ethics* ではなかったのかもしれない。一方、『倫理学大系』の方には人間の恋愛生活、セクシュアリティー、婚姻関係などについての話題がところどころに見られる。たとえば、「本務及び良心。」という章で、猿と人間の性的行動、婚姻のありようの違いについて説き、こう述べる。

［猿にあっては乱交はなく、一雄一雌または一雄多雌の秩序があり、みだりな交尾を許さないが］人間に於ては這般の色情生活の秩序は一夫一婦若くは一夫多婦の婚姻の風習となりて現はる。将来の種族は教育特に女子教育によりて其風習を構成す。貞操淑徳はよりて以て個人の習慣を確持する所のものなり。［中略］道徳上の訓誡に背反するものは烈しく攻撃せられ責罰せらる。人若し風習を蹂躙するときは激烈なる反動を受く。未婚の婦人は既婚者仲間より擯斥せられ、男子の之を娶るものも亦軽蔑せらる（四五七‐四五八頁）。

貞操意識の低い未婚女性は蔑まれるし、そうした女性と結婚する男も低く見られる。結婚前は貞操を守らねばならないし、結婚後は夫にのみ妻の肉体は開かれていなければ道徳的とはいえない。もちろん、芸娼妓はこのような婦人ではない。

逍遥はこのように、倫理に関わる文献を渉猟し、また自らも執筆し続けるにつれて、花柳界が正しい家庭生活を営むのに障害となる空間であり、そこでの遊興、芸娼妓との交わりは、人を道徳的な性生活から逸脱させ、「悪」に向かわせるものだという考えを次第に深めていったのではないかと思われる。

すでに述べた通り、坪内逍遥の倫理関係の著作には、家族問題や異性関係に関わる箇所はほとんどない。先に紹介した、東京専門学校の卒業式でも、逍遥は自主持行、進歩向上、愛国心などを説いたりはするが、女遊びをするなとか、人妻や未婚の女性を誘惑してはならないとか言ったりはしないのである。それは自明のことであったのかもしれない。また、それは、これが「性教育」というようなものが始まる以前の話だったということとも関係しているだろう。日本で最初に「性教育」をタイトルに冠した本が出版されるのは、一九二三（大正十二）年まで待たねばならない。[*76]「性」は教育の対象とはなりえていなかったのである。

しかし、こうして自分を倫理教育者として規定した逍遥は、自らの生活のあらゆる面を——その家庭のありようや、夫婦関係、性生活のありようも含めて——道徳的に持さねばならないという意識を持ったのではないか。逍遥はこの点、きわめて生真面目な人間で、学生に倫理上の指導をする以上、自分が模範となる生活をしていなければならないと強く感じていたようである。坪内士行は、逍遥は自分がかつて受けた「儒教的な修身訓が原因」で、『独り慎しむ』ということを固く守り続けていた」という。「逍遥は己を持すること謹厳、暑中でも袒をぬぐなどということは絶対になく、まして寝そべることなど思いもよらず、又、いやしくも人と対座しては、膝を崩すということさえもなかった。行住坐臥、常に威儀を正し、人に醜を見せて悪寒を与えまいとつとめていた」という（『坪内逍遥研究』一一頁）。

また、大村弘毅が伝えるエピソードでは、「逍遥は指先が黄色く染まっていたほどのたばこ好きだった。教頭に就任した後もたしなんでいた。ところが、生徒間にたばこを吸う者があり、教員会議の問題にもなり、それを禁止させようとしたが、その効果のあがらないのを知ると、尋常以上に喫煙していたのを、自ら率先禁煙を断行してしまった」という（『坪内逍遥』一一五‐一一六頁）。今日びの一部の高校教師に爪の垢でも煎じて飲んでいただきたいぐらいである。

汚点と変わる、妻の過去

指導的教育家の地位についたことで、そのことと、色街あがりの娼妓を妻とした自らの経歴との乖離を、逍遥はますます強く感じるようになっていったのであろう。河竹繁俊によれば、「中学校校長を辞したのも［中略］その後早大の文学科長にも、早大学長にも推薦され、学士院会員にも推薦されたが、固辞して受けなかったのも、思えばその理由の一半は、そこ［夫人の出自］にあった」（『人間坪内逍遥』二四頁）。

しかし、『かくす事ほど知れやすい』で、逍遥が社会に出れば出るほど夫人の出自については誰言うとなく取沙汰された。ことに教育に従事して、中学校の教頭から校長になるに及んでは、かれこれと蔭口をきくばかりでなく、赤新聞も書きたてる、正岡芸陽などという人物も書きたてる、中学校の近くの壁に中傷的な張紙も貼られるというようになった」（二四頁）。

逍遥は時が経ち、齢を重ねるにつれて、花柳界での遊びや、芸娼妓との交わりそのものを悪と見なすようになっていったのであろう。そして、遊女を落籍した自分の振る舞いを、生涯の汚点と感じるようになっていったのだと思われる。先に紹介した遺稿に至るまで、逍遥はこの問題を口にしなかった。「この件については、逍遥自身も夫人自らも、かつて世間にたいしても家庭内においても口外したことがない」（『人間坪内逍遥』一一頁）。逍遥は、この秘密は墓までもっていくという気概であったのだろう。同時に、晩年にその記録を志し、死後の刊行を期して遺稿として残したそのやり方には、非常なこだわりも見て取れるのである。

弟子たちも同じように、極めて重要な問題だが、同時に触れたくはないという感覚でいたのではないかと思われる。坪内士行言うところの、「彼［逍遥］も触れず、まして友人や門弟にいたっては絶対に言及するのを避けている逍遥の、尋常ではない結婚生活」だったからである（『坪内逍遥研究』二九頁）。

弟子たちの、この話題をあまり公にしたくないという感情は、日記の編集の仕方にも窺われる。坪内がセンの親戚を訪問するあたりの記述が復刻されていないのである。

すでに紹介した通り、逍遥は結婚して一年近くたって、関西旅行をし、センの落籍にまつわるごたごたをすべて処理し、後顧の憂いをなくそうとする。関西旅行中の日記は中央公論に「浪花芸者」として翻刻されているが、一八八七（明治二十）年八月十一日に郵便局に赴いて、局留めで送付されていたと思われる「金子」を受け取る場面で終わっている。実はこの金は、センの母親などに渡すための金なのである。

このときのやりとりはずいぶんドラマティックで、士行の評言では「黙阿弥の世話物の一部を見るような趣の深いもので」あった（『坪内逍遥研究』三四頁）。車を命じて高津新地五番町まで行き、「奥田」という表札の家を探し当てた逍遥は「簾をあげて内を窺ふ」。「思ひし程には汚からず、人気なし」。そこに水くみに行っていた老婆が戻って来て、すべて飲み込んだ顔つきで逍遥を招じ入れる。センがすでに手紙を書いて、予告していたらしい。金次郎［弟］の証文がどうの、印鑑がどうのとか言うが、要領をえない。逍遥は、「金次郎が一人並になりたりといはば、月々の贈与を失はんかと恐るるに似たり、匹婦の衷情憫むべし」と合点する。「月々の贈与」は、仕送りの意志をセンが予め知らせていたのである。逍遥はきっぱり宣告する。「予は卿に対して表向は無関係の人なり、毎月の贈与は仙子［セン］の志なり、されば例月の金額だけは卿の此世界にあらん限りは、仙は義務としても贈るべし、況んや生誕の恩あるをや。［中略］仙は卿の生む所なりと雖も、殆んど卿が子にあらず、幼にしては他人に養はれ、人となりては苦界に沈めらる、卿それ之を思へ」。「民女喜泣」するが、逍遥はさらに容赦ない。母が、金次郎に、「東京の姉さんの所いつて、下男にでもしてもらへ」というと、逍遥は答えて、「仙はもはや奥田氏にあらねば、表向は金次郎の姉にあらず、立派の職人なツて来らば面会せん、否らざれば決して親戚としては逢はざるべし」。そして、用だけ済ますと帰ろうとするが、母はあれこれとかき口説き、「お庇で無事なりとお仙さんに伝へたまへ」などという。逍遥は「感慨しきり」で、「行々は家屋の不潔ならざるものを購ひ、之を此母子に与へん、金銭を与ふるは易けれども、其一時なるを奈何せん」などと「万感こもごも」である。このように逍遥は、可能なかぎり後腐れのないように、きっぱりと縁切りをしてくるのである。

センの実母奥田民が住んでいた高津は、日本橋のやや南に位置し、将軍吉宗の治世まではただの田地であったが、地主が将来有望として掘割を作り、住宅地として開発して、高津新地が形成された。高津神社を中心として賑わいを見せるようになり、私娼窟も現れた。平井蒼太の『浪速賤娼志』は江戸時代の「売笑地区」をリスト・アップしている史料を六点挙げている（一－三頁）。それらは時代的には安永から天保に至るが、そのどれにも「高津新地」は名前が挙げられている。江戸中期から末期にかけて、一貫して盛んな風俗営業地域であったことが窺われる。もっとも、郷土史家船木茂兵衛の記述によれば、高津新地の一角には遊所があり、「維新政府より補助金を受けて遊所の拡大計画を町民によつて願ひ出でた事もあつたが不許可となり、余り発展を見ずに遊所は廃絶し了った」という（「高津新地界隈を巡る」四七頁）。しかし、近隣には明治期にも依然として賑やかな茶屋街難波新地もあり、高津新地が色街の雰囲気が濃い地域としてあり続けていたことは想像に難くない。

すでに河竹繁俊の記述で見た通り、センは名古屋の士族加藤孫右衛門の家に生まれ、同地で育った。加藤家は明治維新の混乱の中で没落し、貧窮したという。そして、十七のときに大阪の実家にいた母親に呼び戻され、神戸の福原遊郭に身を沈めた。母親がなぜセンと離れて大阪にいたのか、大阪の実母に呼ばれながらどうして神戸の廓に売られることになったのか、それがどのように根津遊郭に移ることになったのか、この辺の事情は逍遥の遺稿が焼失してしまった今、知りようがない。だが、センが根津遊郭で苦界奉公をしていたとすれば、大阪南の歓楽街に居住していた母の奥田民が同地で同じような職種に関わりをもっていたことも十分想像されるのである。

こうして、大阪まで乗り込んでいき、母親と談判し、金銭関係の清算もし、後顧の憂いを断ったはずだったが、やがてこの件は、逍遥の人生に暗い影を落とすようになってくるのである。坪内士行の推量では、「逍遥も、或は時に過去を悔やみ、妻への不平不満を感じたことがあったでもあろう」（三九頁）。

一方、センの思いはよくわからない——自らの「過去」を、そして、そのような過去を持つ自分と、名だたる流行作家であり、厳格な教育者であり、早稲田中学校長という栄誉ある地位にいる人間であり、また、演劇界の大立者であった男との夫婦生活をどのように観じていたかは。そして、逍遥が二人の関係から苦しんでいたことを、どう思っていたかは。夫が必死の思いで綴った遺稿を「拾い読みしましたが、焼かせてもらいます」と言った言葉には万感の思いが感じ取られるが、その具体的内容はようとして知れないのである。

いずれにせよ、社会における性愛秩序の変化、恋愛観・婚姻観などの変容、そして、当該個人の境遇、立場、人生観などの転変を関数として、「道ならぬ恋」はその色合いや意味合いを変えていくのである。それらの移り変わりが、坪内逍遥とセンの六十年にわたる夫婦生活を暗く彩りつづけた。その当時、「普通」の――あるいは、少なくともよくある――出会いをし、馴染み、結婚をした二人は、時代の変化につれ、「道ならぬ仲」になってしまい、そして、故もなく長い人生、苦しみ続けたのである。

第五章　外国人との仲

――生島治郎の場合

トルコ嬢との結婚

本章はそもそも「トルコ嬢との仲」というテーマで構想されていた。[*77] その意味で、前章「花街の女との仲――坪内逍遥の場合」の続編となるはずだった。そうして、明治初期における娼妓との結婚と、現代における風俗嬢との結婚は、どのように違い、どのように連絡しているのかを探ろうと考えていた。

徳川時代の遊郭と、現代のトルコ風呂やソープランドとの間には、緩やかな歴史的連関がある。吉原は明治維新の後、一八七二（明治五）年の芸娼妓解放令、一九四六（昭和二十一）年のGHQによる公娼廃止令、一九五八（昭和三十三）年の売春防止法などを経つつ、いまだに売買春の場として存続している。もちろん、江戸の遊女屋と今の風俗店では営業形態が大きく異なるが、継承されている「伝統」がいくらかあることも事実である。たとえば、「源氏名」という言い方は今でも用いられている。これはそもそも、その名の通り、源氏物語の帖の名前を使ったゆかしいもので、坪内逍遥の妻おセンも、花紫が源氏名であったが、前章で紹介した通り、若紫だったという異説もあり、こちらだと本当に源氏物語の巻名になっているのである。リサーチしたわけではないが、今では「あかね」やら、「ゆい」やら、ごくごく普通の名前が多いらしく、趣きに欠けるが、源氏名という呼称は残っている。本章の主人公生島治郎の、元トルコ嬢の妻は「赤城」であった。最初に彼女と店で対面したとき、生島の連れは「箱根」という女性が相手をし、これはちょっと変わっているので、「どうやら、ここのトルコ嬢には山の名が源氏名に使われているらしい」と生島は思うのである（『片翼だけの天使』一七頁）。

では、そのような、「伝統」の継承というものが、多少なりともあるとして、逍遥がそうだったように、遊女であれ、トルコ嬢であれ、娼婦に恋をして結婚するという男女関係の方は今でも継続しているのだろうか。

そこで、トルコ嬢（ソープ嬢）との恋愛・結婚はどれほどの頻度で起こっているのか、客とこれらの女性たちの関係は、遊女に惚れ、馴染み、入れあげ、ついには請け出して妻とした、江戸や明治の遊客たちの態度と、どこか通底するものなのか、こういったことをまず調べてみようとしたのだが、適当な資料が見つからなかった。

小沢昭一は一九六五年に行った、トルコ嬢との座談で、客と結婚するケースについて少し触れている。「お客さんと結婚したコもいるそうで、タンス長持ちはいうに及ばず、結婚費用一切彼女持ち。いまでは子どもを連れて遊びに来るとか。だが、亭主の給料では家賃を払えば小遣いもないと、古巣へもどるコも少なくないという」（『人類学入門』七一頁）。とはいえ、こういう例もあったという話が出されているだけで、ここから全体の様子はわからない。しかしながら、小沢もこの例をびっくりするような話とは書いていない。「古巣へもどるコも少なくない」というくらいだから、それほど珍しい事例というわけでもなかったのだろう。

さらに言えば、この話は、ヒモの話がらみで出てきている。トルコ嬢も女だから、仮に金銭的に搾取され、肉体的虐待を受けることがあっても、優しく包んでくれる男が必要なのだとか、二人三人の若い男に貢ぐ子もいるなどといった談義があった上で、「結婚したコもいる」という話になっている。やはり、この「お客さん」というのは、そういうジゴロまがいの人が多く、結婚した後は結局、ヒモ的存在に変わるというのが実態ではないかと想像される。つまりトルコ嬢と、純然たる「素人」の客との結婚は少なかろうということくらいは想像がつくのである。

こうしたことを調べる資料の一環として、生島治郎のケースを調べるのが当初の目的であった。彼の場合が、トルコ嬢との結婚の問題点をどのようにあぶり出し、その文脈において、いかに「道ならぬ仲」となっていたのかということを調べようとしたのである。

生島治郎（小泉太郎）は一九三三（昭和八）年に上海に生まれた。一九四五（昭和二十）年二月に帰国し、一九五五（昭和三十）年には早稲田大学英文科を卒業した。早川書房に入社、ミステリー雑誌の編集長を務めていたが、一九六四（昭和三十九）年に『傷痕の街』を発表して、作家としてデビューした。一九六七（昭和四十二）年には『追いつめる』で直木賞を受賞して作家としての地歩を確立した（日本近代文学大事典）。早川書房勤務中にやはり編集者で後に作家となった杉山喜美子（結婚して小泉喜美子）と結婚したが、一九七二（昭和四十七）年には離婚している。その後、川崎の堀之内のソープランドで知り合った韓国人女性と恋愛関係に陥り、紆余曲折を経て、一九八二（昭和五十七）年十一月には結婚に至る。その間の事情を『片翼だけの天使』として一九八四年に刊行し、ベストセラーとなる。韓国人妻とのその後のいきさつは「片翼シリーズ」(『片翼だけの天使』、『続・片翼だけの天使』、『片翼だけの結婚』、『暗雲』)として書き継がれた。

だが、生島の恋愛と結婚について調査を進めていくにつれ、問題設定に誤りがあるように思われてきた。生島治郎の恋愛と結婚(そして離婚)において、「トルコ嬢との仲」ということはたいして問題視されていなかったようなのである。生島自身は、妻の、「トルコ嬢」という前歴は、ほとんど問題にならなかったことを繰り返し述べている。作中の主人公・越路は、白井完介という遊び友達に最初に「トルコ」に誘われ、「トルコでいいサービスを受けようと思ったら、偏見を抱いていては駄目ですよ」とあらかじめ注意を与えられたときにも、「トルコ嬢に対して偏見なんか持ってはいないさ」と答えている(『片翼だけの天使』一一頁)。

もちろん、トルコ嬢との「交際」ということについては、複雑な思いも若干あったようで、そういう女性との恋愛といったもの自体、ありえないのだという発想も示している。これは、西洋諸国(特にプロテスタント圏)の考えと同様であり、江戸から明治にかけての、花柳界的な観念とはかけ離れている(「トルコ風呂の中で恋愛が生れることなどほとんどあり得ないと思っていた」[『続・片翼だけの天使』二二頁])。さらに、母親には結婚相手のトルコ嬢の出自を打ち明けづらいと感じたようである。「『さる水商売関係のところで知り合ったんだが……』と言いかけて、越路[生島]はひどくうしろめたい思いがした。照れくさくても、自分と景子[赤城]のことは、一緒に暮す以上、おふくろにもよく納得してもらった方がいいのではないかと思う。

しかし、話してもわかってもらえるだろうかという不安はある」(『片翼だけの結婚』二〇頁)。結婚してからも、景子が、ホストをしている親族の男性と必要以上に親しくなってしまうのではないかという心配を抱いたときに、元ソープ嬢の彼女は簡単にホストにひっかかったりはしないだろうと考える条《くだり》がある。「景子は純真だといっても、かつてはソープ嬢をしていたことがある。そこではいろんな男を相手にしてきたはずだ」(『暗雲』上巻、九九-一〇〇頁)。ソープ嬢は性的に軽いが、同時に百戦錬磨の女だと見なされているのである。

また、越路は親友に対しても、「赤城との関係をなんとなく内緒にしておきたい気持ちが強かった」(『片翼だけの天使』二〇五頁)などと述べている。それは「この年でトルコ通いをし、そこの相方と深間になったなんてことはあまり人聞きがよくない」からである。だが、この判断は限定的で、そういったものも、世の中にはときには起こるものだとは認めている。「[トルコ嬢との恋愛が」皆無とは言えないとしても、中年を過ぎた分別盛りの自分の身の上に起り得るとは想像だにしなかった」。そして、実際には赤城のことを好きになってしまったわけであり、その事実に戦慄しているわけではまったくない。

そもそも、娼婦と恋愛ないし結婚をしてはならないというような禁忌意識はどこから生じるのであろうか。このような意識が近現代日本にあるとすれば、それは、概ね西洋起源といってよく、近代的恋愛観に基づくものだといえるだろう。この考えからすれば、恋愛は精神的・人格的なものに発しなければならないし、結婚は恋愛感情に拠るものであるし、理想主義的恋愛観のもとでは愛の対象は複数であってはならない。恋愛・結婚は一対一の関係でなければならず、したがって貞操を要求する。このモデルに売買春は当てはまらない。明治初期の廃娼運動の主な動機も、芸娼妓に「貞操」を取り戻させることであった。大正時代の人格主義的恋愛観はこれを理論化する。すなわち、厨川白村は論じる。

平等な男女二つの人格の性的結合《セクシユアル・ユニオン》が恋愛であるが故に、一つの人格が二つ以上の人格と完全に結合するなぞと云ふ事は、非常に特別な場合を除いては断じて存在し得ない事だ。それは即ち男女人格の不平等といふ事を予想するに非ずんば不可能であるからだ。だから真に人格尊重を根柢とせる理想主義の革新思想から云へば、一夫多妻とか一妻多夫とか云ふ事は、当然、原則として、成立たない事である（『近代の恋愛観』一九三頁）。

さらに厨川はこの理論の帰結として、娼婦の「恋愛」を否定する。

霊肉分裂の二重生活をなす奴隷婦人の場合に於て、貞操は不思議な奇現象を呈する。即ちその最も極端な例として売笑婦を見よ。心ならずも肉だけは多くの男に売りながら、『愛』の精神生活は矢張り其中の或る一人にのみ捧げられて、そこに極めて無理な一夫一婦を実現してゐる。かく霊と肉とが分裂乖離した貞操は、貞操として既に無意味であるばかりでなく、其女自らに取つて明かに人格生活の破壊である（一九八–一九九頁）。

厨川は、娼妓がただ一人の間夫《まぶ》を持つ、日本の遊郭の状況を想起しているのであろうか。それとも、娼婦にジゴロが付く、西洋の売買春のありようを念頭に置いているのであろうか。どちらにしても、これは真正の恋愛ではないと言っているので、厨川の見方では、娼婦との恋愛や結婚というのはありえないということになる。厨川のような近代的恋愛観の持ち主は、トルコ嬢との結婚といった話に眉を顰めるであろう。だれもが厨川式の人格主義的恋愛を信奉していたとは思えないが、日本の近代化の過程において、このような意識が次第に浸透していったことは間違いない。

これに対し、生島には、娼婦との恋愛が不可能である、ないし罪であるというような発想はまるでないのである。「相手がトルコ嬢であろうがなんであろうが、恋愛の対象になることは一向にかまわない。こっちだって、相手の資格を云々できる代物ではない。大して売れてもいない中年のしがないもの書きである」（『片翼だけの天使』八六頁）。

この最後の、「もの書きである［から、トルコ嬢を問題視するに当たらない］」という、一風かわった理由付けを、生島は作中のあちこちで繰り返している。生島は、作家というものも肉体を切り売りする商売だという、やや特殊な考えを持っており、したがって、ソープ嬢と同じような仕事だというのである。「彼女たちは肉体の一部を使って金を稼いでいる。おれたち物書きは頭の一部を使って稼いでいる。上半身と下半身の区別はあるが、肉体の一部を切り売りしていることには変わりはない。だから、同業者みたいなもんさ。今でこそ、物書きの社会的地位がいくらか上がって、大きな顔をしているが、戦前はそうではなかった。嫁の来て「来手」もなかったほどなんだぜ」（『片翼だけの天使』一一頁）。

今のは、生島のちょっと変わった、トルコ嬢許容論である。だが、彼の、トルコ嬢との恋愛、そしてさらに進んでの結婚という話に、周囲の人間たちも心配している気配はない。この間の事情を扱った、友人のコラムニスト青木雨彦のエッセイでは「トルコ嬢に恋した作家」という節見出しがあり、ここには少し「トルコ嬢との恋」というのは尋常ならざる事態ではないかという口吻が感じられるが、必ずしも非難の気持ちはこめられてはいない（「純愛あるいは『ウンメイ』について」三〇四頁）。むしろ弁護口調で、「週刊誌の中には〈『カミさんは元トルコ嬢』生島治郎さんの勇気〉と報じたところもあったようだが、なに、当節は、元ＯＬとか、元女子大生をカミさんにするほうが、よっぽど勇気が要るようだ」と庇い、トルコ嬢との結婚をあれこれいうことに対し、異議申し立てをしている（三〇七頁）。*78

もちろんこれは友人の言であり、友の新たな門出にケチをつけるような発言はありえないが、しかしながら、ハイエナ的なジャーナリズムも、生島の花嫁が風俗産業出身だということをとやかく言い立てているような様子はあまりない。たとえば、噂の真相というゴシップに特化した雑誌があったが、ここも生島治郎の結婚のネタには飛びついている。そして、新妻を隠し撮りしたりして（「Photo scandal 極秘結婚をしていた生島治郎サンの隠し妻を遂に隠し撮り！」噂の真相一九八三年十二月号）、生島と悶着を起こしている（「ちょっとした噂をかき集め、それを針小棒大の記事にしてしまうのが、『ウワサの実相』の編集方針らしい」［『暗雲』下巻、三八九頁］）。しかしながら、その噂の真相でさえ、生島の結婚を伝える際に、新妻の風俗嬢としての過去にとくにこだわっている気配はないのである。やはり、厨川流の、近代的恋愛観・結婚観はイデオロギーとしては完全に日本人が血肉化しているわけではないのだろう。

「外国」の問題

むしろ、生島の結婚について、メディアが問題にしているのは、妻が韓国籍だということである。もちろん、今日び、「有名作家が『第三国』人女性と結婚」などという記事が書けるわけがない。しかし、生島の結婚を伝える当時の報道は、多くが、新妻のトルコ嬢という肩書と並んで、その出自に言及しているのである——あたかも、まさにそれが報道すべきセンセーショナルな事実であるとでもいうように。たとえば、先の、盗撮で生島と悶着のあった噂の真相は、続報で「本誌スクープ写真のその後　生島治郎が私小説で公開！　韓国人トルコ嬢との〝恋〟」という見出しの記事を出している。生島の再婚を伝える週刊文春の記事は、韓国籍ということは書いていないものの、新妻を「民族名」で呼んでおり（「生島治郎さんの再婚相手・金珍さんは31歳、元川崎堀之内のトルコ嬢だった」［一九八一年九月六日号］）——そのとき彼女は既に日本人と結婚して帰化し、小泉京子を名乗っていたのにもかかわらず——そこには明らかにある種の意図が感じ取れる。同じ視線は同誌の次の記事にも感じられる。「直木賞作家であり、ハードボイルド小説の第一人者でもある生島治郎さんが二度目の結婚をしたのは一昨年の十一月であるが、お相手は二十歳年下の韓国人女性だった」（「トルコ嬢と結婚した生島治郎氏の痛快な〝夫婦生活〟」同号一六〇頁）。

再婚相手が韓国人であることに引っ掛かっているのは、生島治郎本人も同じである。「〔相手がトルコ嬢であろうがかまわない。〕だが、赤城が人妻であることが気にかかる。韓国生まれであることも気にかかる」（『片翼だけの天使』八六頁）。

もちろん、生島の引っ掛かりは、一部メディアのような差別的なまなざしではなく、むしろそれとは真逆のものである。この結婚に至るにはさまざまな困難があり、生島はそれを「片翼シリーズ」で綿々とつづっているのだが、なかなか結婚するふんぎりがつかなかった理由を彼はこう説明している。「まず、二人の年の差である。越路は四十八歳、景子は二十八歳であり、二十も年がちがう。しかも、二人が出逢ったのは、トルコ風呂という、およそ恋愛感情の発生しにくい場所であり〔中略〕おまけに、景子は韓国生まれで、日本語もややたどたどしく、日本の事情にもうといところがある」（『片翼だけの結婚』五頁）。

ちなみに、先の越路のセリフからもわかるように、実は、二人がなかなか結ばれなかった障害には、そもそも彼女が既婚者であったという事情もあったのだが、これは本書で取り上げてきた「姦通」という問題系に関わるものではなかったようである。妻をソープランドで働かせる夫というのはまともではない、変な人に違いないからちょっと気を付けようとか、その筋の人間かも知れないから警戒しようとか、むしろ夫の人となりの問題だったようである。そして、結局、談判を経て、景子はこの男性から越路に「譲渡」されるのである。この「障害」が除去されてからは、彼ら二人の関係の問題性は、景子の外国籍に集約していく。

越路は、景子が韓国籍であることには、はじめから大きなこだわりを見せている。先の、最初にトルコ風呂に案内された場面をさらに追っていこう。マネージャーから相方である「赤城」を紹介されると、その「丸っこい顔立ち」の、眼の「生き生きと輝いていた」女性は、「アカギともうしマス」と自己紹介する。それに接して、越路は思う。

その声も屈託のない明るさに満ちている。

それはいいのだが、彼女の言葉にはあきらかになまりがあった。それも日本のどこかの地方なまりではない。外国人特有のなまりであった。

たっぷりとしたつややかな髪は黒く、瞳も黒いところを見ると、外国人と言っても、欧米人でないことははっきりしている。

それに、彼女のなまりは欧米人のイントネーションではなかった。中国人か韓国人のイントネーションに思えた（『片翼だけの天使』一七頁）。

越路はこの展開に困惑する（「越路は困ったことになったと思案していた」）。その理由は、越路の政治的信念であって、彼は、日本が第二次世界大戦中にアジア諸国を侵略したという認識を持っており、それらの国に「うしろめたさ」を感じていることである。その感情は彼自身が中国生まれの、引き揚げ体験者であるということによって強められている。そこで、「彼女が中国人であったりしたら、彼女をどう扱っていいかわからな」いと思うのである（一八頁）。

生島は、「日本」や「日本人」といったものに対し、非常に屈折した感情を抱いている。生島治郎が大陸から引き揚げてきたのは終戦直前だが、その後、いくつかの意外な発見、不快な体験が続き、しだいに「日本国」や「日本人」に対する不信感を強めていく。上海から佐世保港に入った生島は、波止場に苦力が溢れていると思うのだが、母親に、それは日本の沖仲仕だと教えられる。日本人はホワイト・カラー、中国人はブルー・カラーという、植民地的秩序に慣れ親しんできた生島は驚く。「汚い服を着て、肉体労働に従事しているのは中国人に決まっていると思っていた。それが植民地における差別の結果だなどとは誰も教えてはくれなかったし、想像もできなかった」（『片翼だけの青春』二四頁）。さらに家族は佐世保から金沢に移動することになるが、汽車の中で生島は「ショッキングな光景を目撃」する。

その頃、汽車に乗っている人々の姿はいずれも浮浪者同然に見えた。港で沖仲仕たちが働いている姿を見て、ここにも苦力がいるとびっくりした私だったが、車中の日本人たちは苦力以下に見えた。

いずれも垢じみたつぎはぎだらけの服をまとい、痩せこけている。たまにふっくらした顔をしている人がいると思えば、見るからに顔色がわるく、これは栄養失調で蒼ぶくれになっているのであった（二五 - 二六頁）。

さらに、車内の子どもたちは、いでたちといい、振る舞いといい、まるで「餓鬼」であり、「獣」であった。だが、「車中の人々はそのことに全く無関心であった」（二七頁）。生島は「これが日本人なのか？」と、怒りにふるえる。「世界でもっともいたわり深くやさしい心を持っていると教師たちが教えてくれたあの日本人なのか」。彼らは「等しく天皇の赤子なの」ではないのか。

金沢の伯父の家での生活が始まるが、終戦直前から戦後にかけての居候生活が楽しいはずはない。生島はろくに食べさせてもらえない、まともな服も着せてもらえないという生活を送る。この経済的困難に、外地からの引き揚げ者であるという立場が拍車をかける。閉鎖的な、田舎の社会の中で、土地の言葉をしゃべれないために疎外され、不当に扱われる。土地の農民とコネを持たない一家は、穀物を求めて農家を訪ね回るが、よそ者である彼らは、きわめて冷たく、横柄な態度でしか扱われない。「上海で、私たち日本人は、百姓がいかに大切であり、農業がいかに尊い職業であるかを、幼いときから教えられた。［中略］しかし、日本でみた百姓の姿は、傲慢であり、貪欲であり、尊さのかけらもなかった。彼らは泥だらけのうす汚い手で、私たちが上海から持ち帰ったとぼしい物資を奪い取っていくように見えた」（四八頁）。

また、子どもに小遣いを持たせないので（買い食いをして伝染病にかかる恐れがあるため）、電車賃を持ち歩く習慣がなく、徒歩で学校まで通ったり、上海にはいないブヨにかまれて、足がいつも膿みただれているなどという目にも遭う。「このブヨは新しい血を好むらしく、ヨソモノを見つけると、絶好のご馳走とばかりに群がってくるのである」。このブヨの嗜好についての観察が昆虫学的に正しいのかどうか不詳だが、すくなくとも生島はこの煩わしい体験を自分の「ヨソモノ」性に結びつける。

そうやって苦労しいしい教育を終えても、日本という「ムラ社会」の中で仕事も見つからない。「上海からの引き揚げ者である彼には地縁血縁のコネもない。のちに、越路のような引き揚げ者がもの書きを多く輩出するようになるのだが、彼らがそうなったのも、組織にはなじまないということと同時に、地縁血縁がうすく自分の力だけを頼りに世に出ざるを得なかったという事情もあったかもしれない」（『浪漫疾風録』九頁）。こうして、生島は「内地」にあって、まるで外国人のように溶け込むことができないのである。

こうした体験が生島を日本の中でのアウトサイダーにし、また日本が植民地として蹂躙した国々とその地の人々に対する、罪悪感を背景とした、ある種の距離感を生島の中に作り出していく。「越路は自分が異分子として扱われた経験があるから、日本人に対していかがわしさを感じている。個人としては好きだが、日本社会の本音と建前については、いまだに良くわからないところがある」(『暗雲』上巻、四〇頁)。

こうした生い立ちをもつ越路[生島]は、紹介されたトルコ嬢赤城を中国人かとも思って態度をこわばらせる。結局、景子は中国ではなく韓国出身だとわかるのだが、「中国同様、韓国もまた日本人にとって、うしろめたい国のはずだった」。越路は、景子と男女の仲になることにためらいを感じてしまう。「それ[日本人が在日韓国人などに対し、相当に悪性な差別意識を持っていること]は日本がムラ社会だから、そのムラに属さない人たちを差別疎外し、自分たちのムラの和をはかろうという意図のあらわれとも見える。越路も引き揚げ者として、そういう差別を散々に受けた」(『暗雲』下巻、四三頁)からである。

赤城の出自については、別なところではこうも述懐している。「韓国生まれであること、特殊浴場にいたこと、元の亭主と別れてしまったこと、彼女の経歴は、日本の常識から言えば、暗い部分がつきまとっている」(『片翼だけの女房どの』八頁)。これはすでにトルコ風呂をやめて、夫とも別れて、越路と結婚した後の話なので、すべては「過去」のこととなっているわけだが、越路にとっては、彼女の「経歴」の「道ならぬ」部分(「特殊浴場」、「元の亭主」など)は、しっかりと、彼女が「韓国生まれである」ということと結びつけられている。彼女が韓国出身だということが根にあって、二人の関係を暗く、道ならぬものとするのである。

外国人との結婚の障害点

しかしながら、日本史上の負の遺産と結びつけられていた、妻が韓国籍であるという「問題」だが、生島の「片翼シリーズ」を読み進め、生島の、景子との恋愛、結婚、夫婦生活、離婚と、その人生の展開を追っていくと、景子が韓国人であるということの問題点はやがて微妙にずれていくのである。具体的にいうと、それは言葉の問題や慣習の違いである。つまり、「外国人との結婚」で常識的に問題にされそうなことが、前景に浮上してくるのである。

訛りの問題は一番初めから意識されていた（「アカギともうしマス」）。そして、最初は、その訛りが可愛らしく感じられている。「『どうぞ』という言葉が『ドウジョ』というふうに聞こえ、彼女に童女じみた愛くるしさを与えている」（『片翼だけの天使』一七頁）。しかし、それはだんだん、意思疎通の障害になるものとして越路を困らせ、苛立たせ始める。「赤城は韓国生まれで、日本語のニュアンスまでわからないせいか、いきなり越路の殻の中へふみこんできてしまった観がある。越路の気持ちなどおかまいなく、自分の欲するがままに越路のふところに飛びこんでしまった」（一五一頁）。

さらに越路は、景子との結婚生活が長くなるにつれ、さまざまな生活習慣や人生観の違いに悩むようになる。これらは部分的には景子という女性の個性によるものであるが、かなりの部分が韓国文化の「問題」に帰されている。離婚に至る経緯を綴った、いわば「片翼シリーズ」

の総集編ともいうべき『暗雲』下巻で、生島はまず彼一流の、アジアをめぐる歴史観を開陳し始める。

日本があらわれるまで、韓国はひたすら中国に対して恭順の意を表し、属国のような観があった。文化も中国風であり、いわば小中国であることに満足していた。ところが日本があらわれ、李氏朝鮮を滅亡させ、属国どころか植民地にしてしまった。天皇制を押しつけ、神社を建てて強制的に崇拝させるようなことまでした。さらに姓名を日本名に改めさせたりもした。いわば韓国文化を根こそぎ破壊したわけで、中国の属国であった時代とはなにもかも違い手荒な占領政策だった。

これでは韓国人が怒るのはむりもない。越路たちの世代はそのことをよく知っていて、この意味で韓国に対してうしろめたさを抱いている（四〇頁）。

ところが、このような意識にもかかわらず、日本人が韓国の文化・慣習などに抱くかも知れない違和感の話が、次第に表面化してくる。右の引用でも続けてすぐに、次のような考察が付け加えられる。

［韓国に後ろめたさを感じる、越路らの世代は］だから、韓国に対して好意的になろうと

するのだが、韓国とつきあうと両国の肌合いのちがいがくっきりしてくる、一時、韓国びいきとなり、韓国文化にのめりこんだ日本人が次々と韓国嫌いになったりする。これは、日本人が韓国人のために尽くしてもなんの甲斐もなく、裏切られたような思いにさせられるからではないかと越路は考える（四〇‐四一頁）。

そして、この「肌合いのちがい」を越路はこう説明する。

日本人は自分を立てるより、まずまわりを立てることを考える。自分がと自己主張することはみっともないことだと考える風習がある、その意味で個性的ではないわけだが、和を尊ぶからまわりは居心地よくしていられる。自分のことより、相手のことを思いやるのが日本の伝統であり文化とも言える。

ところが、韓国人は自我が強い。まず他人のことより自分のことの方を考える。その結果、和を失っても自己の方が大切だと考えているふしがある（四一頁）。

越路の説明だと、このような文化的な「肌合いのちがい」のせいで、誤解が生まれ、日本人には「愛想を尽かされてしまう」のだという（四四頁）。

生島がここで展開する比較文化論がどれほどの実効性を持つものなのかは、筆者には判断がつきかねる。日本社会においては同調・協調圧力が強いことにはさほど疑いをさしはさむ余地はないように思われるが、韓国人の「自我の強さ」ということは経験不足でよくわからない。しかしながら、仮に彼の日韓比較論が正しいのだとしても、日本における集団主義と、韓国における個人主義という、文化的傾向の差を語るだけの話であり、そこから、「[だから]日本人はつきあいきれないと思う」などという自己中心的な判断を導き出してはならないはずである。これでは生島のせっかくの反帝国主義、反植民地主義的信条も台無しである。

しかし、生島はこの矛盾に気が付く様子はなく、彼の考える、「文化差」に基づく、夫婦間の問題をさらに抉り出していく。

たとえば、景子は結婚生活中に韓国人のOおよびPという男性と深い仲になってしまうのだが、これも彼女の韓国人らしい「自我の強さ」にその因が求められる。そして、日本人である越路がそれに不満を覚えるのは、景子がひたすら自己の満足を求めているのに対し、越路は、景子が「和」を大事にしていないと考えるからである。「日本人の越路の眼から見ると、和を軽んじてそんなことをするから、そうなるのだと思い、そのことを景子に言ってもみるのだが、韓国人にとっての景子にはその和の精神は理解しがたいもののようである」(『暗雲』下巻、四三頁)。

「片翼シリーズ」や『暗雲』を読むと、景子は異常な濫費をしたり、また、現に不倫行為も繰り返していた(らしい)ので、彼女の肩を持つことも難しいが、それが外国人差別的なものと結びつけられているのを見ると、違和感を覚えずにはいられない。生島の批判は、やがて（韓国人である）景子から、彼女の周りの韓国人たちにも広く及んでくる。

結婚後、景子は韓国の家族にかなりの額の送金をするようになる。越路から見ればこれは彼の稼ぎからの支出であって――もちろん、ここで、彼の男権主義的発想を批判することはできる――納得がいかない。しかしながら、どうもこれは韓国流の血縁関係からするとやむを得ないことであるらしい（と越路は考える）。さらに、越路は、事業を始めようとしていた景子の弟のために出資することを余儀なくさせられる。余裕資金では足りないので、越路は銀行から金を借りて、それを弟に又貸しするのだが、身内から利子を取るのは適切でないと景子が言うので、弟に対しては無利子である。「弟に金は貸したが、利子ももらえないという状態」であり、これも納得がいかない（『暗雲』上巻、一九頁）。ところが、「バブルがはじけ、事業がうまくいかなくなると、弟はさっさと会社をたたみ、プロゴルファーになると言い出した」。そのうえ、「越路への借金もそのままである。そのことについて、越路のところへ来て、きちんとした説明もしない」。韓国の親族とのこうしたいざこざに越路はうんざりするが、それを彼は次第に、韓国・韓国人の問題一般に読み替え始める。弟についても、「自分勝手に考えてしまって、楽天的に物事を処理するのが韓国流なのかもしれない」という判断をするようになる。さらに越路は「親韓的であった人々がうんざりして、嫌韓的になるのは、こういう韓国気質にあるのかもしれない」（二〇頁）という観察をするが、まさにこれは彼自身が「嫌韓的」になりつつある兆候なのだ。「韓国の匂いに警戒心をいだかざるを得な」いのである（二六頁）。

弟の次は、景子の小母さんの息子が「暗雲」をもたらし始める。この息子のOはホストで、またどうやら日本では不法滞在しているらしいが、景子は「韓国式」に親族の面倒を見る。さらに、そこには景子の、韓国に対するホームシックが大きく働いていると越路は考える。そして、次第に景子はOに感情的にものめり込んでいき、男女の仲になってしまうのである。

ここでも越路は韓国人批判をする。Oが、景子が越路に電話をするとヤキモチを妬くという話を聞いたとき、これを「韓国人らしい自己中心主義」だと考えるのである。「Oは良人から妻を奪いとったのだ。にもかかわらず、越路にヤキモチを妬くとは、かなり図々しい。自己中心的でまわりに対する思いやりがない。そういうところも韓国的であり、Oのわがままを示している」（二七四頁）。

この後、『暗雲』では、さらに景子が、Pという、やはり韓国人の料理人と深い仲になるさまが描かれる。そこでも、問題の根幹は「韓国」である。こうして、あれこれすったもんだがあった後、越路と景子はとうとう離婚してしまうわけだが、最終的に、生島は、二人の仲の破局を、トルコ嬢との結婚の終焉ではなく、韓国人と結婚したゆえの破鏡として、作品の中に描きだすのである。[*79]

こうなってくると生島の感覚は、かつて日本に存在していた――そして、今でもかなりの程度まで生き続けているであろうところの、欧米先進諸国以外の人々に対する差別感情——そう、あの「第三国人」という言葉で表現されていた感情と極めて近いものになってくるのである。

近代日本における、外国人との結婚

それでは、「道ならぬ恋」としての、外国人との仲というものの一般的な実態を、生島のケースを理解するための文脈として、少し検討してみることにしよう。

古今東西、「外国人」との結婚は、障害をはらむことが多々あった。話をあまり拡げず、近世から近代の日本史に限ってみるならば、一八五四（嘉永七）年の開国以来、外国人（欧米人）との間の縁組が多数、成立するようになってくるが、「外人」の（現地）妻となることを選んだ女性のほとんどは芸娼妓であった。ピエール・ロティのお菊さん然り、蝶々夫人のモデルともされるグラバー・ツル然り、米国領事タウンゼント・ハリスの妻お吉然り、と枚挙にいとまがない。これはやはり、「異人」と交際・結婚するのは、日本の中でも異界である遊所の女性たちしかいなかったということなのであろう。この時代は「紅毛人」との結婚だから、その縁組は人の羨むところではなく、玄人筋の女性だけが敢えてその運命を引き受けたのである。

明治に入って、日本政府より認可された最初の国際結婚は、英国に派遣されていた留学生南貞助と英国人女性のそれで一八七三（明治六）年のことだが、岩倉使節団の正・副大使に諮ったところ、伊藤博文は時期尚早と言い、大久保利通は南が在英滞在数年の予定なのだからやむなしとし、そのほかの者は積極的に賛同したという（小山騰「明治前期国際結婚の研究」一三五頁）。すでに西洋人との結婚に対するアレルギー反応はなくなっている気配である。

半世紀近く下って、坪内逍遥の養子坪内士行は、英国留学中に知り合ったマッヂという女性と「結婚」し、彼女は一九一六（大正五）年、帰国した士行を追いかけて日本にやってくる。『舞姫』のエリスそのままだが、このことに逍遥夫妻は激怒して、ついには士行を離籍してしまう。特に夫人の拒絶反応は強かったらしく、「言語、習慣が異なるからという口実のもとに、邸に近づくのをさえ拒んだ」という（坪内士行『越しかた九十年』七五頁）。しかし、この「口実」からもわかるように、すでに坪内夫妻の感覚は、「毛唐」との結婚まかりならぬというものではなく、言葉や慣習が違うからという、外国人との結婚に一般的な問題、つまり、相手がどんな外国人でも起こる事態となっている――ちなみに、国際結婚第一号の南貞助も後に離婚するが、その理由の一つは「日本語も学ばず、また日本人との交際もうまくいかなかった」からであった（小山前掲論文、一三七頁）。大正年間にはすでに「白人」に対する嫌悪感、拒否反応はほとんどなかったのだろう。やがて昭和になると、むしろ西洋人との結婚は羨望の目で見られるようになってくる。

西洋人との結婚願望はほとんど逆差別の様相を呈して来るわけだが、これは今日でも衰えていない。ケルスキーというアメリカの研究者は、日本人女性の婚姻願望における「白人男性フェティッシュ」を指摘している。もちろん、日本人男性の間での「白人女性フェティッシュ」

はそれに劣らず強いものである。[*80]

近代日本の歴史の中で国際結婚の数は漸増していくが、それが大幅に増加したのは、日本帝国の植民地支配の拡大と連動している。被支配民族と日本人の結婚が増えるのである。台湾人と内地人との結婚は内台共婚と呼ばれ、朝鮮人との婚姻は内鮮結婚といわれた（嘉本伊都子『国際結婚論!?　歴史編』七五頁）。

西洋先進諸国の国民との結婚が祝福される成功物語であったとすれば、こうした事例は明らかに、胡散臭いと思われがちの縁組であった。それは対象の花婿・花嫁が胡乱《うろん》な存在と思われているからである。その感覚を表現しているのは既に見た「第三国人」という言葉であろう。「第三国人」という表現は戦前から使われていたようだが、戦後になって一般化したと考えられる（『差別用語の基礎知識』）。小学館日本国語大辞典の定義は「第二次世界大戦後の占領時代、かつて日本の統治下にあった諸国民（朝鮮人・台湾人）の俗称」となっている。戦後、朝鮮人・台湾人は外国人としてさまざまな特権を持っていたので、彼らとの結婚を日本人女性は進んでしたようである（「敗戦後、第三国人即ち中国人、朝鮮人は外国人としての特権を内地で振廻し、闇物資の取引を公然と行ひ且免税の利益があつたので、日本の女性で、その経済力にあこがれて、第三国人と結婚したものは相当にあつた。殊に、結婚すると第三国人のパスポートが得られるから、それでPXより外国製品を買入れ、これを日本人に横流しをすることで、暴利をつかむこともできた」〔今泉孝太郎「第三国人と日本人の結婚」七四頁〕）。ところがこのような格差は次第になくなり、「第三国人」は、戦前の、日本人の植民地人に対する差別感情を反映した蔑称と化していく。「はじめは官憲やジャーナリズムが、政治的配慮で使ったと思われる〝第三国人〟という呼び名が、かなり一般化するのはこの時期［戦後二、三年を過ぎてから］のことであった。このことばを、日本人が使うときには、なにか恐ろしげな、また厄介なものにぶつかっているような感情をこめている」（玉城素『民族的責任の思想』九七頁）。

そして、それに伴って、「第三国人」との結婚も次第にいかがわしいものという印象を日本人に与えるようになってくる。「最近、日本の諸事情が落付き、独立国の形態と実権を回復してくると、第三国人の特権も減少し、その妻は却て肩身の狭い思いをしたり、ことに日本に在る外国商館は、日本女性なら雇入れるけれども、第三国人なら之を嫌う傾向を生じてきた。加ふるに第三国人たる主人の闇市場における、経済力も著しく衰へてきたので、結局、第三国人との結婚を悔いるやうになつてきた」（今泉前掲論文、七四－七五頁）。

そこで日本人女性と「第三国人」との結婚は減少していく。ところが一九八〇年代半ばくらいから起こった新しいトレンドが、国際結婚の総数を著しく押し上げることになる。『国際結婚論!?　歴史編』に掲載されている、日本の国際結婚件数のグラフを見ると（図8）、一九八〇年代後半に急増がみられるのである。これは、この頃から一般化した、結婚エージェントを通じた縁組であり、その主体は、結婚難の農村部の独身男性がアジアの女性を迎えるという形態であった。そして、相手として大きな割合を占めていたのは、中国人、韓国人、フィリピン

図8　日本の国際結婚総数の変動

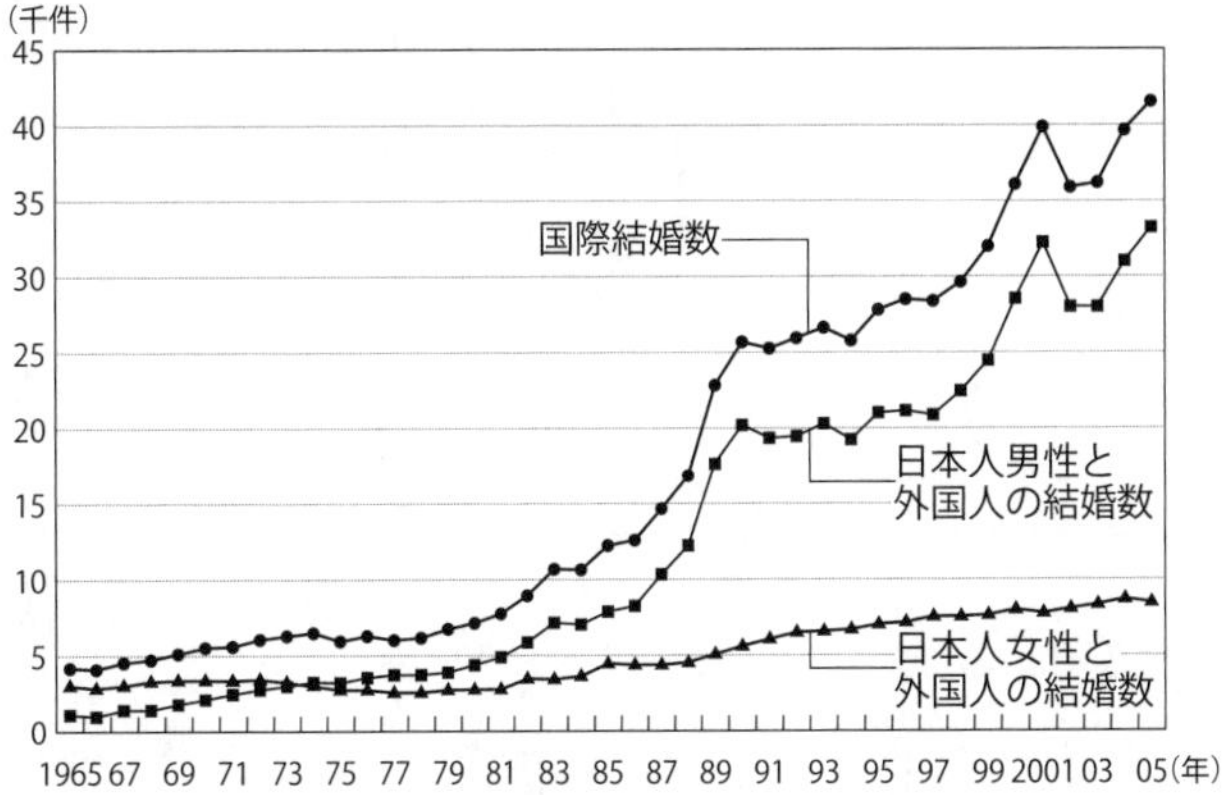

（嘉本伊都子『国際結婚論!?　歴史編』、iii頁）

人女性である。

しかし、嘉本によれば、韓国や台湾などにおける状況と比べたときの日本の国際結婚の特色は、それが仲介によるものよりも、「恋愛」を通じたものが多かったことだという。つまり、業者に紹介された見知らぬ人と結婚しているのではなく、個人的な関係が進展して結婚に至っているというのである。フィリピン女性と日本人男性の縁組もこのパターンで、このような組み合わせの場合、ほとんどは、たとえば、ショーパブやフィリピン・バーのダンサーやホステスと、客である日本人男性が知り合い、深い仲になり、結婚に至るというタイプである。

このことを踏まえて、高谷幸は「恋愛結婚にもとづく日本型国際結婚」（「近代日本の臨界としての日本型国際結婚」二一九頁）が生まれたとし、そもそも商業的な性関係としてあった、ないしあるはずのものが変容した特殊事例だととらえる。そして、フィリピン人は以前は「ジャパゆき」に過ぎず、「結婚相手とはほど遠い存在と見なされていた」(二二一頁)のが、新たに恋愛結婚の対象として見出されたと論じる。

こうして「第三国人」との結婚からはかつてのスティグマが払拭され、「近代的結婚」の秩序の中に取り込まれていったのである。一九九〇年に大宅賞をとったノンフィクション作家久田恵の『フィリッピーナを愛した男たち』には、ホステスやダンサーの、あるいは「ジャパゆき」さんのフィリピン女性にはまり、結婚し、子どもも持ち、家庭を築いた数人の日本人男性の身の上話が語られているが、とくに彼らが周囲の強い反対にあったり、その行動を問題視されていたりする様子でもない。これらの男性の中にはプロモーターなどの「玄人」筋や、ヤクザあがりなどといった経歴の人もいるが、普通に一般企業で働いていただけというような人もいる。その場合でも、「ジャパゆき」さんとの結婚はとくに問題化していない。[*81]

どうも、現代ではこうした人種差別的な意識、そしてそれに基づく国際結婚への蔑視はすっかり薄れてきているように思われるのである——とくに相手が欧米人である場合。[*82] マンガ家の小栗左多里はイタリア人の語学教師と結婚して、その生活を『ダーリンは外国人』というコミック・エッセイに綴っているが、第一巻の「家族への紹介」というエピソードでは、当初、母親が「だまされとるんやないの、心配」などと否定的な反応を示したものの、のちに「優しそうな人やないの」とすっかり気に入り、また、兄は「ええんやないの、しかし言葉は大丈夫なんか?」とだけ訊いたことが描かれている。また、父親には外国人と結婚したいという話をすると、「外国人!?」と驚き、落胆するが、それは、娘が外国に行ってしまうものと勘違いしたためだということになっている。要するに、外国人と結婚するということに対する激しい拒否反応はまったく見られない。

このような、最近の国際結婚を巡る意識を通観してみるとき、日本人・日本社会を嫌い、旧植民地への罪悪感にとらえられつつ、韓国人と結婚することを選んだ生島が、次第に、旧来の差別的感情にむしろ傾いていったのは、時代への逆行であり、歴史の皮肉であったというしかないのである。

第六章　女中との仲——志賀直哉の場合

女中との性的関係

今日では家にお手伝いさんがいるような家庭というのはごくごくまれになったが、昭和の中頃までは女中さんを置くというのはわりと普通のことだった。[*83]

そして、これもよく知られたことだが、「女中さん」はきわめてしばしば性的欲望の対象となっていたようである。「女中の多くは年も若く、他人の家庭に住み込んで働くために、主家の男性の性欲の対象とされることが多かった。妻が出産や仕事で留守にしているときや、風呂で主人の背中を流すときなどにいたずらをされたり、主人に誘惑されて関係を持ち、妊娠してしまうなど、さまざまな悲劇が起こっている」（門松由紀子「女中と性」七八頁）。

一方、女中が雇主の性的誘惑を受け入れるにときにやぶさかでなかったことについては、永井荷風の「証言」もある。『断腸亭日乗』の一九三五（昭和十）年十一月二十四日の記述には、新聞広告で女中の募集を出したところ、フランス人宅で働いた経験のある女性が来て、「西洋料理もすこしは出来る女にて容貌も十人並にて痩立なり。目見得に来りし翌日の夜戯に袖ひきて見しに内々待ちかまへたりといふ様子にて嬉し気に身をまかせたり。思ふに西洋人の家にて夜のつとめもし馴れしものなるべし」などと書かれている（三五〇‐三五一頁）。また、すぐその後、十二月六日の項には、荷風が家に帰って、台所に行ってみると、別の女中が「風邪ひきたりとてガーゼの寝衣に赤き細帯しどけなく床の中に寝てゐたり。古人の言に一盗二婢三姑四妾五妻とかいふことなり［「盗」は人の妻を寝取ること］。好色の極意げに誠なるが如し」とある（三五四頁）。

こうした観察には荷風の主観が混じっているだろうから割引きして考えないといけないが、ここで見る限り、女中たちはご主人さまの性的欲望にときには大いに開かれていたのであり、彼女たちとの関係はごくごく日常的な風景だったように見える。同時に、「一盗二婢」などという書き方からもわかるように、隠微な関係と見なされていたようでもある。

女中はご主人さまだけではなく、同僚の奉公人にも性的に開かれている。荷風はニューヨークの家庭で給仕をしていたときの体験を『あめりか物語』に書いている。辛い肉体労働のあとでは頭を使う気はなくなり、「其の代り肉欲食欲は驚くほど増進して来るものだ」。そして、賄い飯を「食へるだけ腹一杯食ひ込むと其の後は気がとろりとし了《ちま》つて、自然と傍に坐つて居る小間使に戯《からか》ひ初める。［中略］向うも下女は矢張下女で、怒りながらもつまる処戯はれて見なければ何だか物足りないやうな気がするのだ。惚れたの何うのと云ふ事はありやア為ない。下女と下男——これアもう必然的に結合すべきものだ」（「暁」一九五 - 一九六頁）。これが事実なのか、単に荷風のセクシストなまなざしなのかはさておき、下女が尻軽な性的対象と見下されているのは確かなのだ。

だが、「惚れたの何うのと云ふ事」もなければ、結婚するわけでもない女中相手の情事であるから、子どもができることは困ったことである。坪内逍遥の養子士行は「逍遥家の女中に子供をはらませ、嬰児が生れるまで事情を知らなかったセン夫人を驚倒させ［た］」（松本清張『文豪』一二七頁）。

　女中の妊娠・出産をめぐるタブー意識とそれが引き起こすスティグマは、女中の子としての「十字架」を一生、背負い続けた室生犀星によって、繰り返し語られている。たとえば、半自伝的小説『弄獅子』で、犀星は、女中をほとんど奴隷のように容赦なくこき使う自分自身の子どもたちの姿に戸惑い、こう語りかけている。

　君たちが女中にものを吩ひつける美事な高びしやな調子のなかに、僕は嫉みさへ雑つた軽快なにくらしささへ感じてゐた。［中略］君たちの驚くやうな奇異な、よくあることで之加《しか》も恥多い或る一つの事実が、君たちの命令をする女中を見てゐるときにしばしば襲来して来るので、そのためにも僕は女中といふものをこき使ふことを避けてゐたのである。それをはつきりいへば君たちの卑しんでゐる女中といふもののお腹から僕が生れて来たからであつた。さかなの骨や野菜の屑にまみれた汚ない手をしてゐる女中のお腹に、僕は十ヶ月のあひだもぐり込んでゐてそして女中の子になつて出て来たからであつた。こんな恥《はづ》かしい厭らしい、よく人に話も出来ないやうな面目ない事実があらうか。どういふ善良な人びとであつても、かういふ話には顔をしかめずに聞いてゐられないものである（『弄獅子』七三頁）。

もちろん、犀星は蔑み、虐げられる側にあったからその口調は激しいものだが、そうでない側の者にとっては、ご主人と女中の仲は褒められるようなことでもないが、お殿様のお手付きのような形態に留まる限り、「日常的風景」として不問に付されていたとも考えられる。それが、恋愛感情を伴っていたり、結婚したいとかいう真剣な話になると、殿のご乱心として、規範を破る行為とされ、周囲の顰蹙を買うわけである。女中は性愛の対象でありえても、婚姻の対象であってはならない。

そのような「ご乱心」のさまは、外国に例を取れば、トルストイの『復活』において典型的に描かれている。主人公ネフリュードフは当時の地主貴族の例にもれず、使用人のカーチャに手を出す。ここにはロシアの特殊事情もあって、カーチャは農奴で身体の自由がなく、殿の命令をまして拒めないのである。領主のこのような性的放縦は帝政ロシアでは完全に許容されていた。その放縦を矯めようとすれば、むしろそのことの方が社会的な指弾の対象となる。ネフリュードフが偶然、すっかり堕落してしまったカーチャに法廷で出くわし、その堕落を自らの責任であると考え——その考えは必ずしも的外れでもないのだが——彼女の救済を決意し、その手段として彼女と結婚しようと思い始めるとき、その決心は非常識、反社会的なものとして周囲の顰蹙を買うのである。

十九世紀末のロシアと、明治から大正にかけての日本とはかなり事情は異なるものの、このような「ご乱心」に、皮肉なことに、トルストイの愛読者だった志賀直哉も陥るのである。もちろん、先述の通り、カーチャは農奴であって、女中、すなわち雇用人ではない。他方、志賀の相手は正真正銘の女中である。とはいうものの、近代日本文化の中では、農奴のカーチャは女中にさくさく読み替えられていってもいるのである。島村抱月によって舞台化された『復活』においてもカーチャは女中となっていた。太宰治は女中みよとの間に疑似恋愛めいたものをもつが、それについて語った自伝的小説「思い出」の中で――奥野健男の説明を借りれば――「主人公の私は、〈ある露西亜の作家の名だかい長編小説を読んで、また考え直して了った〉のである。あきらかに名指してはいないが、これはトルストイの『復活』である。里見弴が『君と私』に詳しく引用し、自分と女中との行為を照合させ反省しているように、太宰治もみよのことと照合する」のである（『ねえやが消えて』一〇九頁）。

志賀直哉の「ヰタ・セクスアリス」

さて、志賀直哉は一八八三（明治十六）年、当時、第一銀行勤務で、後に実業家として大きな成功を収めた父の次男として生まれた（ただし、長男は早世しており、直哉が跡取りとして期待されている）。志賀の青年時代には父は、自らも創立に関わった総武鉄道の取締役を務め、麻布三河台の豪邸に住んでおり、そこでは女中も常に数名使われていた。

志賀は一八九五（明治二十八）年には学習院中学校に入学し、そこでは同性愛的な体験も持った。その後の彼の初めての（女性との）「恋愛体験」らしきもののことについては、『大津順吉』に記述がある。これはほぼ事実に基づく話なのだが、[*84]それによれば、順吉は混血の令嬢に自宅でのダンス・パーティーに誘われる。伝記的事実に照らすと、この女性は、イギリス大使館付きの陸軍士官F・ブリンクリー（作中ではウィーラー）の娘で、名を稲＝ブランシェといった。ブリンクリーは大使館付き武官として来日したまま日本にいついてしまった人で、士族の娘と結婚して一男二女をもうけた。「明治三〇年ころ、麻布広尾町三番地に約六千坪の土地を手に入れ、住居は洋館であったが、庭園は三、四年の歳月を費やし、巨費を投じてつくった純日本風の庭園で、内外の名士がそこに遊んだという」（本多秋五『志賀直哉』上巻、五四頁）。[*85]志賀と恋愛未満の関係になるのは、この三人の子女のうちの次女である。

志賀直哉（大津順吉）は、ダンス・パーティーではウィーラー嬢に好意ある態度を示されるが、うまく対応できない。しかし、嫌っているわけではない。なにしろウィーラー（稲＝ブランシェ・ブリンクリー）は志賀が「自分の知つてゐる女の内では、I・B・が一番美しい人である」と日記に書き記すような女性なのだ（『手帳・ノート〈一〉』一七七頁）。その後、写真の交換などもして、二人は恋人関係に進んでいきそうな気配になる。しかしながら、ここで順吉は逡巡する。ウィーラー嬢の「貴族主義」が鼻につくようになるのである。その反動といったことでもあったのだろうが、志賀直哉は当時、志賀家に働いていた女中に恋心を抱くようになる。志賀の父親直温はさきにも書いたとおり、銀行勤務から始めて、実業家として成功し、直哉が若い頃にはいくつもの会社の取締役を兼ね、麻布に豪邸を持っていた。そして、その家には「女中が三人も四人もい」た（志賀直三『阿呆伝』三四頁）――もっともこの時代にはそれほど裕福な家庭でなくとも、女中の一人や二人置くことはさして困難なことではなかった。そのうちの一人、お千代に志賀は好感を抱く。贅沢に慣れたウィーラー嬢は幸せにできそうにもないが、千代とならともに人生を乗り越えていけるというようなことであったらしい。「自分にとつては今は千代は唯一の美しい愛らしい女である。／自分はK・W・［I・B・］をも愛してゐるかもしれない。然しあの貴族主義な女とは徹頭徹尾結婚は出来ない事をよく知つてゐる」（『大津順吉』四九頁）。

志賀は父親のブルジョア根性を嫌っていたし、所属していた白樺派の同人たちとともに、トルストイの「平民主義」に好意的であった。本多秋五の言葉を借りれば、「あの混血のお嬢さんを、自分は愛しているかもしれない。しかし、あの貴族主義的な女とは決して結婚できない。と『大津』順吉が考えるのは、自分の将来に到底富裕な生活を想像することができないからである。これに反して、千代は、自分の仕事に対する理解は期待できないにしても、貧乏に耐える能力はある。黙ってついてくる女だ」と思ったわけである（本多秋五『志賀直哉』上巻、五六頁）。[*86]

千代は千葉県小見川の職人の家の娘であった。職人の父親は「親方」として重々しい存在でもあったので、取り持ってくれる人もいて、次女の千代を東京に行儀見習いに出すことになった。直哉の父の志賀直温は総武鉄道の専務取締役も務めており、総武鉄道は当時、千葉の佐原まで延びていたので、その縁であった。

千代に対する思いが芽生えるのは一九〇七（明治四十）年夏のことだが、八月に箱根に避暑旅行に出かける際に、本来、いっしょについて来て、手伝いをするはずだった千代を直哉はその役から外して、別の女中に替える。千代のいないところで、彼女のことを考え、自らの思いを見つめ、態度を決めるための措置であったらしい。そして、箱根から戻ると、千代を部屋に呼び、決まった人はいないのかと問いただす。いないと言われて、直哉はただちに結婚を申し込む。千代は、当然ながら即答に窮するが、はっきり拒絶もしないので、直哉の方はもう話は決まったような気になってしまう。そこで、母の形見の指輪を千代の指にはめてやる。

箱根に行く前にも、とくに二人の間に交際めいたことがあったわけでもなく、直哉（順吉）一人が舞い上がり、思い込み、先走っている印象であるが、千代に「プロポーズ」した二日後には祖母を呼んで千代との結婚の意思を伝える——「これはもう相談ぢやありませんよ。約束をして了つたんだから、その報告ですよ」という高飛車な注釈付きで（『大津順吉』六〇頁）。

この順吉（直哉）の言い分に、祖母の留女も義母の浩も、最初格別の異論を唱えない。「Cに対しては祖母も母もよい感じを持つてゐる、祖母は気の早い女だといつた、其意味は気のよくまわるといふ事であらう、母はやさしい女だといつた」のである（『手帳・ノート〈一〉』二二五頁）。ところがこの話を聞いて、父親の直温は激怒して、反対する。富裕な名門志賀家に、平民の女を入れることなどまかりならんというようなことだったらしい。翌日、父親の意向を体したらしい祖母が順吉のところにきて、昨日とは打って変わって、大津家ではそんなことを認められない、口約束なら問題ないから断ってしまえと諭す。

順吉の方は逆上してしまって、それならと既成事実を作ることに走り、その晩に千代と男女の仲になってしまう。「事実で夫婦にな」り、「初めて女の体を識つた」のである（『大津順吉』六一頁）。

反対される女中との仲

さて、父親に千代との仲を反対されて、そもそも不和であった親子の関係はますます悪化した。では、父直温はいったい何が気に入らなかったのか。

『大津順吉』を読んでいるだけでは、その間の事情は必ずしも分明ではない。最初、「そんな事は決して許さん」（六一頁）という父の言葉が引用されるが、その理由は説明されていない。同じ節の終わりの方で「［父が］から云つてゐる」といって、父の言い分が繰り返されるが、そこはもう少し詳しい。「大学を卒業したら二三年も洋行をさせて、帰つた所で相当の家から嫁を貰ふ事にしてあるのだし、今度のやうな事は決して許さん」（六五頁）と言っているのである。ここで事態がもう少し見えてくる。「相当の家から嫁を貰う」というところがポイントらしい。職人の娘ではだめなのである。江戸時代の士農工商的な身分意識がここにはまだ残存しているのだろう。明治維新は新たな上流階級としてのブルジョアジーを生み出すわけだが、元藩士であり、今や大実業家になっている志賀直温と、彼が家長であるところの志賀家は、どちらの意味でも社会の頂点に立っている。そんじょそこらの家の娘では満足できないのである。

父親の意向は日記ではもう少し詳しく説明されている——とは言っても、父の直接の発言ではなく、祖母の意見としてそれは説明される。祖母は、直温の考えを聞いて意見を翻し、それで反対意見を直哉に伝えるので、祖母の言い分は実は父の言い分なわけである。それによると「昨日話した時には祖母はそれ程不賛成でもなかつた、然し今朝来ていふことには社会上の地位のちがうことによつて不賛成をいつた、平民の娘を入れて嫁にしたといふやうな事は志賀家にして嘗てない事だ、といふ事と、Cに何等特長があるのではないではないかといふ事とで不賛成を云つた」（『手帳・ノート〈一〉』二五一頁）。「平民の娘を入れない」とか「社会的地位が違う」とか、現代人の感覚からすれば「何様だ」と言いたくなるところだが、これは明治四十（一九〇七）年のことである。

では、家格が違うらしい志賀家とはどういう家だったかというと、華族でも殿様の子孫でもないが、江戸時代から続く武士の家系ではある。直哉が自ら、生涯最も大きな影響を受けた三人の一人に挙げる祖父の直道は奥州、現在の福島県の、譜代ながら小藩の中村藩の家臣であった。[*87] 中村家の代々の藩主は相馬家で、直道は維新後も相馬家に仕え、福島県の大参事を務めた（後にこのことから直道は疑獄事件に巻き込まれる）。父の直温についてはすでに少しその経歴に触れたが、直哉誕生時には第一銀行石巻支店に勤務しており、やがて明治の財界に重きをなすようになる。直哉が千代との結婚騒ぎを起こすころにはすでにいっぱしの大富豪であった。そこで、「家格」が違うというような話になるのである。

直道は参事として手腕を発揮し、足尾銅山への投資を元藩主に勧め、相馬家は再興する。しかし、自らは貧窮生活を送ったという。子の直温は実業家として成功するが、では家格が違うというのは、両家の経済状況が違う、つまり階級が違うという話なのか、それともこちらは徳川時代以来の由緒ある士族である、つまり身分が違うという話なのか、伝えられている話は断片的でよくわからない。祖母もとくに詳しい説明はしていない。

これが、階級の問題ではなく（貧富の差の話ではなく）、身分の違いの話なのだとすれば、もちろん、現代人はそんなことは封建時代の遺風でもってのほかと思うであろうが、この頃にはまだそうした感覚はしっかり残っていたのだと思われる。そして、志賀家の側が上から目線で、そんな女と結婚はさせんといきまけば、千代の方も、恐れ多いと思っている気配である。「千代は最初『身分が……』といふやうな事も言つた」（『大津順吉』五六頁）。このやり取りは日記にも同種の記述があり、作家志賀直哉が人によってはこういう考えもあるかもしれないと創作したのではなく、千代という女性が現実に持っていた感覚なのである。

女中との仲がかつてスキャンダラスであったのは、身分制度の秩序を崩すものであったからだろう。「使用人」は「使用人」、「主人」は「主人」であって、「使用人」が「主人」の側においそれと立場を変えてはならないのだ。そこで、旧体制下の女中との関係に際しては、まず身分の違いというものが意識され、問題視されるのであった。

『ねえやが消えて』を書いた文芸評論家奥野健男自身は、その中で、自らが、女中を相手に童貞を失ったことを告白している。そして、「こんなことをしてしまってという罪の意識にとらわれながら、ぼくのお嫁さんになって、結婚しようと、齢上のねえやにそれこそ真剣になって言」うと、ねえやは「身分が違うからだめよと馬鹿にしたように」答えるのである（三八頁）。

しかしながら、志賀と千代の結婚話のいきさつをこうして見てくると、この問題にきっぱりとした態度を取っているのはひとり父直温だけであることがわかる。すでに見た通り、祖母と義母の最初のリアクションは、「あの子ならいいんじゃないの」という肯定的なものであった。それが直温の怒りに恐れおののいて、あたふたと反対論に回るのである。千代の方も、「身分が違う」とか言いながら、指輪をもらったり、肉体関係を持ってしまったり、「若様と結婚して幸せになれるのかも」と思っていた気配がないでもない。当の志賀直哉にしても、ぜひこの女をと思ってのことでもなく、稲ブランシェがややこしそうなので、こっちを取ろうという消去法的発想であるし、父のブルジョア意識に反発し、また稲ブランシェの貴族性に嫌気がさしたからあえて「平民」の千代を選んだという部分もあるのだ。

たとえば、志賀はあるところでは、女中こそ理想の結婚相手であるかのように持ち上げる。日記から、少し長いが引用する。

日本の社会では儒教の感化が甚しいので習慣として今でも夫婦でない男と女とが、心を打明けてユックリ話し合ふ事が出来ない、

されば互によく知り合つて後でなければ結婚せぬと決心した青年にとつては他の令嬢とスッカリ知り合ふといふ事が不可能なのだから結婚は出来ぬやうな事になる、こんな考へを持つてゐる青年は何れかといへば真面目な青年である、真面目な青年は今の学生のキザな連中のやうに女の出入する所へあつかましく行くやうな事は敢てせぬ、彼等は真面目な男とのみ話し論じてゐる、彼等の接する女性は彼等の姉妹か、親族のものか、それでなければ、自家の maid だけである、

素より彼等は、（キタナイ意味を含まぬ）女性へ対する要求を持つてゐる、而して、若し maid の内に彼等の趣味を解し話しを解するやうなもの或るは男をアットラクトする力を有するものある時には彼等はそれを愛する、彼等は彼等の家族と異つて階級について自由な考へを持つてゐる、而して、maid とは常に接してゐるし、その上多少話し合ひ知り合ふ時には彼等は遂に maid と結婚する、かういふ傾向が追々出て来るだらうと余は思ふ

（『手帳・ノート〈一〉』二二六‐二二七頁）。

この、やや奇矯な「女中＝理想の恋人」説は、しかしながら、明治以来の、「恋愛」イデオ

ロギーの嫡子であるのだ。男女はお互いを精神的に理解しあい、その理解に基づき、尊敬しあい、同種の志向・理想・趣味を持つものとして人格的結合に至る、それが「恋愛」の理想なのであった。であるから、二葉亭四迷の『浮雲』では「風変わりな恋の初峯入り」の章で、文三は「私《わたくし》にハ貴嬢《あなた》が解からずまた貴嬢には私が解からないからどうも親友の交際は［できない］」というのである（一一頁）。ロマンティック・ラヴは男女の愛を友情の一種と考える。つまり、文三が言っているのは、自分はあなたの友人すなわち恋人になりたいが、そのためには相互理解が必要だということなのである。

　志賀もこうした恋愛観の中にいる。「自分は自分が其人をよく知り、又、自分を其人によく知らせないでは結婚しまいと決めてゐる。次に自分は其人を愛し、又自分が其人に愛さ［れ］なければ結婚しまいと決めている」（『大津順吉』四九頁）。

　この要請から「女中＝理想の恋人」説が紡ぎ出される。そうして手近にいた千代に対して、その恋愛観は実践されたのであった。だが、その人との恋愛・結婚には現実の障害が浮上する。そうして、すったもんだの末に志賀直哉とお千代の仲は、あっけない終焉を迎える。千代の実家が、千代を家に連れ帰ってしまうのである。

直哉と千代の婚約騒ぎの顚末

　この後の経緯は驚くほどあっさりしている。ここに至るまではずいぶんいろいろと抵抗していた志賀だが、千代が連れ去られてからは、つきものが落ちたかのごとくに、何もなかったかのようにことは終わってしまっている（「私は若しかしたら自分が余ンまり気が早過ぎたかしら、とも思つた」〔『大津順吉』七七頁〕）。

大津順吉は自分を廃嫡するという父に激怒している。一方、「廃嫡は家のカキン〔瑕瑾〕である。これに比すれば地位の違つた女でも入れる方がよい」と言っている祖母に好感を抱いている。それやこれやを思いめぐらせつつ、順吉は「もう書けない」と言って、「明治四十年八月三十日午前三時半」と書いて、擱筆《かくひつ》してしまう。これが小説の末尾なのである。読者は、当然、一体このあと何が起こるのか、狐につままれたような気がしつつ本を閉じるのである。

小説の中だけではなく、志賀直哉の手帳やノートにも現存する限り、千代との問題はもはや一切触れられない。したがって、伝記作者もその後の経緯は詳らかにできない。

唯一、後日譚らしい史料として残されているものは、志賀が、千代との一件を振り返って父に出した手紙の下書きである。しかし、その中では、事件の渦中の、あの激情はどこへやら、「自家の平和を破り」ましたとか、「子としての態度を失し」ていましたとか、しおらしく頭を下げているだけで、千代とのことについての考えは――それが反省であれ弁解であれ――まるで示されていない。一か所、漠然と「この事がらが若し私の肉情を全然含まぬものならば其所にまだ考へる余地があります、然し多少の肉情が混じてゐないとは自らいへないと思つた」と書かれているだけである（『手帳・ノート〈一〉』二六三－二六四頁）。父親は息子が、さかりがついてしまっただけだと言い放っていたのだが（「痴情に狂った猪武者」）、それを認めた格好である。本多秋五はもっと辛辣な書き方をしていて、「猫が目の前にチラつく鰹節に飛びついただけではないか」と評する（『志賀直哉』上巻、六四頁）。恋愛結婚説やら、「女中＝理想の恋人」説やら、いろいろ大仰に唱えていたが、とどのつまり、情欲に振り回されていただけだと、自ら認めてしまったような形である。はっきりと明言をしてはいないものの、志賀は結局、女中などと結婚してはならないと考えるようになったとも取れる。

このように、いったんは直哉が我を折る形で「女中事件」は収束する。しかし、親子の確執はくすぶり続け、吉原での遊蕩も経た後、事件から五年経った一九一二（大正元）年には再度衝突、直哉は家出をして、尾道に移り住む。その二年後の一九一四年には武者小路実篤の従妹康子と結婚することに決める。武者小路は華族だから、志賀家よりさらに家柄はよい。「女中＝理想の恋人」説はどうなったのだと言いたくなる。さらにいえば、「女中＝理想の恋人」説は、年頃の娘と出会い、お互いによく知り合う機会が若者にないからという理由付けであったわけだが、今度は親友の親戚から相手を探すということでその問題をクリアしたわけである——もっとも康子とは昔々に顔を合わせたことがあるというだけの仲で、縁談が起こるのは見合いを通じてであったのだが。いずれにせよ、とにかく接触のある、つながりのある女性の間に結婚相手を見つけるしかないのだということであって、意地悪な言い方をすれば、お手近なところから探したというだけの話だろうと言いたくもなる。

千代との結婚は、家格が違うのでと大反対した父親だが、今度の人は華族で、名家勘解由小路家の息女である。勘解由小路家は藤原家の流れを引く家だから、家柄から言えば、志賀家より上である。であるならば反対する理由もないはずだが、直温は今度も反対する。というのも直温は、嫁は普通以上の資産家の家の娘でなければいけないと決めているのである。「其人［康子］の家は公卿家族でした。其家柄としてはいいが、父が独り心できめてゐる条件、それはたぶん何十万以上の資産ある家といふ条件には少し足りない財産だつたに違ひありません。それだけです。それで父は反対したのでした」（『或る男、その姉の死』四七八頁）。さらには康子は出戻りで経産婦で、その上、夫は肺病で死んでいる。結核患者は結婚相手としては敬遠されるのが普通だった時代である。[*88] 本人ではなく夫のこととはいえ、直哉の父が反対するのも無理のないことであったろう。現に本人も「郁子［康子］の夫は肺病で死んだ。反対する父や祖母達がそれをいふのは無理とは思はなかつた」と書いている（「くもり日」三八八頁）。

しかし、病気はともかくとして、父親の反対の主な理由は、資産が基準を満たさないというブルジョア的なものである。女中はおろか、華族さままでも金がなければだめなのである。千代との一件では激怒し、鉄アレイをぶん投げて根太《ねだ》を曲げてしまうという『大津順吉』の有名な場面が現出するわけだが、康子とのときは、直哉はわりとあっさり諦めて、武者小路にも断りの手紙を書いている。

康子とはすったもんだの末に最終的には結婚するが、その途中ではいろいろな縁談が持ち込まれたりする。そこで見られる直哉の恋愛観は微温的なもので、若い頃の恋愛結婚説も見られなければ、その反動で、父親にならって、家柄や資産を追い求めるわけでもない。ある見合い写真を見せられては「眼のはれぼったい、何となく醜い」だの「遅鈍な感じ」が不快だのと評すると思えば、別の写真には「キリリとした賢さうな感じ」がして乗り気になるとかいった様子である。そうして、「家庭向きの方がいい」と言ってみたりとか、「から云ふ事は一寸したところが気に入ったり、入らなかったりで、本統に縁ですからネ」と母とともに談笑してみたり、きわめて常識的なラインに落ち着いていくのである（『或る男、その姉の死』四七六頁）。女中は志賀直哉の中では、勝ち取るべき理想の女性像から、周りが反対するなら別にあえてそれを選ぶ必要のない女性へとぶれていったということなのであろう。

もっとぶれていたのは祖母で、先にも見た通り、直哉が千代との結婚の意志を伝えた最初は「約束したのならしょうがない」とか「ほかにも女中と結婚した人はいた」などと肯定的なことを言っていたのが、直温の激しい反対にあうと、すぐさま自分も反対に回るという体たらくであった。既に見たとおり、ただ一人ぶれていないのは、直温だった。彼だけが終始一貫して、家柄がよくなければだめ、資産家でなければだめという主張を貫きとおすのである。

もちろん、だれもが直温のように、数社の取締役を兼ねるというような大金持ちではない。家計のサイズが小さくなるにつれ、女中と結婚することのどこが悪いのだという感覚は高まっていくであろう。そして、祖母の例にも見られる通り、資産家の家の人たちでさえ、女中に大きなアレルギーは持っていないことが多々あるのである。「女中との恋愛／結婚」というものは、まことにいい加減なタブーであり、だからこそ、それを見る人々のまなざしも、人により、時により、どんどん変わっていくのであった。

第七章　教え子との仲

——田山花袋の場合

セクシュアル・ハラスメントとしての教師・教え子の関係

現代用語の基礎知識に「ハラスメント」が最初に現れたのは一九八二年版からである。しかし、それは「セクシュアル・ハラスメント」という見出し語としてであった。今日、パワハラ、アカハラ、アルハラ、カスハラとありとあらゆる「ハラスメント」が跋扈《ばっこ》しているが、ハラスメントは当初、何よりも性的な文脈で理解されていた。

さらにそれは、「職場」というトポスに限定されていた。一九八二年版現代用語の基礎知識の説明は、「『性的ないやがらせ』。とくに最近のビジネス界で問題となっているのは、『職場の上司が性的関係を強要し、拒否されると仕事上などでいやがらせをするというケース「である」』」となっている。

一九八七年版では説明が拡充されており、それまでは婦人問題の新用語として見出しに挙がっていたのだが、この年からはさらに「時代感覚用語」という章でも見出し語に取り上げられている。そして、そこでは右の、職場におけるセクハラの説明にすぐ続けて、「大学の先生が女子学生に対して〝成績〟や〝合格〟などをエサにしていい寄るのも典型的なセクシュアル・ハラスメントで」あるという説明がつけられている。学校が、職場と並んで、ハラスメントの代表的な文脈として早くから認知されるようになっていたことがわかるのである。

その、学校というトポスにおけるハラスメントだが、近年の主流の考えだと、教師と生徒の間の性的関係は個別の事情に関わりなく、一律に「ハラスメント」、つまり問題行動だとされている。たとえば『スクール・セクハラ防止マニュアル』では、「教職員と高校生の間では、合意があれば（恋愛関係も）問題がない」のだろうかという問いを設定し、それが「議論の余地がある」とする（六九頁）。そして、その理由として、「ほかの生徒に対して公正であるか」、恋愛関係にある生徒とほかの生徒の間で評価の公平は保たれるのかという点を問題にしている。さらに、「相手が喜んで受け入れている行為でも、講師と生徒の関係、支配―従属関係は、いつ濫用されるかわからない」ので、ハーバード大学では教員やスタッフと学生の間の恋愛関係が（一切）禁止されていることを紹介している。

どうもここには「天下のハーバード大学」でこうなっているのだから、否定のしようがないんだよという権威主義が透けて見えないでもない。実際には米国でも、教職員と学生との間の恋愛の禁止については、憲法で禁じられている、プライバシーの侵害にあたるという議論も根強くあり、無条件のコンセンサスがあるわけではない。[*89] また、「濫用」される可能性があるから、一切禁止されるというのもよくわからないロジックであり、その前段階となっている「評価の公平」というのにもやや議論のすり替えが感じ取れないでもない。「セクシュアル・ハラスメント」というのは、権力関係に基づく、望まない性的関係の強要と定義されるとしていいだろう。したがって教師が生徒に対し、性的奉仕をしなければ評価面で不利な扱いをするというような威嚇をすればこれはセクハラである。だが、先の理由付けは、そうではなくて、教師と性的関係を持っていない生徒が受ける不利益を問題視しているのである。

このように、教師と生徒の関係の理論化にはさまざまな問題があるが、それにもかかわらず、教師と生徒の関係は自動的にセクシュアル・ハラスメントであるという考えは、次第に公理化しつつあるように思われる。

「書生」の誕生

田山花袋は自分の家に下宿させていた、文学上の弟子（書生）である岡田美知代に恋愛感情を抱き、その経緯を私小説『蒲団』に著し、センセーションを起こした。この事例は文学上の師弟関係にある者の間の「恋愛」であって、学校という枠内にはないが、「スクール・セクシュアル・ハラスメント」に準ずるものとして考えてよいだろう。

大言海によれば、「書生」とはまず「書を読み、学ぶ人。学業を習う者。学生。儒生」と定義される。これが『当世書生気質』の「書生」である。これは漢文学から取られた、古い用法でもある。大言海の第二の定義は「家事を手伝い、旁、学問する食客」とある。こちらが新しく、おそらくは明治時代になって現れた用法かと思われる。「書生」の、明治のことば辞典に収録されているさまざまな使用例を見ると、明治初頭の辞書類はすべて「本読み」、「学問をする人」などとしているのに対し、一八九三（明治二十六）年の日本大辞書が初めてこれを「学芸ヲ習フ類ノ食客」とも説明し、その後、類似した説明が各種の語彙集で継承されている（たとえば、一九一一［明治四十四］年の辞林における「かたはら家事を手伝ひかたはら学問する食客」という説明)。「学問する食客」という新しい意味は一八九〇年代に現れるのである。

単語の新しい意味が生じたということは、そのような社会現象が発生したということを意味している。明治二十年代半ばから、青年を住み込ませて、仕事をさせ、同時に学問的指導をするという慣習が生じたということであろう。

もっとも、社会的現実は概念化にやや先行していたようでもある。『雪中梅』の続編にあたる、末広鉄腸の『花間鶯』下編では、冒頭に二人の「書生兼玄関番」が愚痴をこぼしあうところから始まっている。掃除やら何やら雑用で一日こきつかわれて、勉強にならないとこぼしている。「学問する食客」という状況にあるのは明らかだが、「書生兼玄関番」という言い方をしているので、この「書生」の方はただの「学生」の意味で使われていることがわかる――新しい意味の「書生」は玄関番もするのは当たり前であるから。

「書生」と「玄関番」との結びつけは、志賀直哉の『佐々木の場合』(一九一七［大正六］年)にも見られ、主人公は書生であり玄関番である(「玄関番をしながら士官学校の入学準備をしてゐる」［一八九頁］)。書生といえば玄関番という結びつけがやはり明治末から大正にかけて、完全に出来上がっているのである。

「玄関番」は広辞苑の定義では、「玄関にいて客の取次をする人」となっているが、これが、単なるドアマンではなく、男のするような雑用を広く担当する役割だったことはだれもが知るところである。それどころか、岡倉天心の章で登場した、岡倉家の「書生」であった早崎梗吉は、天心が孕ませた異母姉の長女貞を押し付けられて、結婚までしている。「書生」に期待される義務は実に幅広いのである。

田山花袋の『蒲団』でも「書生」は使われているが、単に「学生」を意味していて、「玄関番」ではない。作中、「書生」の語が数回出てくるが、それは横山芳子（岡田［永代］美知代）の恋人である田中秀夫（永代静雄）を指している。田中も文学で身を立てようと東京に修業に来た、「白縞の袴を着け、紺がすりの羽織を着た書生」（九五頁）なのである。[*90]

にもかかわらず、住み込みで文学修業をしている芳子が今日言うところの「書生」と言っていい身分であることは、一九〇七（明治四十）年刊行の『蒲団』にあっては、認識されていたことであろう。実際、この「女門下生《をんなでし》」はさまざまな家事の手伝いをさせられている。入門して、時雄（花袋）の家に寄寓し始めてからひと月ほど、「産褥から出たばかりの妻君を助けて、靴下を編む、襟巻を編む、衣装《きもの》を縫ふ、小児《こども》を遊ばせる」（七四頁）と、さまざまな雑用の手伝いをさせられているのである。やはり、芳子は時雄の、家事補助を期待される食客としての書生であり、その意味で師匠である時雄とは、学校における先生―学生以上の厳しい上下関係にあるのだ。

時雄と芳子の力関係は、主人と食客の関係であるということだけに拠らない。時雄は、芳子の実家から東京での監督者たることを期待されているのである。そこで、芳子がよその男と関係を持つようになると、「人の娘を預つて監督せずに投遣にしては置かれん」（八〇頁）と思うのである。

さて、このような師弟の厳然たる上下関係があるところで、花袋は弟子に恋慕の情を抱いたわけで、これは現代であれば、明らかにハラスメントの文脈で語られる事態である。もっとも、花袋は別に食事にしつこく誘ったり、妙な恋文を出したり、肉体関係を迫ったりしたわけではない。こっそり蒲団の匂いを嗅いで、泣いただけである。もちろんこのことが先方に知られたならば相当に不快なことであるが、黙っている限りハラスメントを構成することはない。この場合、問題は花袋がこの件を実録風の小説にしてぶちまけてしまったことであり、そのことで永代美知代は大いに迷惑するのである。これはハラスメントと見なしてもよかろう。実際に、永代は後に田山に多大な迷惑を蒙ったとして、かなり激しく抗議している。たとえば、『『蒲団』、『縁』及び私」では次のように書く。「『蒲団』が発表された」頃の私は、まるでもう先生と云へば神様同様尊いものに思ひ込んでゐましたので、その作に依つて変に誤解されて行く恋人の身の上と云つた風な事に考へ及ぶ訳もなく、まして自分自身の名誉だとか、運命だとかゞ、如何に毀損され、如何に影響されようとも、一向平気なものでした」（八八頁）。つまり、崇めていた先生に横恋慕され、それを小説ネタにされたことで、やがて、恋人も自分も、名誉を毀損され、キャリアもめちゃめちゃにされたというような話をしているので、これは現代であれば「ハラスメント」という文脈で語られる事例であろう。

花袋と美知代の関係は、教師（教授）と生徒（学生）の関係ではなく、師匠と書生という関係であるが、その間に共通した問題構造があることは、『蒲団』のある種のパロディー、ないし緩やかな書き直しである小説『FUTON』の存在によっても知られる。中島京子の小説『FUTON』では田山花袋は、花袋文学を研究するアメリカ人大学教師デイブ・マッコーリーに、芳子はデイブについて米国の大学で勉強している日本人学生エミ・クラカワに読み替えられている。状況や登場人物の性格はずいぶん違うが、やはり結婚生活に飽いた——ないし、失敗した（デイブはすでに離婚している）——中年男と、かっとんだ女子学生との間の、かみ合わない恋愛関係を描いた作品として蒲団のように「打ち直さ」れているのである。

『蒲団』の性欲小説としての問題性

しかし、『FUTON』において大学教授と女子学生の間の性的関係が不道徳なものとして語られていないように、原作『蒲団』もそのような文脈では指弾されはしなかったようである。つまり、すでに述べたように、『蒲団』はセンセーションを起こしたが、それは先生と弟子の間の恋愛——一方的なものだが——を描いたからではなかった。そのような事例は多々あって、とくに問題視されていた気配はないのである。

『蒲団』に「道ならぬ仲」が描かれていると思われたとしたら、それはまずそこに表現された「性欲」のせいである。『蒲団』は近代日本における「性欲」という概念の定義に大きな役割を果たしたテキストである。もちろん、「性」や「性欲」の日本文化への導入は『蒲団』が発表された一九〇七（明治四十）年より前に遡る。小田亮によれば「セクシュアリティーという意味での〈性欲〉という語が初めて活字になったのは、おそらく衛生学者森林太郎が一九〇二－三（明治三十五－三十六）年に『公衆医事』の五つの号に掲載した『性欲雑説』という論文である」という（『一語の辞典 性』三九頁）。しかし、鷗外はすでに一八八九－九四（明治二十二－二十七）年に発表した『衛生新論』で「性欲」の語を盛んに用いている。このような科学的・医学的言説を背景にして、鷗外自身が「性欲」を『ヰタ・セクスアリス』（一九〇九［明治四十二］年）の中で描いたのである。

しかし、小田も論ずる通り、「森林太郎（鷗外）によって医学専門誌において成立した〈性欲〉という語が一般に普及したのは、田山花袋が一九〇七（明治四十）年九月に発表した小説『蒲団』によるところが大きい」（四五頁）。『ヰタ・セクスアリス』も『蒲団』の二年後に刊行され、『蒲団』やその流れで現れた自然主義文学における性の描写に対する、鷗外流のリアクションになっているのである。「そのうちに自然主義といふことが始まつた。金井君は此流儀の作品を見たときには、格別技癢をば感じなかつた。その癖面白がることは非常に面白がつた」（『ヰタ・セクスアリス』四四頁）。

そして、金井は続けて自然主義の作風を次のように語る。「金井君は自然派の小説を読む度に、行住坐臥造次顚沛、何に就けても性欲的写象を伴ふのを見て、そして批評が、それを人生を写し得たものとして認めてゐるのを見て、人生は果してそんなものであらうかと思」った(四四頁)。

金井(森鷗外)の総括に示されているように、花袋の『蒲団』に代表される自然主義の作品は、支持者からは性的存在としての人間の真実を明らかにした文学として賞賛される一方、反対者たちからは「性」への偏執であるとか、単なる猥褻であるとかといって非難されたのである。光石亜由美は「猥褻」と同義にとらえられたものとしての自然主義への揶揄や中傷のありようを詳しく辿っている(『自然主義文学とセクシュアリティ』)。

だが、光石がすでに同書の第五章で指摘しているように、『蒲団』の「性」の隠微さは、ただそれが赤裸々に描かれた性欲だというだけではなく、これが「中年男」の性的欲望だということが、人の大きな顰蹙を買う点であったのだ。光石にならって、田山花袋自身が「中年の恋」をマニフェストとして謳いあげた、「『恋ざめ』序文」を見てみよう。

『恋ざめ』は小栗風葉が一九〇八(明治四十一)年、すなわち『蒲団』刊行の翌年に発表した小説である。花袋はここで自らが『蒲団』で、そして風葉が『恋ざめ』で展開した「中年の恋」というテーマの重要性を強く主張する。そこには人間の「自然力の圧迫」が現れているのであり、無視したり、糊塗したりできないものだからだ。「かういふことを〔分別盛りに恋だの何だのといふのは馬鹿なことだと〕謂ふ人間と、中年の分別盛りになつてからも自然力の圧迫を充分に胸を開いて受け得る人間と、人間としての価値に高下の別があることを君も承認することが出来るだらう。お互いにこの人の世に生れて、社会道徳に束縛せられて、充分に此の自然力を受けてみることすら出来ぬやうな弱者怯者偽善者にはなりたくない」（『恋ざめ』序文」二四六頁）。

とはいえ、世間の目は厳しい。花袋自身が書くように、「分別盛りといふ言葉はよく聞く。『分別盛だのに、色の恋の、情死のと馬鹿々々しい』とは此間新聞で見た女子大学の教頭の言葉だ」（二四六頁）。中年男が恋愛感情を持つことはあってはならないというモラルが存在しているのである。

田山花袋の『蒲団』は島崎藤村の『破戒』とならんで、日本において自然主義を確立させた小説だとされる。その特徴は、島村抱月の有名な評言を借りれば「此の一篇は肉の人、赤裸々の人間の大胆なる懺悔録である」というように総括された（「『蒲団』合評」五四頁）。つまり、『蒲団』は、それがそのようなものであったかどうかはともかく、「告白」であり「懺悔」であると受け取られていたということである。

懺悔であるということは、告白すべきことが恥ずかしいもの、ないし罪深いものであるということだ。それでは『蒲団』の場合、何が「罪」であり、何が「恥」であったのか。本書ではこれを当初、「教師の弟子（学生）に対する恋」ととらえ、「教え子との仲」という章として設定した。やや語るに落ちるようだが繰り返すと、どうも、少なくとも同時代の受容においては、『蒲団』のスキャンダル性は、必ずしも「教え子との仲」という点にはなかったようである。

もちろん、そういった問題系が無視されているわけではない。むしろ、かなりしばしばそれは喚起されている。時雄（花袋）本人はこう思う。「妻があり、子があり、世間があり、師弟の関係があればこそ［わたしは弟子の芳子と］敢て烈しい恋に落ちなかつた」（七一頁）。一方で、「機会に遭遇しさへすれば、その底の底の暴風は忽ち勢を得て、妻子も世間も道徳も師弟の関係も一挙にして破れて了ふであらうと思われた」とも感じる。そして、遂には「馬鹿な！恋に師弟の別があって堪るものか」と絶叫するのである（八〇頁）。これらすべては、世間が師弟の間の恋愛が「道ならぬ」ものであり、時雄もそうしたモラルを内面化し、同時にそれに抗おうとしていることを示しているのである。

周囲もこの点を危ぶんでいる。まず直接の当事者ともいうべき妻が不信感を持っている。「妻君は手伝に来て居る姉から若い女門下生の美しい容色であることを聞いて少なからず懊悩した。［中略］一月ならずして時雄はこの愛すべき女弟子を其家に置くことの不可能なのを覚つた。従順なる家妻は敢て其事に不服をも唱へず、それらしい様子も見せなかつたが、しかも其気色は次第に悪くなつた。限りなき笑声の中に限りなき不安の情が充ち渡つた」（七四－七五頁）。妻の心配は親族に伝染する。「姉もあゝいふ若い美しい女を弟子にして何うする気だらうと心配した。［中略］［さらに時雄は］妻の里方の親戚間などには現に一問題として講究されつゝあることを知つた」（七四－七五頁）。

こうした疑惑のまなざしは作品内でのものだが、『蒲団』発表直後に掲載され、田山花袋を自然主義の中心人物に仕立て上げた早稲田文学の合評で、批評家の片上天弦（伸）はこう評している。「この作の主人公たる文学者は兎も角も三人の子供の親で、家族に対し世間に対する責任は、一と通り心得てもゐるべき筈である。殊に細君は嘗て自から恋した人。さういふ事情の下に在る主人公が、自分の文学上の弟子たる処女に対し一種の危険な感情を抱いてゐる」（四三頁）。しかし、この、「師弟の仲の閾を越えた」という点を合評会のだれもが最大の問題点だとしているかというとそうでもない。

田山花袋本人は、『蒲団』の続編『縁』では、美知代との一件を回想して、次のように述懐する。「かうした運命になつたのは、誰の罪だらうか。妻あり子ある身で、若い敏子を愛したのは自分の罪だらうか。世の中に対して恥づべきことだらうか」（一四九頁）。男の側が妻子もちだということは、やはり問題視されている。そして、「若い敏子を愛し」てしまったという書き方には、「（恥ずべき）中年の恋」という意識が反映していよう。しかし、「弟子に対して」という、『蒲団』では惹起されていた問題意識はここでは消失している。やはり、「姦通」そして「中年（年齢差）」という問題系に比べれば、「師弟の仲」というのは、振り返ってみた時、意識に上らない程度の障害でしかないのである。

妻もとくに師弟の間ということを大きな問題にしてはいない。住み込むようになった美知代とはそこそこうまくやっていくのであり、芳子（美知代、また『縁』では敏子）や夫に対する態度は、『蒲団』においても、その後日談の『縁』においても、とくに攻撃的なものにはなっていかない（もちろん、この時代の妻の慎みとしてこのように、驚くべき「寛容さ」で接していただけで、腸は煮えくり返っていたのであろう——事実、夫人は『蒲団』の印税を自分がこの作品によって受けた不快の慰謝料として請求していたようである。「［花袋の腹心であった作家前田晁の回想するには］［田山］氏が物された『蒲団』は版を重ねて印税の収入もたいしたものですが、実は『蒲団』の印税に限つて夫人の収入となるのださうです。それは［夫人が］〝『蒲団』の中で、私は侮辱されたからその慰謝料に印税は此方に頂きます〟と申出されたので、氏が承諾されたので夫人に絶対権があるのだといふことです」［小林一郎『田山花袋』二二八頁］）。

また、批評家たちにしても、教師と弟子の関係だからこそあってはならないと言おうとしていたのかどうか、微妙である。片上天弦の「自分の文学上の弟子たる処女に対し一種の危険な感情を抱いてゐる」という評言はすでに引いたが、そこでも、相手がうら若い女性（処女）で、それを分別もあるべき、家庭持ちの中年男が恋しているという点を何よりも問題視している気配で、「文学上の弟子たる処女」という表現中の形容「文学上の弟子」は、単に説明を付け加えているだけとも読める——年甲斐もなく、おじさんが若い女に入れあげてしまった、それで、その女はたまたま弟子であった、というように。

結局のところ、そもそも明治年間——おそらくは、ついここ二、三十年前まで——教師と生徒、教授と学生が恋愛関係に陥ってはならないという規範意識はかなり希薄だったのではないかと思われる。*91 まして、先生と弟子の間でのタブー感は弱い。つい近くの例としては、半井桃水と樋口一葉の恋があり、これなどはハラスメントどころか、美しい関係として文学史上に名をとどめているのである。[*92] 与謝野鉄幹・晶子夫妻もこの例である。もっとあからさまに「スクール・ハラスメント」に近いセッティングでは、翻訳家の瀬沼夏葉が、ニコライ神学校でロシア語を教えてもらった瀬沼恪三郎と結婚している例があるが、これもだれからも指弾されない。[*93] 幸福な結婚に至ればいいという話なのか。[*94] こうして見てくると、田山花袋と岡田美知代の恋愛も――花袋側の一方的な感情であったことを含めて――「師弟の仲」ということで、とりわけ問題視される土壌は当時の日本社会にはなかったのだといえよう。

そうすると、そこで問題にされているのは、すでに見たところの、「中年の恋」という問題系の方であったことがわかる。いい年をした大の男が年端のいかない娘にどきどきするのは恥ずかしいという意識が『蒲団』を読むための「解釈（期待）の地平」になっているのである。たとえば、すでに引いた早稲田文学の合評の中では片上天弦が、「分別盛り、最も多く責任を負担すべき年頃の主人公が、その責任に殉ずる勇気もなく、さりとてそれを抛げ出すほどの思ひ切りもつかぬ、その間の苦悶」と書いている（「『蒲団』合評」四三頁）。もっとも、片上はこの「苦悶」に対して「深く同感すべき所以がある」としているのだが、これは無理もないことと擁護しているのではなく、自分も同年代なので正直な感想を述べているだけで（「中年男性に共通の不満足の情け」）、「無責任な心にさへなれば、人間はどんな思ひ切つた事でも為てのける」と書いているところを見れば、やはり恥ずべき行為とは認定しているのである。合評の中では、中村星湖も、「中年」という表現こそ使っていないものの、『蒲団』を「三十五六の男の性欲を書いたもの」と総括している（四九頁）。それも当然で、作者の田山花袋本人が『蒲団』の行文の中でそのことを明確に可視化しているのだ（「三十五六歳の男女の最も味ふべき生活の苦痛、事業に対する煩悶、性欲より起こる不満足」［九二頁］）。光石亜由美が論じるように、「『蒲団』の評価ポイントは『性欲』よりも『中年の恋』［を描きえたこと］にあった」のだ（『自然主義文学とセクシュアリティ』一一六頁[*95]）。これは、世間の声を代表するかとも思われる女子大学教頭の、「中年なのに色恋などとはばかばかしい」という意見と、評価の軸を逆にしただけで、問題意識としてはまったく同列なのである。

そして、われわれ現代の読者の多くも、これら中年の作家や評論家たちの評言を読んで、なるほど、もっともだと思ってしまうかもしれない——花袋自身が引いていた女子大学の教頭のように「年甲斐もなく」と言って。しかし、中年男は恋をしてはならぬ、それはみっともなく、恥ずかしいという感覚は、必ずしも、いつの世にもあったものではない。

「中年」の発見

そもそも「中年」という区分自体、普遍的・超歴史的なものでもない。小学館の日本国語大辞典は「中年」を「青年と老年の中間の年頃。四〇歳前後の働き盛りのころ」と定義した上で、浮世草子や雑俳を古い方の例文に出してはいる。しかし、明治期の辞書には「中年」を見出し語として挙げていないものもあり、明治文学全集の総索引でも用例はごく限られている。

しかも、その、たった五つの用例は北原白秋からのものを除き、全て田山花袋の周辺の自然主義文学者の発言から取られているのである。こうしたことは次のような事態を想像させるのである。つまり、読者たちが『蒲団』に「中年男の恋」を見出し、それをスキャンダラスなもの、恥ずかしいもの、したがって「告白」されるべきものとして規定したというよりは、田山花袋ほかの自然主義文学者たちが『蒲団』や小栗風葉の『恋ざめ』発表の頃に恥ずかしい存在としての「中年」と、その男が行うみっともない行為としての「中年の恋」を概念として成立させたのだと。

「中年」という年齢区分は、近世でも認知されていたものの、それが十全の意味を持ち、また問題化するのは近代以降、それも明治の終わり、二十世紀初頭になってからであろうと推論されるのであるが、それは歴史的にいって、きわめて理に適っているともいえる——近代になって人間の人生サイクルにおいて、「成人」である期間が長くなったからである。

すぐに想像がつくように、江戸時代の隠居の年齢は今に比べかなり早いものであった。中田薫の『徳川時代の文学に見えたる私法』によれば、「徳川時代平民階級に行はれたる隠居には、法定の適齢なし」（二五一頁）として、浮世草子などに見られる、六十、七十になって隠居する例を挙げている。しかし、四十前後で引退する例も挙げており、西鶴が『本朝二十不孝』で、「都には今四十の内外を問はず、法体して楽隠居する事、専に流行りぬ」と書いているのを引用している。概して、現代の定年よりはかなり早い年齢で引退していたことは間違いないだろう。[96]

もちろん、それは平均寿命が短いからである。縄文時代の日本人の寿命がきわめて短かったことはだれでも想像がつく。『健康・老化・寿命』という本によれば、縄文人の平均寿命はわずか十四歳である（八頁）。室町時代は二十四歳、江戸時代は三十五から四十一歳、これでは当然ながら「中年」などというものを言い出す余地がない。

言うまでもなく、こうした低い数字の背景には、乳幼児死亡率の高さがある。一人赤ん坊が死ねば、平均寿命はひどく下がってしまう。だから、ある一定の年齢に達した人はそこそこ余命があるということになる。そこで『健康・老化・寿命』も、縄文人は「15歳の平均余命16年［すなわち三十一歳くらいまで平均して生きる］」、室町時代は「15～19歳の平均余命16・8年［すなわち三十から三十五歳くらいまで平均して生きる］」といった説明を付け加えているのである。だが、それを勘定に入れても、「中年期」というものを想定しにくかったことは間違いあるまい。それほど人生は長くなかったのである。

児童向けの参考図書だが、寿命図鑑という本によると、日本人の寿命は明治時代になると僅かだがさらに延びて四十四歳となる。乳幼児死亡率は依然として高かったはずなので[97]、やはり、ある程度まで成長した人間は、平均寿命で想像されるよりもかなり長い余命があったはずだということになる。

したがって、これに連動して、隠居の年齢（定年）は近代以降はより遅いものとなる。荻原勝の『定年制の歴史』によれば、日本において定年制度が初めて導入されたのは海軍火薬製造所においてであるという。明治二十（一八八七）年三月に制定され、同年四月から施行された海軍火薬製造所の職工規定は、その第二五条において、「職工ハ年齢満五五年ヲ停年トシ、此期ニ至ル者ハ服役ヲ解ク」とする（i頁）。また、明治後期から大正にかけて定年制は普及したが、一九三三（昭和八）年の段階で、内務省の調査したほぼ半数の工場が定年制を持ち、その年齢は五十歳と五十五歳が多かったという。

引退する年齢が、江戸時代から明治・大正・昭和にかけて、四十歳から、五十〜五十五歳と、十年以上遅くなったことになる。ここに三十代後半から四十代前半くらいの年齢が「中年」として強く意識されるようになる余地が生まれたのだといえよう。田山花袋をはじめとする自然主義文学者たちは、「中年の恋」を「自然力の圧迫」などとして重要視し、入念に観察し、描出し始めたというよりは、「中年の恋」そのものを現象として成立させた、あるいは、もっと大きな括りで言えば、「中年」という枠自体を確立したのだということもできよう。

「中年」という年齢区分は世界史的に見ても、近代初頭に形成されていったようである。たとえば、オックスフォード英語辞典で middle-aged を検索すると、十七世紀初めごろからの用例が挙がっている。そのうちの一つは、「四十歳くらいの中年の男」とあり、小学館の日本国語大辞典の定義と一致しているのが興味深い。だが、用例のほとんどは十九世紀以降に集中しており、十七世紀、十八世紀の用例は少ない。古くはmiddle-agedは、むしろ「中世の」という意味で第一義的に使われていたようである。注目すべきは、middle-agedの二つ目の意味として(一つ目は「若くもなく、老いてもいず」)、「中年に特有の」という定義が挙げられていて、しかもそれに「肥満の」という含意があるとされていることである。これは十九世紀終わりから二十世紀に用例が限定されていて、いわゆる「中年太り」という概念がこの頃に出てきたことがわかる。

我が国で「中年太り」というものがいつ頃から言われるようになったのか、調べがつかなかった。日本には「押し出しのいい」という観念があり、「太鼓腹」というものは、かなり最近までむしろ肯定的に捉えられてきたのではないかと想像される。「太っ腹」と言うではないか(布袋様や大黒様を想起すれば、中国でも同じように、太鼓腹は縁起のよいものとされていたことがわかろう)。

フランスの歴史家フィリップ・アリエスは『〈子供〉の誕生』で、中世から近代にかけて「子ども」という年齢区分が作り出されたと主張した。そのひそみにならって言えば、江戸から明治にかけて「中年」というものが誕生し、とくに明治末ごろになってそれが強く意識されるようになったという事態が想定される。

では、「中年」という年齢区分が確立し、そして、その頃に起こりがちな、花袋に言わせれば「中年の恋」というものも現象として意識されるようになったとして、なぜそれが白い目で見られたのか。なぜ「中年」は恋をしてはいけなくなったのか。江戸時代にはそのような感性は必ずしも強くない。西鶴の『好色一代男』は稀代の遊び人世之介が七歳で女中を誘惑し、六十歳で女護島に船出するまでの年々の女性（男性）遍歴を描いた作品だが、浮き沈みはあるものの、一貫して恋愛・性愛の探求者であり続ける。そもそも「いい年をして」という感覚はここにはまるで存在しない。『蒲団』で問題になっている三十五、六歳のころと言えば——もちろん、元禄時代と明治では人生のサイクルが違うから、同年齢といっても簡単に比較はできないし、『好色一代男』と『蒲団』もまるで異なる種類の文学的テキストではあるが——第四巻の終わりで、三十四歳のときに父親が死に、全財産を相続して、世之介は落魄《らくはく》の生活を終え、実家に戻り、第五巻に入って、すなわち三十五歳以降は、その金力を背景に、粋人ぶりを発揮して、人々に賛美されるのである。

　これはほぼ同時代の西洋諸国でも同様だったようで、世之介とカサノヴァを比較したある論者は「好色一代男としての世之介は『合せて三十年の夢、是からは何に成りとなれ』と勇気を奮ひ起してゐるが、カザノヴと雖三十男として、真に漁色家の本領を発揮したのは、これからである」（丸木砂土「西洋好色一代男」二五八頁）。

「中年の恋」を非合法化する近代的恋愛観・婚姻観

　もちろん、「中年の恋」が非難される最大の理由は、「中年男」が家庭を持っているはずだという前提があるから、つまりそれが浮気であり、家庭破壊の意味を持っていたからである。花袋も書く通り、「昔の教育を受けた人は、多くは社会道徳中心である。こんなこと［中年の恋］は妻あり子ある身の考えるべきものでないと言つた風にして了う」（「『恋ざめ』序文」二四六頁）。つまり、「問題としての中年の恋」を作り出したのは、近代的家族であり、そこに含意されていたところの、単婚的・一夫一妻的イデオロギーであり、それを支えた近代的恋愛観であったといえよう。厨川白村に言わせれば、「恋愛至上の思想あつて、はじめて一夫一妻の制に、的確なる精神的道徳的合理的基礎を与ふることが出来るのだ」（『近代の恋愛観』一九五頁）。「恋愛」はその観念の必然としてモノガミーを要請したのである。

こうした婚姻観においては芸者との恋、遊女との恋は想定されていない。自然主義文学者たちも、熟年世代の芸者遊びを「中年の恋」としては考えていないのである。

そのことを如実に示すのは、『蒲団』に続く作品である。花袋は『蒲団』の発表後、岡田（永代）美知代とのいきさつの後日談ともいうべき小説『縁』を書いた。そこにちらっと登場するのが、田山花袋がそのあと深い仲になった向島の芸者小利《ことし》である。

『蒲団』が大きな反響を呼び、さまざまな批判や岡田美知代からの抗議もあったものの、花袋は自然主義の首魁《しゅかい》としての地位を占めるに至った。おそらくは気分的に高揚してもいたのだろう、一九〇七（明治四十）年九月二十九日、山王公園の六月会（文章世界誌友の定例の茶話会）に出席したあと、赤坂の鶴川という待合に立ち寄った。そこで梅奴を名乗っていた芸者小利に出会う。小利は文学好きで、文芸倶楽部の口絵に載っていた花袋に気がついた。花袋の方でも気にいって、六月会の帰りにはかならず赤坂に寄って、小利に会うようになる。そして、そのままどんどんはまっていき、やがて、京都にいっしょに旅行したり、彼女の郷里を訪ねたりするまでになる。一番、深く馴染んだのは小利だが、ほかにも花柳の遊びをさかんにするようになり、その芸者遊びを新聞に揶揄されるまでになった（「よみうり抄」讀賣新聞一九〇八年七月十八日）。

こうして花袋は、素人女との仲がうまくいかなかったので、今度は玄人遊びに走るという、非常にわかりやすい行動パターンを取るのである。もちろん、ここではそのことを倫理的に非難しようというのではない。確かに、霊の愛だの、神聖なラブだのと説いていた者が芸者遊びを始めるということには、ある種のうさん臭さがないとはいえない。だが、君子豹変すというではないか。

それよりもここで興味深いのは、田山花袋の、この性愛行動の変容の前後に見られる意識の変化である。すでに見てきたように、『蒲団』のスキャンダル性は、そこに弟子に対する師の秘かな恋愛感情が暴露されていたということではなかった。そこで執拗に問題化されていたのは、「中年の恋」という「恥ずべき」振る舞いであった。いい年をして、妻子もあるのに恋心を感じるということが、情けないのであった。だが、小利との色恋沙汰には、このような問題系はまったくつきまとっていない。花袋は、小利とのすったもんだを『春雨』、『髪』、『一握の藁』などに書き込んだ[*98]。

この女性も、岡田美知代に負けず劣らず、花袋を大いに振り回した、花袋も向こうを振り回した。しかしながら、花袋の感慨は「中年なのに恋のごたごたを起こして恥ずかしい」というようには展開しない。そこで花袋を苦しめる思いは、たとえば、わかりやすく、女の真情がわからない、本気なのか、ビジネス上のリップ・サービスなのか判断がつかないといったことである（「其女はかれには解らない謎であつた。逢へば必ず新しい好奇心を惹起させるに足りるような複雑した心のスタイルを持つて居た。虚偽と真実と、真実と虚偽と、それが網のやうに深く織り込まれて、其処に一種名状せられない微妙な空気を醸して居た」〔『髪』一一三頁〕）。

この対比から次のことが明らかになる。「中年の恋」という問題を立ち上げたのは、素人との恋であり、結婚に至る恋愛であり（芳子が入門を申し込んでくる直前に、芳子との「恋」を予告するような感情が時雄に起こる。それは出勤途中で毎朝出会う「美しい女教師」への懸想であり、その女との情事を夢想する時雄は、さらに「其時、細君懐妊して居つたから、不図難産して死ぬ、其後に其女を入れるとして何うであらう。平気で後妻に入れることが出来るだらうか」〔『蒲団』七三頁〕などと妄想をたくましくしているのである）、いわゆる近代的恋愛であったことがわかるのである。花袋は小利との関係を通じ、過去を振り返って悟る。「恋などをさうした社会〔花柳界〕の女に求めるのは愚かなことだ。かれ等〔芸妓たち〕は自覚しないまでにも、自覚に近い分析と判断とを持つて居る。経験が生んだ偏つた観察を持つて居る。本当の恋の出来るやうな女は、無邪気な田舎娘か、感情に餓ゑた女学生に限って居る」(『髪』一七頁)。花柳的恋が近代的恋愛を相対化する。

今日から見れば「ハラスメント」の範例とも見える『蒲団』事件であるが、これを歴史的文脈におけば、その問題性はハラスメントというよりは、性欲の発現の事例であり、そして、「性欲」も、「中年の恋」という「恥ずべき」行為だということだった。だが、本章で見てきた通り、「中年の恋」も、「中年の恋」も、いや「中年」さえも、特定の評価のニュアンスを伴って、歴史的に構築された概念に過ぎない——それらは近代的恋愛観・家族観・婚姻観が作り出したものであった。それがなぜ「道ならぬ」ものなのかは、歴史的・文化的にまったく相対的なのである。

結び

われわれは七つの章を通して、さまざまな「道ならぬ恋」の様相をたどってきた。だが、各章でもそのつど明らかにしてきたが、本書で取り上げた「道ならぬ恋」の事例は執筆開始当初の想定から逸れてしまったものがいくつもあった。たとえば、「妻譲渡」という、一種「人身売買」的問題としてとらえていた谷崎の事件は、発生当時には世間ではその側面はほとんど認知されず、むしろ「姦通」というところが強調されて問題視されていた。師匠と弟子の仲としてとらえていた田山花袋の『蒲団』をめぐる経緯は、実は「中年男の恋」という総括で世の誹りを受けていた。「トルコ嬢」と結婚した生島治郎については、妻のそうした経歴を周囲が必要以上にとやかく言っている気配はなく、まわりも本人も、それよりも、妻の外国籍にこだわっていた。

このような「見込み違い」のいくつかはわたしの知識不足からくる思い込みであったが、いくつかの場合には、これらの「道ならぬ恋」の評価がさまざまに変化して、とりとめがなかったことにもよっている。つまり、このこと自体、「道ならぬ恋」の「道」がいかに相対的・歴史的・流動的であるかを示しているといえよう。

さらに、ここで強調しておきたいことは、本書で取り上げた人々は、例外的に「道ならぬ恋」に苦しんだのではないということである。確かに姪とできてしまうような人はあまりいないし、谷崎のようにやりたい放題をする人も稀である。だが、明治の文学者、文化人はほとんどみんな、恋に、愛に、結婚に、何らかの形で四苦八苦してきた。本書では取り上げなかったが、森田草平と平塚明子しかり、太宰治しかり、島村抱月しかりと枚挙にいとまがない。幸せな恋愛をして、幸福な結婚をし、普通の家庭生活を送った人など、ほんの一握りしかいない。

それは、性愛のタブーが程度の違いを考慮に入れれば、実に多岐にわたり、広汎な領域に及んでいるからなのであろう。

これは同時に、性や愛をめぐるわれわれの行為はすべからく曖昧たらざるをえないということを意味している。

「曖昧屋（宿）」という言葉がある。広辞苑の定義は「淫売婦をかかえておく家」となっている。何が「曖昧」なのか。それは、料理屋や旅館のように見せかけながら、実は売買春を営んでいるからなのだろう。料理屋なのか、娼館なのか。同様に、「曖昧女」と言えば、素人を装って客を取る女である。

小学館日本国語大辞典によれば、「曖昧」の一つの意味は「うしろ暗いこと。いかがわしいこと。怪しげな疑わしい様子」である。*99 本書で見てきた通り、あらゆる性的関係が何らかの程度において清く正しく、何らかの程度においていかがわしいのだとすれば、すべての仲は「曖昧」であり、われわれはすべて「曖昧男」であり、「曖昧女」であるのだ。

各章で見てきたとおり、恋愛・性愛・婚姻をめぐるタブー意識には個人差がきわめて強い。それはその人の出自、学歴、環境、言語、文化、政治的・社会的立場、ジェンダー、歴史的状況などによって大きく規定されている。それらのファクターは——これも本書で見てきたとおり——大きな偏差を有するもので、そこに普遍的なもの、固定的なものを見出すのは難しい。われわれはすべてこうした、さまざまに異なる背景を持つ人間と交わりつつ生きていくのだから、われわれが紡ぐ「仲」はときにすばらしく賞賛され、ときに手ひどく指弾されることを免れないのである。さらに、また、ある性的行為は時代によって評価を変える。同じ時代でも地域によって評価は変わる。同じ時代、同じ地域内でも、一つの行為が、ある背景の、ある階級の、あるジェンダーの、あるイデオロギーの、ある嗜好の人からは認められ、別な人には認められない。あらゆる恋は曖昧に評価され、なにがしかの程度に「道ならぬ恋」になっていく。

本書ではわれわれは七つの「道ならぬ仲」を見てきたわけだが、世の中にはそのほかにもさまざまな度合いで許されない、無数の道ならぬ仲があるわけだ。そして、われわれはそのうちのいくつかを必ず併せ持っているのである。本書で取り上げることのなかった多くの「仲」を排除したことに特別の意味があるわけではない。紙数が足りなかっただけの話だ。

おそらく多くの読者が欠落と感じられたのは、同性愛が取り上げられていなかったことであろう。ここにももちろん深い意味はない。この欠落の大きな理由は、日本では同性愛（男色）が前近代では完全に社会的に容認されており、近代に入ってもそれが長く続いていたからである。明治年間では同性愛は取り立てていうほどの「道ならぬ仲」ではなかったのだ。読者は『ヰタ・セクスアリス』の中で金井君がたんたんと、学校時代の同性愛体験を回想していることを想起するであろう。本書で言及した志賀直哉も、学習院時代に同種の体験を持っていたが、そのことにとくに彼自身や周囲が罪悪感を持っていたわけではない。

同性愛は現代の日本ではもう少し強い禁忌感を伴っている。それは近代日本がキリスト教的性道徳や性科学的まなざしを受け入れたからだろう。タブーは、時代によって、地域によってさまざまに変容する。

さらに、読者が「欠落」と感じたかもしれないことは、姦通を扱った章が立てられていないことであろう。これは、本文中でも述べた通り、もう本当にあまりに事例が多すぎて、追いきれないからである。事実、とくに章は立てなかったものの、本書で取り上げた事例の多くは姦通をも包含している。島崎藤村の場合も、岡倉天心の場合も、谷崎潤一郎の場合も、「道ならぬ恋」の全行程が、あるいは一部分が、姦通なのであった。

姦通が多くの場合、共通項だとして、それ以外にも「道ならぬ恋」は多くの場合、複数の禁忌侵犯が絡み合っている。上司の妻とできてしまった岡倉天心だが、妻はその夫とそもそも疑似近親相姦的関係にあった。天心その人も姪との関係が松本清張によって疑われている（清張はそれどころか、天心と継母との関係を推定している）。坪内逍遥は妻の出自のことで悩んだが、息子が外国人と結婚することを不届きとして許さなかった。妻を譲渡したとして世間に指弾された谷崎だが、彼も妻の妹を誘惑するなど近親相姦的振る舞いに及んでいる。姪との許されぬ仲を引きずった藤村は、その家系にインセストを見てきた。

このことからもわかるのだが、本書を執筆している過程で明らかになってきたことは、「道ならぬ恋」の遍在ということである。

アメリカの性科学会がかつて、性的対象のエンサイクロペディアを編纂しようとしたが、この試みは頓挫したという。それは性的対象があまりに多かったからで、ほとんどすべてのものが性的対象になりうるのだということに、性科学者たちが気が付いたからだと聞く。

性的対象が無限の内包を持つのならば、同様に性的タブーも無限に多様でありうる。事実、われわれは数限りないタブーを背負って性生活を営んでいるのだ。本書ですでに論じた、タブーのネットワークを越えて、われわれの日常生活を見てみても、そこにさまざまな禁忌が張り巡らされていることにわたしたちは気が付くのである。

メアリー・マクレガーに“Torn between Two Lovers”（二人の恋人の間に引き裂かれて）という歌があった。語り手の女性が恋人に歌いかける。「実はあなたのほかにわたしには大事な人がずっといたの。でも、それはあなたに「愛しているとか」言ってきたことが嘘だったというわけではないの」。だが、そのように二人の相手を同時に真剣に愛することはタブーなのだ。

「ふたりの恋人の間で引き裂かれて、わたしはばかみたいだわ。ふたりの恋人の間で引き裂かれる、それってありとあらゆる決まりをやぶること」。

娘の恋人と性関係を持ってはならない（『卒業』のミセス・ロビンソン）、お姉さんの恋人を奪ってはならない、友達の恋人を好きになってはならない、出会ったその日にセックスしてはならない（これはセックスではなくて、婚約だが、『アナと雪の女王』のアナは、出会ったばかりの男と結婚を約束したことで、姉から指弾され、後の結婚相手からも非難される）、デートの途中にほかの女（男）に好色な視線を投げかけてはならない、いや、そもそもいかなるときにも女性をすけべなまなざしで眺めてはならない。*100 われわれは膨大な数のタブーを引き受けて生き続けている。そして、本書で取り上げた人物たちの何人かはこれらのタブーのいくつかを破ったのだ。

われわれはこうして、ありとあらゆるところに規則を張り巡らすのだ。それは「人間の本性」なのだろうか。いや、これはむしろ「近代」の特性の一つなのだろう。フーコーは『監獄の誕生』でそれを描いた。彼はまず中世の刑罰の描写から始める。しかし、その残酷な刑罰も、近代が社会生活のありとあらゆるところに張り巡らす法規の網の、恐ろしい管理体制から見ればどうということはない。最近では「ちらっと見るハラ」という概念が出て来ているそうだが、ありとあらゆるものが「ハラスメント」化されるという今日の現象は、この「近代」と歩調を合わせているのだといえよう。

しかし、恐ろしくさまざまな「道ならぬ仲」があるわけだが、性的対象とは違ってあらゆるものがタブーの対象なわけではない。タブーは決まって、起こりそうなことを対象に現れる。レヴィ＝ストロースは、「未開民族」は父殺しを禁止する掟を作ることはない、それは自明だからと言っている（『親族の基本構造』一一頁）。近親相姦がタブーなのは、まさにそれが起こりかねないからなのだ。別な言い方をすれば、われわれがやりたい性行為ほど禁止されているのだともいえよう。われわれの性は不幸になるべく定めづけられているのである。

これらのタブーは、だが、ときに「愛」によって正当化される。これは近代的ロマンティック・ラヴの言説である。坪内逍遥と娼妓センの関係は問題をはらんだが、二人は愛し合っていたのだからそれでいいのだという言い分が出てくる。「せんは親兄弟と縁を切り、天涯孤独となって、神仏に祈り、ただひたすら愛する人を頼って嫁いだ。逍遥もまたあらゆる周囲の批判を押し切って相手を守り抜き、愛を貫こうとした。逍遥二十八歳、せん二十五歳のときである。［中略］純粋な愛の成就［であった］」（『坪内逍遥――文人の世界』二八五 - 二八七頁）。『アナと雪の女王』のアナも、知り合ったばかりの男と結婚することに決めたことをエルサに責められて、「これは真実の愛なのよ」と抗弁している。佐藤春夫は人の妻に向けられた自分の恋愛感情を、「真実の愛」として正当化した。その言い分を容認する人もあった。だが、「真実の愛」もそれが母に向けられたときには、社会はそれを許さない。マクレガーの歌にあったように、二人の男性に時を同じくして「真実の愛」を感じるということも、世間は許さない。「愛」とて、文化的・社会的規範の中でしか機能しないのである。

タブーは、かつては、権力によって抑圧が加えられて、今ある形になっているのだと考えられてきた。フーコーは『性の歴史』の中で、このような「抑圧の仮説」を論破し、セクシュアリティーをネットワークとしてとらえた。わたしがここで描き出したタブーも、このようなネットワーク的なものである。それはあちら側のだれかによって作られ、こちら側のわれわれに押し付けられているのではない。われわれ自身がタブーを作り出し、それを承認し、規範としてすべての他人に強制しているのだ。われわれはみんなタブーに縛られている客体であるだけではない。われわれはそれを制定し、施行する権力者の役割をも果たしている。

そのことはいったい何を意味しているのだろう。ライヒは、性的抑圧はわれわれに強要されているとし、いかにそこから解放されうるのかを考えた。性モラルの完全な自由化によって人間は幸せになれると彼は考えた。だが、わたしたちが、自らが作った（おそらくは大して意味もない）無数の性のタブーによって自分自身を苦しめているとしたら、われわれはどのようにしたら解放されるのだろうか。本書の筆者にそのことに対する処方箋はない。われわれが「道ならぬ仲」のネットワークにとらわれていること、そしてそれを再生産していること、まずこのことに気が付くことから、問題は解決されなければならないのだろう。

したがって「道ならぬ恋」を作り出すのは「世間」であると言ってよい。世間という言い方があまりに俗であれば、社会と言ってもいいし、文化と言ってもいい。しかし、その「社会」や「文化」のサイズは、上は人類社会全体、下は仲良しの友達のグループや不良仲間だったりするだろう。そうしたプチ「世間」がそれぞれに認められる仲と認められない仲を仕分けする。ユーミンの歌「5㎝の向う岸」で歌われる女性は、自分より五センチ背が低い彼のことをクラスメートにばかにされたことで後ろめたくなり、ついには別れてしまう。男の方が女より小さいこと、しかもかなりの程度にミニサイズであること、こうした関係は釣り合わないものとして、友達集団によって否定され、プチ「道ならぬ仲」となり、禁止の圧力をかけられるのである。背が低いだけで釣り合わないなんてばかばかしい小児的な発想だと一笑に付すことはできる。[*101]現に歌っている松任谷由実も、「若いころには人目が大事よ、もっと大事なやさしさをなくしても気づかない」と批判している。だが、松任谷由実は人間の判断は外見ではなく、内面性に基づかなければならず、恋愛もそのような内面美に対する希求でなければならないという、近代ヒューマニズムを「小児的発想」に対峙させているに過ぎない。すなわち、ここでは逆転が生じているので、内輪の友達集団によって「変なカップル」とされた二人は、今度は、ヒューマニズムによって、「やさしさを認め合う、正しい仲」に転化し、逆に、「人目」のよしあしだけで結びつくカップルが指弾されることになりかねないのだ。

本書で、近代日本文化に例をとりつつ検証しようとしたのは二つの命題である。一つは、あらゆるタブーは文化、社会、風土、法制度などによって構築されたものだということである。もう一つは、第一の命題からの帰結で、容易に予測されることだが、タブーには絶対的なものはなく、強いタブーと弱いタブーがあるのみだということだ。そして、両者の間にさまざまな強度のタブーが無数に、連続的に存在している。タブーは二項対立的なもの、黒か白かというものではない。それは歴史的に、そして地域によって連続的に変化していく。個人の中でも移ろっていく。だから、われわれはみんな自らが生きるタブーの中に暮らし、多かれ少なかれそれとの乖離に苦しみつつ、折り合いをつけつつ生きていくだけなのである。タブーから人間が解放されることは、したがって、ありえない。われわれにできることはただ、タブーによる抑圧が、最大多数の人間にとって最小限のものであることを目指すことだけなのである。

あとがき

本書の構想が最初に浮かんだのは十年以上前のことで、延々と引きずってしまった。当初、この本の企画を受け入れてくれた元平凡社新書編集部の金澤智之さん（金澤さんとは『金髪神話の研究』と『世界のしゃがみ方』という二冊の本をいっしょに作った）は、中央公論新社に移籍してしまい、今回は同編集部の和田康成さんにお世話になった。お二人にお礼とお詫びを同時に言わないといけない。

だらだらと時間がかかった理由はたくさんあるが、一つは、音楽家としての活動を始めたことだ。DTM（PCを利用した楽曲制作）による、さまざまなジャンルの曲をネット配信している。最初に作った歌は“Don't Love Me, Don't Leave Me”というタイトルの、ちょっとジャズっぽいナンバーで、女性が恋人に、わたしを捨てちゃだめよ、だけど必要以上に好きになったりもしないでと言っている歌である。微妙な、二律背反的な恋愛感情を描き出そうとしたもので、「道ならぬ恋」研究の一環であったのかもしれない。それから *What Is Love and What Is It Not?*（『愛とは何か、そして何でないか』）というアルバムも作った。これも「道ならぬ恋」だろう。

本書をぐずぐず書き続けている間に、たくさんの大事な人を失った。恩師である東京大学名誉教授の芳賀徹先生も亡くなった。まだ大学院生のころ、先生が、恒例の、ご自宅での新年会で、これも恒例の連歌を巻いたときに、「たてじまの恋　よこじまの恋」という一句を読まれたのをなぜか今でもよく覚えている。「横縞の恋」とは「よこしまの恋」の洒落で、「縦の恋と横の恋」、つまり、よい恋と悪い恋という意が込められていたのだろう。思えば、これも「道ならぬ恋の系譜学」のヒントになっていたのかもしれない。

失った人があった一方、新たに獲られた人もあった。中国人女性と結婚し、女児を得た。この子は将来、どんな「仲」を紡いでいくのであろうか。Life goes on である。末筆になったが本書をわが家に咲く二輪の可憐な花に捧げる。

ヨコタ村上孝之

二〇二四年四月十二日　三男フィリップの二十歳の誕生日に

注

第一章

＊1　このほかドイツ語、イタリア語、スペイン語、ロシア語、中国語の代表的な辞書を調べてみたが、同様の結果であった。もちろん、このほかの数十の言語において、これは検証する必要があるが、大方の教示を俟つ。また、われわれは「インセスト」が西洋語の概念の翻訳語として、非・西洋の言語パラダイムに入り込んでいるということも念頭に置かなければいけない。「近親相姦」は外来の概念であって、日本語固有のものではない。そもそも日本語にインセストにあたる概念はあったのか。この問題にはあとでまた立ち帰る。

＊2　「性交ないし『同居 cohabitation』」というのは、現代人には少し不審な説明だが（単なるルームメートはどうなるのだ）、この「同居」は後述の、「食卓と寝台をともにする」を受けているのだろう。つまり、同居とは起居をともにすることであり、同衾するということがそもそも含意されていたのだろうと想像される。ちなみに、この定義に続けて「近親者間の性的関係」という説明も追加されており、やはり「性的関係」がインセスト概念の中心をなすということはオックスフォード英語辞典も示しているのである。

＊3　「セックスレス」は医学的概念であって、夫婦に三か月以上、性的交渉がない状態が続くと「セックスレス」と診断されるのだという。ちなみに、「セックスレス」は夫婦間の問題である。恋人同士

がプラトニックなままでも、だれも「セックスレス」とは言わない。

＊4　すなわち、民法第七七〇条に離婚を求めることができる理由が五つ定められている。それは「一、不貞、二、遺棄、三、生死不詳、四、精神病」であるが、五に「そのほか婚姻を維持し難い重大な事由」という、伸縮自在の感を与える規定がある。この「事由」には「性的不能・性交拒否・性的異常」などが含まれていると一般に考えられている。つまり役に立たなくなった夫、性的欲求に応じてくれない夫を妻は離縁できるのである（逆もまた真）。ちなみに英国の民法には伝統的に a mensa et thoro（食卓と寝床において［別々の］）という概念があって、正式な離婚の前の法的別居の状態を指していた。「同衾」することが、やはり、婚姻関係と同義に取られているのである。

＊5　「親族間の性交」は Beischlaf zwischen Verwandten である。Beischlaf という語は「同衾（とも寝）」だが雅語で、「みとのまぐわい」とでも訳すべき語である。ドイツの法学者は「性交」だの「セックス」だのという下卑た言葉は使いたくなかったのだろう。ちなみに、この表題は英訳では incest となっており、「インセスト」があくまでも親族間の性交であり、婚姻ではないことが確認されるのである。

＊6　校訂者福永英男の注釈によれば「遠隔の地の非人頭に引き渡され、非人人別に加えられること」である（『「御定書百箇条」を読む』二三五頁）。

＊7　もちろん、次の「姉妹、伯母、姪」との性関係を禁止するという項目からもわかるように、刑罰としては「男女ともに」と言いながら、実は侵犯の主体として想定されているのは男性である。もっと言えば、「家長」が犯すべからざる罪を規定しているのだといえよう。

＊8　筆者は法学者ではないので、確かなことがいえるわけではないが、日本において、成立するはずのない近親婚が禁止されているという事態の背景には、日本と西洋近代の婚姻制度の違いと、その違い

を無視して、近代日本が西洋の法制度を取り入れたことにあるのではないかと想像される。欧米では、婚姻の認定は、しばしば国によってそのような権能を付与された機関、たとえば教会が行う。カップルが法的に、道徳的に、社会的に結婚していいものかどうか、教会が審査し、これを認可する。神父(牧師)の「汝らを夫と妻と宣言する」というセリフは、日本では単なる儀礼に過ぎないが、欧米では法的意味を持つのである。このあとで、カップルは結婚証明書を持って、国の機関で婚姻を登録することになるが、このような制度のもとでは、(公文書偽造とか以前の)重婚は成立可能だし、それを防ぐための規定が必要になってくるだろう。日本の明治刑法・民法は西洋のこのような規定を受けついだのではないかと思われる——日本においては国に届け出ることにより婚姻が成立するので、そのような規定は必要がないにもかかわらず、である。

＊9 もっとも、公文書偽造というようなことではなく、単に「近親婚」の禁止が侵犯される場合も稀にはあったようである。久保は前掲論文で、父娘のインセストの事例で両者が婚姻関係にあった事例を報告し、「娘が他の籍に入っていたため、法律上婚姻が可能となったのである」(六一頁)と注記している。だがこれは「法律上婚姻が可能になった」のではなく、親子関係の確認に不備があったというだけである(つまり、すでに婚姻関係にある者の「別の」婚姻届を役所が誤って受理してしまうという例と同じ意味)。婚姻以外で籍を移動させることが頻繁にあった戦前の日本では、こういうこともたまに起こりえたのだと想像される。

＊10 もちろん、いかに自然主義の作品とはいえ、小説内の出来事と、歴史的事実は完全には一致しないが、とくにはっきりとした齟齬が見られる場合を除き、ここでは藤村の創作を概ね事実に即した歴史的記録として取り扱う。

＊11　もちろん、インセストと、精神的・肉体的障害との因果関係は厳密に医学的に証明されているわけではない。ここでは、木曽において近親相姦がしばしば行われていたことの証言として引用しているだけである。なお、本書の引用において、原著に今日差別的とされる表現が含まれることがあるが、そのまま引用し、とくに注記しない。

＊12　二〇二三年に六か月は百日と改められ、二〇二四年には女性の再婚禁止期間は全廃された。

＊13　なお、これらの例は、養子や里子としてほかの家に出すのではなく、戸籍を「偽って」、実子として入籍しているのである。そのことを明言する記述もあって、たとえば「父母婚姻ヲ承諾セサル以前ニ出生スル子女ハ［中略］他家ヘ遣シ其家ニテ出生シタルコトニ取計フ慣例アリ（加賀国石川郡）」（三三頁）、また「婚姻セサル前処女［結婚前の女］トシテ出産スル事アレハ［中略］、他人ヘ養育料ヲ添テ之ヲ遣シ、人別［帳］ニ其貰受ルモノ、実子ト見做シ其籍ニ入ル、風習ナリ（加賀国河北郡）」（三三頁）。このあと養子制度の問題に触れるが、私生児でも養子に出す例が全国民事慣例類集には多数出ている。この場合は、実子・養子の関係がはっきりしている、すなわち血縁関係は戸籍上、明らかなので、インセストの指摘が可能になるが、ここで見た例では、実子として「虚偽の」届けがなされているわけで、近親相姦を言うことはできなくなってしまっているのである。

＊14　注意すべきは、森はここで明らかに現象としてのインセストに言及しているのだが、「近親相姦」という用語は使わず、そのようなものとしての概念化は行っていないことである。後にも書くように、「近親相姦」という近代的観念の成立はかなりあとになってからのことである。さらに付言すれば「兄妹の婚交」という表現からは、われわれがずっと見てきた、インセストの曖昧さが見て取れる。すなわち、それは婚姻でもあり性交でもあるのだ（あるいはそのどちらかである）。

*15　これらの例は文学作品から取ったものだが、先に言及した、坪内逍遥の養女くにの場合では、夫に想定されていた、これも養子の坪内士行が、逍遥の勘気をこうむって勘当されてしまった後、逍遥の妻センはくにに「今日からはもう兄でも妹でもないのだから、兄さまと呼んではいけないよ」と諭されている（飯塚くに『父　逍遥の背中』二〇一頁）。結婚相手でなくなった瞬間に、兄妹でもなくなったのである。最近の例を出せば、現代日本のポピュラー・カルチャーにおける、兄妹関係を取り扱った文化的テキスト（『くりいむレモン』、さらにジャンルとしての「妹萌え」など）の遍在は、この伝統を引きずっているのだと考えられる。詳しくはわたしの『マンガは欲望する』第五章「ロリータ・コンプレックスの系譜学」を参照されたい。

*16　同書は、しかし、興味深いことに、これまで見てきた言説とは異なり、近親相姦は「上流社会即チ古来ノ門閥貴族」においてよく見られる慣習であったとしている。

*17　インセストと遺伝障害の結びつけは、近親相姦のとらえ方をやはり両義的にしており、それが現在まで続いている。小学館日本国語大辞典は「近親婚」の説明に、「民法は優生学的および道義的理由から直系血族、三親等内の傍系血族、直系姻族間の結婚を禁止している」と付言している。このように、いっしょくたに書かれるとわかりにくいが、姻族間の結婚は専ら道義的理由でのみ禁止されているのである。血縁関係がなければ優生学的問題は生じえないからだ。ところが優生学的原理の導入によって、近親相姦をすぐれて血縁から生じる問題だとする誤解が生じてきているのである（逆に言えば、血のつながりさえなければ、性的関係も、婚姻関係も問題がないのだというような）。あだち充のマンガ『みゆき』における誤解はここに生じている。主人公若松真人はキュートで明るいみゆきに出会い、心ときめくが、それは実は六年間会っていなかった妹だとわかる。だが、彼はさらにみゆき

が、父の後妻の連れ子だということを知る（後妻もすでに死んでいる）。つまり血がつながっていないので、結婚できるのだ（と彼は思う）。そしてラストでは義理の妹とめでたく結婚するのだが、若松真人くんには気の毒ながら、これは彼の勘違いであって、日本の現行民法では、この婚姻は許されない。みゆきの母の死によって姻族関係は解消しているが、すでに見た通り、民法第七三五条は「姻族関係が終了した後も、同様とする」として、元姻族同士の結婚を禁じているのである。

＊18 「道ならぬ恋」において妊娠が大きな障害として立ち現れてくることは、現代人にとっても実感できることであるが、それは藤村の時代とは別な意味を持っている。全国民事慣例類集で見たとおり、幕末から明治にかけては望まれない子どもは入籍の操作によって簡単に処理できたのである。人口管理の「近代化」はこれを不可能にする。近現代人はその支障のもとに、望まれない妊娠と対峙するのである。藤村にとってはそういった支障はおそらくなかっただろう。こま子の妊娠は、遺伝的障害をもたらすかもしれないインセストの恐ろしさという点において、藤村を戦慄させたに違いない。事実、後でまた述べるように、島崎家の人々には狂気がつきまとっていたのである。

＊19 国立国会図書館のキーワード検索でヒットする最も古い例は、昭和三（一九二八）年出版の、ハヴェロック・エリスの『性の心理』である。その中に「近親相姦の嫌忌とその原因に関する理論」という節がある。

＊20 この設定を現代に移したドラマが山口百恵・三浦友和主演の『赤い疑惑』である。

＊21 ちなみにインセストに関する記載は原著でも大きな扱いは受けておらず、クラフト＝エビングの関心の中心とはなっていない。一八九四（明治二十七）年に出された、Psychopathia sexualis の最初の邦訳である『色情狂篇』ではインセストを扱った部分は訳出されていない。

＊22　なお、森鷗外も二葉亭四迷も、クラフト＝エビングはドイツ語の原著で読んでいたと思われる。概して、多くの近代知識人は英訳を通じてPsychopathia sexualisに接していた。

＊23　このことをもって、こま子が藤村に迫ったからこそ関係が成立したのであって、藤村は被害者だったかのように考えるのは、もちろん正しくない。藤村は積極的に関係を自分からはじめているし、パリへの逃避から帰国した後でも、こま子との仲を再開させてしまっており、あまり同情の余地はない。『新生』の読後感として、芥川が藤村を「老獪な偽善者」と難じたのは有名な話だが、芥川の評定はこのあたりから来るのだろう。それに反して、多くの文芸評論家たちは——平野謙を例外として——この点について藤村に対してきわめて甘い態度をとっている。『新生』を優れた文学作品として論じることには熱心でも、その背景をなした「醜聞」には多くの伝記作者は口を閉ざしている。そして、猪野謙二のように、藤村のパリ行きを「逃避」ではなく「脱出」と表現して憚らないのである（『島崎藤村』「脱出から『新生』へ」）。

＊24　ちなみに興味深いことに、久保が調べた三十六の事例の中にも、やはり、当事者が罪の意識を持っていなかった例がいくつか報告されているが、それはすべて女性の場合である。久保はこれを、精神的発達の遅れや、教育程度の低さに結び付けて説明し、戦慄しているが、男性にも無教養・無教育の当事者が久保の事例に多く存在しているので、説得力を欠く。これは、やはり、女性が「立法」の側にいなかった、インセストを罪とする側の立場にいなかったことの反映だろう。

第二章

＊25　ちなみにフランスの人類学者フランソワーズ・エリティエは、「一人の男性が姉と妹の両方と関係

を持ったり、ある母親とその娘をともども愛人とすることを『第二のタイプのインセスト』と呼んだ」（原田武『インセスト幻想』五二頁）という。これは姉妹そろってということだが、姉から妹への妻の地位の委譲ということであればソロレート婚に当たるわけで、夫ないし妻の死によって、タブーである行為（「第二のインセスト」）が一転して義務となり、慣行となるのである。谷崎はもともと前橋の芸者お初——最初の妻、千代の姉——に入れあげており、結婚したいと思っていたが（肉体関係もあったようである）、お初にその気がなく、妹の千代を紹介され、結婚した。つまりこれは第二のインセストに当たるわけである。谷崎はこの点でだれの非難も浴びていない。やはりお初が「芸者」であったことが免罪符になるのか（後述の通り、お初だけでなく、千代も芸者であった）。同種の事例を世界に探れば、作曲家のグリークは恋人に拒絶された後、その妹と結婚し、世間の非難を浴びたという。その上、この結婚は不幸なものであったらしい。

＊26　ここは瀬戸内の推測だが、瀬戸内はせい子から晩年、直接話を聞いており、「［谷崎が］結婚したいなんていってもこっちはそんな気がさっぱりなかったから、やだわよって断ってやったのよ」（『つれなかりせばなかなかに』一八四頁）という談話を伝えているから、真実に近いと想像される。

＊27　というような説明が多くの伝記や研究でなされているが、佐藤春夫は現実にほかの女性と会ったりしているのであり、それをタミがかなり過激な方法で阻止しようとしたのである。嫉妬から来る妄想といったことではなく、非は主に佐藤の側にあったように思われる。

＊28　もっとも、三人連名の書簡は私的なものであったが、新聞社が勝手に転載してしまったのだという説もある。だが大宅壮一は、書簡が「新聞社へも雑誌社へも来た」とし、「公開」が三人のそもそもの思惑であったと判断している（徳田秋声ほか「文壇圏内の社会的事件の批判」一一七頁）。また、

野村尚吾の『伝記 谷崎潤一郎』によれば、「挨拶状の消印は、八月十八日になっているが、十九日の新聞に早くも、社会面のトップに大きく記事が取りあげられている」(三三三頁)といい、新聞紙上での公開が時を移さず行われるように谷崎らが手配していたのではないかと疑わせる。

*29 高木があげているような雑誌の広告は、管見に入る限り、見つけることができなかった。この二つのリード文はそのまま大阪毎日新聞(一九三〇年八月十九日)の記事の見出しとなっているので、それを雑誌記事と勘違いししているのだろう。

*30 英国の美学者・評論家ジョン・ラスキンは、性的に不能で、そのこともあって——川田が「ある事情から」といわくありげに書いているのはこれである——妻のエフィー・グレイとの間はしっくりいかず、やがて彼女は、ラスキンの引き立てで世に出た画家ジョン・エヴァレット・ミレイと恋に落ち、最終的にはラスキンと離婚して、彼と結婚する。この話題は第三章でまた取り上げる。

*31 もちろん、京都帝国大学教授で心理学者の野上俊夫のように「芸術家だとて常軌は逸されぬ」と、この手の免罪を認めない人もいた。

*32 里見は、「女が二人、男が一人の場合[つまり、妻がほかの女性に夫を譲る場合]はなかなかさっぱりしない」としており、そこに性差別的な意識を読み取ることができるが、そのことはとりあえずここでは問題にしない。

*33 ただし佐藤春夫の言葉遣いは、明治中葉から起こってきたところの、新しい「恋愛」とはややずれる点もある。佐藤は、千代を「愛し好み敬してきた」自分に対して、谷崎は「可憐にして愛すべ[き]千代を「愛することは出来ても好むことはできなかった」と書いている。どうやらここでは、かわいい女として大事にする、かわいがってやるというほどの意味で「愛する」といい、女性として恋が

れるというようなつもりで「好き」と言っているようである。これはむしろ伝統的・前近代的なものの考え方である。文学界同人を始め、明治二十年代以降に新しい「恋愛」を唱えた文学者たちは、「精神的に敬愛する」という意味で「愛する」という語を使い始めていた。したがって、佐藤は恋愛イデオロギーにおいては単純な近代主義者ではないが、「愛の強度は倫理を超越する」と信じていた点において、西洋的な情熱恋愛の信奉者ではあったのである。「愛」をめぐる語彙のニュアンスの歴史的変遷についてはわたしの『性のプロトコル』を参照されたい。

＊34　松本清張はこの点では佐藤を信頼して、「筆者［松本］は、互いに想い合っている男女がいっしょに入浴する点を、知合いの女性たちに訊いてみたが、十人のうち九人までは、それはすでに肉体関係の生じた仲だと断言した。しかし、これは下司のカングリで、千代という女性を知らない人間の言である」（二二二頁）という判決を下している。

＊35　もっとも、加藤は、恋愛至上主義が行き過ぎているとは考えており、その帰結として離婚が増加することは警戒している。そして、その文脈で、リンゼイの著作にも言及している。「過去では、いかに結婚を幸福化するかが焦点であつたが、現代では、いかにして離婚を避けるかが重要な問題である。リンゼイの友愛結婚が、離婚を予定して、試験的な結婚状態を工夫した如き［中略］もそれ」［九頁］。だが、これは加藤の誤解である。リンゼイの友愛結婚説は、本国でも、バートランド・ラッセルの提唱していた試験結婚と混同されて批判を招いていたようだが、リンゼイはそのような主張はしていない。彼の主張の根幹は、結婚は恋愛に基づくべきであり、恋愛感情が消失したならば友好裡に離婚するべきであるという点である。

＊36　もっとも、佐藤春夫の方も、かなりの発展家であったことは周知のとおりで、決して、千代と結婚

した後、新夫人との純愛を貫きとおしたというわけでもなかった。「佐藤氏も仲々の艶福家であって、大分細君を泣かせもし、反対に取っちめられもした。最早千代夫人はめそめそ泣いている人ではなくなっていた。外出するなら何処までも一緒に着いて行くというので氏も閉口したらしい」（谷崎終平『懐しき人々』一七〇－一七一頁）。また、和田六郎の息子周は、佐藤春夫が、弟子であった六郎の妻（周の母）に付文をしたと回想している。「S先生が母の美形にいくらか惹かれて、炬燵の中でラブレターを渡したので、こんなことしないで下さいと、もめてたところへC子夫人が帰って来て、誤解されたらしいと、母は笑っていました。S先生も女好きでC子夫人は結構嫉きもちをやかされつづけていたようです」（瀬戸内寂聴『つれなかりせばなかなかに』一〇五頁）。

＊37　事件の直後に新潮に出た座談会で、久米正雄はこの法律に触れている。しかしながら、久米はその法律をよく知らなかったようであり、また、それをもとに千代がまだ佐藤春夫と結婚していないはずであることにも気づいていない様子である。「最初の人から次の人まで結婚を直ぐ移す場合は六ケ月の間を置くといふことが法律的に規定されてゐる。僕は友人の問題で奔走したときにその法律の確乎たる存在を知つた」（「文壇圏内の社会的事件の批判」新潮一九三〇年九月号、一二四頁）。久米はこの条文の説明をするにあたり、同法規が女性にのみ適用されるものであることに気がついていないようである。

＊38　それは小説「神と人との間」での、谷崎のセルフ・ポートレートからも窺われる。「添田［谷崎］は、依然として悪魔派の驍将として讃へられてゐるばかりでなく、矢張り素行が治まらないで、女の事や金銭上の事などで攻撃されたり、冷やかされたり、その悪魔ぶりを喝采されたりしてゐるのだつた。彼は穂積［佐藤］とのいきさつなどは忘れてしまつて、有頂天になり、得意になつてゐるものとしか

見えなかつた」（七四頁）。

＊39　もっとも、このような当時の常識的な婚姻観に一致しない考えを持つ谷崎が、結婚だけはする必要がある、結婚するに値する女性を探さなければならないと思った理由はよくわからない。婚姻を否定して女性美を、愛を追求するというやり方はいくらでもあったはずである。すぐ近くにはそれを実践していた永井荷風がいた。

＊40　和田六郎と千代の関係は、谷崎の末弟である終平が一九八九年に『懐しき人々』の中で暴露したので、それまでは世間の察知するところではなかった。『蓼喰ふ虫』で書かれていることも、佐藤春夫と千代のことを描いているのだと読者は思っていた。

＊41　千代の「教会通い」という言い方で三輪田が何を意味しているのか不詳である。

＊42　すなわち、森有礼の「妻妾論」に曰く、「国法妻妾ヲ同視シ、又其生子ノ権利ヲ平等ニス」（二〇〇頁）。

＊43　もっとも、ここ数年は「不倫バッシング」ともいえる、婚姻外性交渉に対する異常とも思える批判の高まりがある。これが一時的な風潮なのか、何か歴史的・社会的根拠があるのかはよくわからない。朝日新聞二〇二〇年十一月二十日朝刊の特集「不倫バッシング なぜ」では三人の論者が、最近の、世間で見られる「過剰な」不倫叩きを論評している。そのうちの一人、ライターの亀山早苗は「30歳で結婚して90歳まで生きるとしたら、60年間たったひとりの異性としか関係を持てない。それは人として不自然なのでは？」と言い切っている（一三頁）。さらに続けて「現行の結婚制度ではなく、愛情のみを軸としたもう少し緩いパートナー制度ができれば、世間の『既婚者』への視線は少しは変わるかもしれません」という。

＊44　広辞苑による「事件」の定義は、「①事柄、事項。②（意外な）できごと。もめごと。③訴訟事件の略」となっている。②によれば単なる出来事でもあるのだが、「もめごと」との言いかえもあり、例文も「世間を騒がす事件」となっている。ここには明らかに規範違反の含意がある。「心あたたまる事件」というのは形容矛盾なのである。また、「事件性」という言葉は「刑事事件になりうる性質」と定義され、このコノテーションがさらに強化されている。

第三章

＊45　欽定版聖書でThou shall not fornicateと訳されている訓戒である。「姦淫」fornicationの意味内容については議論もあろうが、とりあえず「婚姻関係以外の性的関係」と取っていいであろう。すなわち、「姦通」とほぼ重なることになる。キリスト教的な文脈での「姦淫」の解釈の問題には、第六章で立ち帰る。

＊46　「中追放」は「江戸幕府の刑罰の一。田畑・家屋を闕所とし、罪人の住居地及び武蔵・山城・摂津・和泉・大和・肥前・東海道筋・木曽路筋・下野・甲斐・駿河に入ることを禁じ、または江戸十里四方外に追放したこと」（広辞苑）。

＊47　逆に映画『マイ・フェア・レディ』などは、階級差による結婚の障害が愛情と個人の努力によって克服されるというお話で、「恋愛・結婚」民主主義が素朴に謳いあげられている。というか、この映画は舞台をロンドンに取っており、階級社会である英国を舞台に、アメリカの映画産業がアメリカ型恋愛民主主義をアンチ・テーゼとして提示してみせたという事態なのである。アメリカ人のこのようなナイーヴな理念は、アメリカン・ドリームの崩壊と米国の格差社会化によって衰退していく。

＊48　これは多くの場合、企業秘密であって、その実態を明らかにすることは難しいがその存在は疑いようもない。広く知られているのは吉本興業が出している、タレントとマネージャーとの間の関係を禁止する内規である。また、AKB48がこうむっているとされる「恋愛禁止」は、ファンとの交際を禁じるなど、もっと幅広い対象に制限が及んでいるが、自己参照的な歌「恋愛禁止条例」（二〇〇九年）を出すなど、興行戦略的な面があることは否めない。とはいえ、「地元の男友達と海に行って［中略］謹慎処分くらってた」というような、メンバーの証言もあり（週刊文春二〇一二年五月三・十日号、六〇頁）、職掌上の恋愛制限が実際に課されていることも間違いないであろう。

＊49　「風俗『嬢』」に代わる、より政治的に問題が少ない用語を不勉強にして知らないが、男性が性的サービスを提供するような営業形態の場合でも、その働き手と、それをサポートする店員（これは男性でも女性でも構わない）の間に同じような禁忌が存在することはいうまでもない。

＊50　これはよく知られた逸話だが、岡倉はボストンの街角である不躾なアメリカ人に、「あなたがたは何人ですか（What sort of nese）、中国人（Chinese）ですか、日本人（Japanese）ですか、それともジャワ人（Javanese）ですか」と尋ねられて、「わたしたちは日本の紳士です。ところであなたは何ですか（What sort of key）、ヤンキー（Yankee）ですか、ロバ（Donkey）ですか、それとも猿（Monkey）ですか」と訊き返したという（斎藤兆史『英語達人列伝』三九頁）。この逸話の真偽には若干、疑問がないわけではないが、こういう、当意即妙の、しかも韻を踏んだ切り返しをできるのは、天心が英語を血肉化していたことを示すのだろう。

＊51　九鬼男爵ほかが巣鴨病院に提出した申請書（後述）で、波津子は「其夫婦タルノ縁ヲサヘ絶タル、ニ於テハ［中略］兄妹タリ叔姪ナリトモ何様ノ関係ニナリトモ契約シテ懇意ヲ結フコトヲモ甘ンスヘ

シ」と求めていたとされる。この文言は象徴的である。離婚を夫隆一に請求する波津子は、あたかも、もとの親族関係に戻りましょうと言って、インセストであったことを暗示しているかのようである。

＊52　九鬼夫人はつ子は高橋眞司によれば戸籍上も、墓碑銘も「波津子」となっているという（『九鬼隆一の研究』一三三頁）。だが、天心研究では「初子」と表記するものも多く、本書では特に統一しない。

＊53　浄瑠璃『心中天網島』で、夫治兵衛が入れあげる遊女小春が真剣な気持ちでおり、ほかの男に身請けされるなら命を断つという決意をしていることを知った妻のおさんは、小春を助けようと、自分の着物を質入れしたりして、夫が身請けできるように金を算段しようとする。ところがそこに、小春と別れると口では言っていた治兵衛を信じきれないおさんの実父がやってきて、おさんの様子を見て事態を悟り、別れさせることにして、実家に連れ戻し、着物なども取り上げてしまう。おさんが実家から持ってきた持ち物は、嫁ぎ先の所有物にはなっていないのである。

＊54　いうまでもなく、「カップル単位」の行動というものが、福沢が想定していたような「男女同権」を現実には意味していなかったことは、「レディー・ファースト」に関する明治の日本人の誤解と軌を一にしている。

＊55　この「怪文書」はその内容の過激さから、多くの評伝では要約されたり、適宜パラフレーズされたりして収録されている。「怪文書の全文を出すことにする」と書く、松本清張の評伝に従う。

＊56　「強姦」は、現代と異なり、「執拗に誘惑して肉体関係を持つ」くらいの意味で使われていたようである。大言海（一九三二［昭和七］年版）の定義では、「迫リテ情欲ヲ遂ゲルコト」とあり、そのような使い方はかつての用法としてはそれほど例外的ではなかったことがわかる。したがって、ここでの糾弾のポイントは、天心がレイプという罪を犯したということではなく、天心のイニシアティヴで

姦通という道ならぬ関係に耽ったという点にあったと思われる。

＊57 九鬼隆一と波津子の間の協議離婚が成立したのは二年後の一九〇〇（明治三十三）年のことなので、木下が「前九鬼隆一男爵夫人」と書いている理由はよくわからない。

＊58 その伝で行くと、波津子側の心情を告げる資料もほとんどない。天心が波津子のどこに惹かれたのか、どのような思いで付き合っていたのか、何を求めていたのか、波津子はどう考えていたのか、こういったことを評伝類はさまざまに推測して語るだけである。九鬼隆一を嫌って執拗に離縁を求めていたことは九鬼側のいくつかの証言からわかるし、天心を求めてその住居の近くに出奔した経緯を見ても、天心に激しい恋愛感情を持っていたことは窺われるが、その思うところを伝える資料はない。

＊59 ここには若干の補足説明が必要であろう。「胡」は「狐」と音が同じなので、しばしば「狐」の代わりに流用され、それが『聊斎志異』でも見られているということなのである。これは神話や民話で広く見られ、中国人読者は「胡」という名前が出てくればただちに狐を疑うのである。したがって天心にとってコルハのコが『聊斎志異』から来ているという主張は、やや留保する必要がある。それはコルハのコは、狐がコと読むからだと言っているようなものだからだ。ちなみに、『白狐』を日本語訳した木下順二は解説に、「コルハは Koruha ではなく Kolha だ。この魅力的な名前はどこから考えつかれたのだろう」と書き（七五頁）、岡倉一雄の上記の説にも言及して「私はどうも納得できない」とこぼしている（九二頁）。

＊60 金沢大学国際日本研究センター准教授セン・ラージ・ラキさんのご教示による。

＊61 ベンガル語話者のインド人作家も、天心に関するシンポジウムで kolha はベンガル語でバナナ（kola）のことであると発言している（『いま天心を語る』一九一頁）。やはり、「狐」の意味での

kolha はインド国内でも認知度が低いようである。

*62　もちろん、騎士道恋愛においては恋する騎士は貴婦人に対して深い敬愛の念を抱いているので、肉体関係など思ってみるとこもならないとされていたから、愛欲に耽っていただろう天心・波津子とそこは異なっている。しかし、最近の研究では、宮廷風恋愛は必ずしも性的関係を拒絶する教義ではなかったという説もある。「宮廷風恋愛とは、先ず、事を単なる性的本能の充足にのみ限定することに対する侮辱的な拒否、原初的な衝動を昇華し、精神化する行為として目に映る。［中略］『愛は恋人たちの抱擁が稀で難しければ、それだけ熱烈なものになる』と、アンドレ・ル・シャプランは、彼流のラテン語で説いている。［中略］宮廷風恋愛については、純粋、純潔を口にすることが、いかに曖昧であるかを強調しておく必要がある」（ダヴァンソン『トゥルバドゥール』二二五－二二八頁）。

*63　内容から考えて、プリヤンヴァダのこの手紙は、天心が一九一三年五月四日に送った書簡への返信であるように思われる。しかし、天心の同書簡（英文）には「尊崇の念をもってあなたに近づく」にちょうど当たるような文句は見当たらない。おそらくは以下の天心の発言に呼応しているのだろう。「この男［わたし天心］があなたに近づくことへの言い訳は、すなわち彼の、あなたに対するうやうやしい敬意にほかなりません」（岡倉天心全集第七巻、二二九頁）。平凡社版岡倉天心全集は書簡の訳文のみ掲載し、原文は載せていない。原文を見ればもう少し断定的なことが言えるのだろうが、後考の課題にしたい。なお、天心は右の文句に先立ち、「もしもあなたがもっと深く私という人間についてお知りになったなら、顔をそむけさせるようなものを私の中にたくさん見出すでしょう。どうかわたしを、あなたの岸辺に打ちあげられた漂着物、雲霧の捨て子として受け入れては下さいませんか」と書いている。この自分をとことん卑下する愛のセリフは、まさに宮廷風恋愛のそれに他ならない。

第四章

＊64　もっとも、文化人類学的にいえば、神聖と穢れは同じ事象の両極ともいえ、その場合、娼婦が崇められるのと、汚らわしいものとして貶められるのは同一平面の現象ということになる。つまり聖なる神殿娼婦を崇める古代ギリシャと、それを邪悪なものとして指弾する古代ユダヤ社会は同じ穴のムジナということになる。

＊65　古代ギリシャ社会が娼婦に寛容だったとすれば、近代西洋でもラテン系諸国は、プロテスタント系諸国に比べれば、娼婦に対する差別感情ははるかに緩やかなものであったといえよう。そのことは、たとえば『椿姫』などの文学作品に現れている（もちろん、『椿姫』において、主人公の父は、息子の椿姫に対する恋愛を認めず、二人の関係を阻止しようとはするのだが。しかし、「恋愛」は成立しているのであって、プロテスタント文化にあっては、そもそもそのような事態が想像されることすらないであろう）。

＊66　もちろん、西鶴は太夫をやや理想化しすぎているきらいはある。中山太郎は「［遊女が］嫖客のために請出されて良家の妻女となることがあつても、社会は一般に排斥し蔑視するのが常であつた」と書いている（『売笑三千年史』四九一頁）。遊女の結婚の具体例とその実態については下山弘の『遊女の江戸』が詳しい。

＊67　「聖なる娼婦」という概念があることは事実である。『罪と罰』のソーニャなども、その系譜にたつ存在であろう。だが、これは、先の注で書いた、神聖と穢れが表裏一体であるという事態がここにも見られるということにすぎない。再び民俗学の用語を使うならば、西洋社会において娼婦がハレとケ

ガレを往還するのだとしたら、徳川日本において女はケとケガレを行き来することができたのだということができるだろう。

*68 この説は、波津子がもと九鬼家の小間使いであったという、清見陸郎の説とは対立する（高橋眞司『九鬼隆一の研究』一三三頁）。一方、大岡信は東京新橋の芸者であったという説を立てているが、とくに根拠を示していない（『岡倉天心』三〇五頁）。

*69 ちなみに、このseveralはやや古めかしい言い方で、「人とは違った」という意味である。Lifeは「生活」ではなく「人生」が正しいと思うので、「彼女の過去とわたくし個人の（生きてきた）人生」というくらいに訳せばよいか。

*70 「恋愛」がloveの翻訳語として、新しい、清廉な愛情を示していたように、「愛する」の語も、当時の新傾向の文学作品においては、「『恋愛』を実践する」という意味で使われていた。

*71 逍遥は妻センをつねに「せき（子）」と呼んだ。その理由は不明で、弟子もやや訝しがっている。ここには何かの「秘密」が潜んでいるようにも思われるが、不詳である。

*72 ちなみに、逍遥がこうして、当時流行の「ラアブ」という語を使うとき、それがいかに透谷らが使った「恋愛《ラブ》」とはかけ離れた、色恋の世界の語彙であったかよくわかるであろう。角川日本近代文学大系のテキストでは、「恋情」が「恋愛」と誤植されているが、編者が文学界的感覚を持ち込んでしまったのであろう。

*73 二枚鑑札とは、芸者が同時に娼妓としても登録していることを指す。この店にいる女性は「一枚鑑札」、すなわちただの芸者で、床のお勤めはしないのだということで、だから「清潔」だと言っているのである。

＊74　これらは後に、逍遥自身の編集によって、倫理関係の著作を収めた逍遥選集第六巻に抄録された（一九二六年刊）。緒言で逍遥はそれらの著作のほか、教科書を含め、自らの、九冊の倫理・道徳に関わる著作を列挙している。

＊75　もっとも現代の高校生であれば、性道徳の教育は大いに必要であろう。当時は逆に早婚も多かったから、むしろ婚姻をめぐる道徳観も教えなければいけなかったのかもしれない。岡倉天心は満十七歳で結婚している。森鷗外の『ヰタ・セクスアリス』や二葉亭四迷の『平凡』などを見ればわかるが、明治の若者は主に人情本経由で性の知識を得ている。これではいけないので、やはり早期の性教育は必要であったのだろう——低級ポルノ雑誌などからそれを仕入れている今日の青少年よりまだましと言えるかもしれないが。

＊76　国立国会図書館の目録でヒットする一番古い書物は、同年刊行の山本宣治の『性教育』である。

第五章

＊77　周知の通り、現在、ソープランドと称されている特殊浴場は、かつては「トルコ風呂」と呼ばれていたが、在日トルコ人からの抗議があり、問題のある呼称として廃止されることになり、かわって、一九八四年に東京都特殊浴場協会が正式に「ソープランド」と改称する決定を行った。生島治郎が特殊浴場の風俗嬢と結婚したのは、改称以前であり、彼の結婚をめぐる言説もすべて「トルコ風呂」、「トルコ嬢」という用語を用いて行われている。本書では「トルコ風呂」という呼称の政治的問題も認識しつつ、基本的には引用文献の呼称に基づいて議論を進める（生島もより後年の文章では「ソープランド」、「ソープ嬢」という呼び方をした）。

＊78　なお、大宅壮一文庫雑誌総目録ではこのような記事を確認することはできなかった。

＊79　もっとも、「片翼シリーズ」からの抜粋を辿ると、京子（景子）夫人がずいぶん悪者に読めるが、生島自身もたまにつまみ食いとかもしているので、それも割り引いて考える必要がある。そもそも京子側の資料がないので、生島の物語をどこまで額面通り受け取っていいかわからないのである。

＊80　性的欲望の対象としての白人に対するフェティッシュを表現する記号の一つが「金髪」である。これについてはわたしの『金髪神話の研究』を参照されたい。

＊81　もっとも、最終章で少しそういったことが書かれている。たとえば、あるフィリピン女性と日本人男性のカップルは隣人に「フィリッピン人は［衛生的に］汚い」とよく言われるといって憤慨している（二八二頁）。また、別の男性は母親に「何でフィリッピンの女の子となんか……」と言って泣かれたことが語られている。しかし、この母親も、やがて近くに工場ができ、フィリピン女性が多数研修生として入ってくると、見慣れてしまい、「嫁がフィリッピン娘でもどうってことないか、ってことになっちゃっ」たのである（二八五頁）。

＊82　残念ながら、結婚相手が黒人であったり、あるいはかつて「第三国人」と呼ばれていたような人であったときには、その結婚が好ましいものとみなされないような傾向は残存していると思われる。

第六章

＊83　「女中」という言葉は差別用語だとして、学会発表などでもこれを「家事手伝い」などと言い換えることが一般化している。「女中」という言い方が差別的であるのかどうかよくわからないが、「下女」などという言い方が侮蔑的なものであることは間違いないし（「女中さん」とは言うが、「下女さん」

とは言わない)、「女中」も「令嬢」とは同列にはならない、下の階級の女性を指していたことは間違いないだろう。しかし、本論は、そのような社会的階層にあった女性たちの歴史的・系譜学的研究であるから、「女中」の語をそうした了解のもとに用いることにする。

＊84 よく知られるように、志賀直哉の多くの作品は、かなり忠実に彼の人生に起こった出来事を再現するものとなっている。すなわち、阿川弘之によれば、「『大津順吉』において」順吉を直哉と置き換えれば、書かれていること、すべて事実である」(『志賀直哉』上巻、一四四頁)。もちろん、『大津順吉』は志賀の実人生に起こったことを五年後に小説化したものであり、いかに日記中の記述がほとんどそのまま『大津順吉』のテキストに流用されているにせよ、志賀直哉と大津順吉を単純に同一視できないが、本論は現実と表象の関係を論じる趣旨のものではないので、以下の記述でも両者をとくに区別せずに扱う。

＊85 余談めくが、ブリンクリーはただの武断の人ではなく、学究タイプでもあったようで、日本の文化や歴史に関する著作や、日本語のレファレンスなどを刊行している。一九〇一–〇二年には *Art of Japan* なる本を出版しているし、志賀がダンス・パーティーに誘われた少しあとの一九〇九(明治四十二)年には『新語学独案内』という本を出版している。ブリンクリーの武官としての経歴や、日本人妻との家庭については伝記作家もかなりつっこんで記録しているが、彼のこのような、研究者・著作家としての側面はこれまで認知されてこなかったようである――もちろん、女性と付き合おうとする際に、男親がどういう人かということは常に重要な案件であるわけではないのだが。ところでさらにトリビア的な情報を付け加えるならば、前章で引用した小山騰の研究によると、ブリンクリーは田中ヤスと明治十九年に結婚したが、その際、「田中ヤスはブリンクリとブリンクリの前の妾との間の

子どもと、自分とブリンクリとの間の子どもの2人を引き連れブリンクリに婚嫁しようとしたが、2人の子どもはこの時は英国側の事情により日本国籍のままに残されたようである」(「明治前期国際結婚の研究」一六一頁)。結婚前にすでにブリンクリーとの間に私生児を二人儲けていたということであろう。「英国側の事情により日本国籍のままだった」というのは、父親が英国人なので、本来ならば英国籍であるはずということである。ウィーラーは、この「2人」の子どもの下の方になるはずで、日本国籍だったことになる。また、三人の息女の一番上は、腹違いの姉である。

*86 ちなみに白樺派同人の多くも女中に手を出し、そのことを作品に書き(里見弴の『君と私』には既に言及した)、「白樺派の小間使い小説」などという言い方もあったそうである(本多秋五『志賀直哉』下巻、五六頁)。ほかの同人がやはり反ブルジョア的意識から女中との恋に走ったのかどうかは定かでないが。

*87 ちなみに三人中のあとの二人は内村鑑三と武者小路実篤である。

*88 坪内士行も肺病持ちの女性に恋をして、結婚しようとするが、両親に反対されて果たさないまま、娘は結局、士行の洋行中に死んでしまう。

第七章

*89 たとえば、「恋愛禁止」に強く反対する議論の例としては、雑誌『倫理と教育』に載った、N・マッカーサーの『大学教授と学生との間の恋愛関係——それは禁止されるべきなのか?』を参照されたい。

*90 作家になるための修業は「学問」ではないと感じられるかも知れないが、この時代にあっては、そ

れは学びの一形態ととられていたようである。田山花袋の『わすれ水』には、以下のような表現がある。「鐘一が学校に入りて文学など丶云へる不生産の学問を修むるを得たるも、卒業後なほ書生の生活を送りて居たることを得たるも、みなこの力づよき兄がため」(七頁)。

＊91 欧米諸国でもほぼ同じく、このことに対するタブー意識は薄かったのではないかと思われる。教授と学生カップルの歴史上の有名な例としては、音楽院の学生と結婚したチャイコフスキーや、哲学者マルティン・ハイデガーと、彼のマールブルク大学での受講生ハンナ・アーレントの恋愛などを挙げることができる。

＊92 もっとも、別件だが、半井は寄宿していた女学生鶴田たみ子に手を出し、たみ子が私生児を生んだというスキャンダルが一時流布したことがあった。この噂は一葉に男性不信をもたらしたという。この噂の真偽は明らかではないが、半井と樋口一葉の美しい、師弟の関係を越えた恋愛という総括に影を投げかけるものではある(平石典子『煩悶青年と女学生の文学誌』八九頁)。もちろん、だからといって、半井と一葉の関係が「ハラスメント」になるわけではない。むしろ——三角関係も文脈に加わって——ますます普通の男女関係らしくなるというものだろう(事実は、たみ子は半井桃水の弟浩と恋愛関係に陥り、妊娠したらしい。平石も書く通り、女性の寄宿生は性的に無知なことが多く、付け込まれやすかったという事情があったようであり、その点では「ハラスメント」の可能性を語ることができるであろう。このことは、田山花袋と岡田美知代の関係をも「ハラスメント」の文脈で見ることを誘うものではある)。

＊93 ただし、ロシア文学に心酔し、その翻訳を志した夏葉がだれについてロシア語を勉強したかについては異説もあり、中村健之介はロシア語の先生は瀬沼ではなく、グリゴリイ高橋門三九だとしている

(『ニコライ堂の女性たち』二八八頁)。

*94 ちなみに、師与謝野鉄幹の愛情を二人の弟子与謝野（鳳）晶子および山川登美子が争うのだが、鉄幹の恋人、そしてさらには妻の座を勝ち得たのは晶子の方であった。だからと言って、鉄幹と登美子の関係がハラスメントと見なされているわけではない。

*95 現代の読者であれば、よく知られた、末尾の「性欲と悲哀と絶望とが忽ち時雄の胸を襲つた。時雄は其［芳子が寝ていた］蒲団を敷き、夜着をかけ、冷めたい汚れた天鵞絨の襟に顔を埋めて泣いた」（一〇一頁）という描写にただちに淫靡なフェティシズムを読み取るであろうが、同時代の読者にはこの点での衝撃はとくになかったようである――花袋自身は性科学の著作にある程度、親しんでおり、フェティシズムに対する基本的知識を持っていたかもしれないが。少なくとも、同時代の批評に、こうした認定は見られない。「フェチ」自体がまだ一般的概念ではなかったのだ。

*96 もっとも、これは町人階級の話で、武家は多くの藩で六十ないし七十で隠居とかなり高い定年の年齢が制度化されていたらしい。

*97 厚生労働省のホームページによれば、「明治から大正にかけて出生率・死亡率ともに高かったが、死亡率は昭和の初めから徐々に低下し始め」たという（https://www.mhlw.go.jp/www1/toukei/10nengai_8/hyakunen.html）。乳幼児死亡率（出生千に対し）は「昭和14年までは100以上、即ち、生まれたこどものおよそ10人に1人が1年以内に死亡していた」。

*98 吉田精一は、加能作次郎が『髪』、『春雨』、『残る花』を「花柳界三部作」と呼んでいるが、小利を共通の主人公として持つ『髪』、『渦』、『春雨』をむしろ花柳小説三部作とするべきだと主張している（明治文学全集第六十七巻田山花袋集「解題」三九二頁）。

結び

＊99　さらにこれは性的な意味領域にも転用され、明治時代の京都で、なじみ客とは違うほかの客ともなじんだ芸妓を蔑んで呼んだという（「其の既に客を獲る者、絶えて其の他に狎昵するを許さざる也。而して猶ほ狎るゝ者有り焉、俗之を呼んで曖昧と曰ふ」（成島柳北『鴨東新誌』八六頁）。

＊100　カーター元米国大統領は、選挙運動中の『プレイボーイ』誌のインタビューに際して、「わたしはたくさんの女性を情欲をもって見たことがある。わたしは心の中で姦通を何度も犯したのだ」と語った（ニューヨーク・タイムズ一九七六年九月二十三日号、三十六頁）。これは、マタイ伝五章二十八節「すべて色情を懐きて女を見るものは、既に心のうち姦淫したるなり」を踏まえた発言である。

＊101　もちろん、「蚤の夫婦」などという表現もあるので、クラスメートたちは日本文化全体の感覚を内面化しているだけだともいえる。

主要参考・引用文献

青木雨彦「純愛あるいは『ウンメイ』について――生島治郎『片翼だけの天使』」潮三〇七号　一九八四年十一月
阿川弘之『志賀直哉』上・下　新潮社（新潮文庫）　一九九七年
東浩「日本における社内恋愛禁止規定について――コンダクト・リスク管理の観点から」『Business law journal』一四七号　二〇二〇年六月
生島治郎『片翼だけの天使』集英社　一九八四年
同『続・片翼だけの天使』集英社　一九八五年
同『片翼だけの青春』集英社　一九八五年
同『片翼だけの結婚』文藝春秋　一九八五年
同『片翼だけの女房どの』集英社　一九八八年
同『浪漫疾風録』講談社　一九九三年
同『暗雲』上・下　小学館　一九九九年
飯塚くに『父 逍遥の背中』中央公論社（中公文庫）　一九九七年
池谷孝司『スクールセクハラ――なぜ教師のわいせつ犯罪は繰り返されるのか』幻冬舎　二〇一四年
石河幹明『福沢諭吉伝』第四巻　岩波書店　一九三二年

石黒敬章『幕末明治の肖像写真』角川学芸出版　二〇〇九年
井原西鶴『好色一代男』「西鶴集」上　日本古典文学大系第四十七巻　岩波書店　一九五七年
猪野謙三『島崎藤村』有信堂　一九六三年
今泉孝太郎「第三国人と日本人の結婚」新文明第四巻第九号　一九五四年九月
植田重雄『坪内逍遥――文人の世界』恒文社　一九九八年
内田魯庵『思い出す人々』春秋社　一九二五年
内村鑑三「誤訳正解――マタイ伝五章二八節」内村鑑三聖書注解全集第八巻　教文館　一九六〇年
浦口文治『ジャン・ラスキン』同文館　一九二五年
大岡信『岡倉天心』朝日新聞社（朝日選書）一九八五年
大原富枝『ベンガルの憂愁――岡倉天心とインド女流詩人』福武書店　一九八六年
大村弘毅『坪内逍遥』吉川弘文館　一九五八年
岡倉一雄『岡倉天心をめぐる人びと』中央公論美術出版　一九九八年
同『父 岡倉天心』岩波書店（岩波現代文庫）二〇一三年
同「狩野芳崖」国華第二号　一八八九年
岡倉天心『The White Fox』岡倉天心全集第二巻　創元社　一九六五年
同『白狐』木下順二訳　平凡社　一九八三年
「岡倉天心――芸術教育の歩み」展実行委員会編『いま　天心を語る――東京藝術大学創立一二〇周年
岡倉天心展記念シンポジウム』東京藝術大学　二〇一〇年
岡倉由三郎「次兄天心をめぐつて」中央公論五十周年記念号　一九三五年十月

岡田（永代）美知代　「『蒲団』、『縁』及び私」新潮一九一五年九月号
同「ある女の手紙」新編日本女性文学全集第三巻　六花出版　二〇一一年
奥野健男『ねえやが消えて――演劇的家庭論』河出書房新社　一九九一年
荻原勝『定年制の歴史』日本労働協会　一九八四年
小栗左多里『ダーリンは外国人』メディア・ファクトリー　二〇〇二年
小沢昭一『人類学入門――お遊びと芸と』小沢昭一座談①　晶文社　二〇〇七年
小田亮『一語の辞典　性』三省堂　一九九六年
加藤亀雄「谷崎事件と世相――明日の社会のために！　人類よ！　恋愛過剰性を清算せよ」サンデー毎日一九三〇年八月三十一日号
加藤常子『女中の使ひ方』婦人之友社　一九一三年
同『女中の使ひ方の巻』嫁入文庫第十巻　実業之日本社　一九一七年
加藤百合『明治期露西亜文学翻訳論攷』東洋書店　二〇一二年
門松由紀子「女中と性」小泉和子編『女中がいた昭和』所収　河出書房新社　二〇一二年
金子馬治「倫理教育時代の坪内先生」逍遥選集第六巻　春陽堂　一九二六年
嘉本伊都子『国際結婚論!?【歴史編】』法律文化社　二〇〇八年
河竹繁俊『人間坪内逍遥――近代劇壇側面史』新樹社　一九五九年
河竹黙阿弥『三人吉三廓初買』今宮哲也校注　新潮日本古典集成　新潮社　一九八四年
川西政明「細君譲渡事件」『漱石の死』新・日本文壇史第一巻　岩波書店　二〇一〇年
菊池駿助『徳川禁令考　後聚』第四帙　司法省庶務課　明治十六年／リプリント　吉川弘文館　一九三二

年
北村透谷「厭世詩家と女性」北村透谷集 明治文学全集第二十九巻 筑摩書房 一九七六年
木下尚江『良人の自白』木下尚江集 明治文学全集第四十五巻 筑摩書房 一九六五年
木下長宏『岡倉天心』ミネルヴァ書房 二〇〇五年
清見陸郎『天心岡倉覚三』中央公論美術出版 一九八〇年
九鬼周造「岡倉覚三氏の思出」九鬼周造全集第五巻 岩波書店 一九八一年
同「根岸」同書
クーパー、スザンヌ・フェイジェンス『エフィー・グレイ――ラスキン、ミレイと生きた情熱の日々』安達まみ訳 岩波書店 二〇一五年
久保摂二「近親相姦に関する研究」広島医学 第五巻第十二号 一九五七年十二月
倉橋健編「坪内逍遥 若き日の日記――明治二十年八月 大阪名古屋紀行」『演劇博物館資料ものがたり』早稲田大学出版部 一九八八年
クラフト＝エビング、リヒャルト『変態性欲心理』黒沢正臣訳 大日本文明協会 一九一三年／『色情狂篇』日本法医学会訳 法医学会 一八九四年
厨川白村『近代の恋愛観』改造社 一九二二年
黒木登志夫『健康・老化・寿命――人といのちの文化誌』中央公論新社（中公新書） 二〇〇七年
ケイ、エレン『恋愛と結婚』原田実訳 聚英閣 一九二四年
源氏鶏太『サラリーマンの十戒』朝日新聞社 一九五五年
小林一郎『田山花袋――自然主義作家』新典社 一九八二年

小林倉三郎「お千代の兄より」婦人公論第十五巻第十一号（通号一八三号）一九三〇年十一月
小山騰「明治前期国際結婚の研究――国籍事項を中心に」近代日本研究第十一号　一九九四年
近藤富枝「悲母観音――岡倉天心と星崎波津」『相聞――文学者たちの愛の軌跡』中央公論社　一九八二年
同「岡倉天心の恋人」別冊婦人公論一九八一年夏号
斎藤兆史『英語達人列伝――あっぱれ、日本人の英語』中央公論新社（中公新書）二〇〇〇年
佐伯順子『遊女の文化史』中央公論社（中公新書）一九八七年
佐藤春夫『この三つのもの』定本佐藤春夫全集第五巻　臨川書店　一九九八年
同「情景」佐藤春夫全集第六巻　講談社　一九六七年
同「僕らの結婚」佐藤春夫全集第十一巻　講談社　一九六九年
同「潤一郎。人及び芸術」定本佐藤春夫全集第二十巻　臨川書店　一九九九年
同「或る男の話」定本佐藤春夫全集第四巻　臨川書店　一九九八年
ザンダー、グンター『20世紀の人間たち――肖像写真集 1892-1952』山口知三訳　リブロポート　一九九一年
志賀直三『阿呆伝』新制社　一九五八年
志賀直哉『大津順吉』新潮社　一九一七年
同『或る男、其姉の死』志賀直哉全集第二巻　岩波書店　一九七三年
同「佐々木の場合」『夜の光』収録　新潮社　一九一八年
同「くもり日」志賀直哉全集第三巻　岩波書店　一九七三年

同　『手帳・ノート〈一〉』志賀直哉全集補巻五　岩波書店　二〇〇二年
島崎藤村　『新生』藤村全集第七巻　筑摩書房　一九六七年
清水茂　「『一読三嘆 当世書生気質』小論」日本近代文学第二号　日本近代文学会　一九六五年五月
清水美知子　『〈女中〉イメージの家庭文化史』世界思想社　二〇〇四年
下山弘　『遊女の江戸——苦界から結婚へ』中央公論社（中公新書）　一九九三年
自由国民・法律書編集部編　『夫婦親子男女の法律知識』自由国民社　一九八四年
進士素丸　『文豪どうかしてる逸話集』KADOKAWA　二〇一九年
スタイナー、ジョージ　『脱領域の知性——文学言語革命論集』由良君美ほか訳　河出書房新社　一九八〇年
末広鉄腸　『花間鶯』明治政治小説集(二)　明治文学全集第六巻　筑摩書房　一九六七年
関陽子　『国際結婚《危険な話》』洋泉社　二〇〇一年
関良一　「『当世書生気質』」『逍遥・鷗外——考証と試論』所収　有精堂出版　一九七一年
瀬戸内寂聴　『つれなかりせばなかなかに——妻をめぐる文豪と詩人の恋の葛藤』中央公論社　一九九七年
瀬沼茂樹　『評伝 島崎藤村』実業之日本社　一九六七年
同　『島崎藤村——その生涯と作品』塙書房　一九五三年
総務省統計局監修　『新版日本長期統計総覧』第四巻　日本統計協会　二〇〇六年
ダヴァンソン、アンリ　『トゥルバドゥール——幻想の愛』新倉俊一訳　筑摩書房（筑摩叢書）　一九七二年

高木治江　『谷崎家の思い出』構想社　一九七七年
高木正幸　『差別用語の基礎知識――何が差別語・差別表現か?』土曜美術社　一九九二年
高橋眞司　『九鬼隆一の研究――隆一・波津子・周造』未來社　二〇〇八年
同　「杉山波津子」福沢諭吉年鑑11　一九八四年
髙谷幸　「近代家族の臨界としての日本型国際結婚」大澤真幸編『身体と親密圏の変容』所収　岩波講座
　現代　第七巻　岩波書店　二〇一五年
竹内正・伊藤寧編　『刑法と現代社会』嵯峨野書院　一九八七年
竹盛天雄編　『明治文学アルバム』新潮日本文学アルバム別巻1　一九八六年
谷崎終平　『懐しき人々――兄潤一郎とその周辺』文藝春秋　一九八九年
谷崎潤一郎　『蓼喰ふ虫』谷崎潤一郎全集第十四巻　中央公論社　二〇一六年
同　「雪後庵夜話」谷崎潤一郎全集第二十四巻　中央公論社　二〇一六年
同　「台所太平記」同書
同　「佐藤春夫のことなど」谷崎潤一郎全集第二十五巻　中央公論社　二〇一六年
同　「佐藤春夫君と私と」谷崎潤一郎全集第六巻　中央公論社　二〇一五年
同　「佐藤春夫に与へて過去半生を語る書」谷崎潤一郎全集第十六巻　中央公論社　二〇一六年
同　「神と人との間」谷崎潤一郎全集第十一巻　中央公論社　二〇一五年
同　「愛すればこそ」谷崎潤一郎全集第九巻　中央公論社　二〇一七年
谷崎精二　「兄の再婚について」婦人公論第十六巻三号（通号一八七号）　一九三一年
玉城素　『民族的責任の思想――日本民族の朝鮮人体験』御茶の水書房　一九六七年

田山花袋　『蒲団』田山花袋集　明治文学全集第六十七巻　筑摩書房　一九六八年
同　『縁』田山花袋全集第二巻　内外書籍　一九三六年
同　『髪』定本花袋全集第三巻　臨川書店　一九九三年
同　『わすれ水』定本花袋全集第十七巻　臨川書店　一九九四年
同　「『恋ざめ』序文」小杉天外・小栗風菜・後藤宙外集　明治文学全集第六十五巻　筑摩書房　一九六八年
近松半二　『おそめ久松　新版歌祭文』日本古典文学大系第五十二巻　岩波書店　一九五九年
坪内士行　『坪内逍遥研究』早稲田大学出版部　一九五三年
坪内逍遥　『当世書生気質』坪内逍遥集　明治文学全集第十六巻　筑摩書房　一九六九年
同　『細君』新日本古典文学大系第十八巻　岩波書店　二〇〇二年
同　『柿の帯』中央公論社　一九三三年
同　『倫理ト文学』冨山房　一九〇八年
同　『通俗倫理談』冨山房　一九〇三年
同　「逍遥日記」『坪内逍遥研究資料』第五集　新樹社　一九六九年
同　「浪花芸者」中央公論　一九五五年九月号
同・内田魯庵編　『二葉亭四迷――各方面より見たる長谷川辰之助君及其追懐』一九〇九年　易風社
『坪内逍遥研究資料』第五集　逍遥協会編　新樹社　一九七四年
露木玲・青木健一　「兄妹性交の回避と禁止」井上章一編『性欲の文化史Ⅰ』所収　講談社　二〇〇八年
徳田秋声ほか　「文壇圏内の社会的事件の批判――第八十六回新潮合評会」新潮一九三〇年九月

虎尾俊哉編『延喜式 上』集英社 二〇〇〇年
ドリヤス工場『文豪春秋』文藝春秋 二〇二〇年
トルストイ『脚本 復活』島村抱月訳 新潮社 一九一四年
永井荷風『断腸亭日乗 三』荷風全集第二十三巻 岩波書店 一九九三年
同「暁」『あめりか物語』荷風全集第三巻 岩波書店 一九六三年
中田薫『徳川時代の文学に見えたる私法』創文社 一九五六年
中村光夫『二葉亭四迷伝』講談社 一九五八年
中村武羅夫『明治大正の文学者』留女書店 一九四九年
中山太郎『売笑三千年史』春陽堂 一九二七年
成島柳北『鴨東新誌』成島柳北・服部撫松・栗本鋤雲集 明治文学全集第四巻 筑摩書房 一九六九年
西兼志「メディア行為としての『恋愛禁止』――アイドルと恋愛」田中一嘉編『文化現象としての恋愛とイデオロギー』風間書房 二〇一七年
日外アソシエーツ編『事件・犯罪を知る本――「高橋お伝」から「秋葉原通り魔」まで』日外アソシエーツ 二〇〇九年
野村尚吾『伝記 谷崎潤一郎』六興出版 一九七二年
パウルゼン・フリードリヒ『倫理学体系』蟹江義丸ほか訳 博文館 一九〇四年
秦恒平「神と玩具との間――昭和初年の谷崎潤一郎と三人の妻たち 上・中・下」湖の本6・7・8「湖の本」版元 一九九三年
原田武『インセスト幻想――人類最後のタブー』人文書院 二〇〇一年

久田恵『フィリッピーナを愛した男たち』文藝春秋　一九八九年
平井蒼太『浪速賤娼志』浪楓書店　一九三四年
平石典子『煩悶青年と女学生の文学誌――「西洋」を読み替えて』新曜社　二〇一二年
平野謙『島崎藤村』岩波書店（岩波現代文庫）二〇〇一年
福澤諭吉『日本婦人論』福澤諭吉集　明治文学全集第八巻　筑摩書房　一九六六年
同『男女交際論』福澤全集第五巻　時事新報社　一八九八年
同　書翰集　福澤諭吉全集第十七巻　岩波書店　一九六一年
福永英男『「勘定書百箇条」を読む』東京法令出版　二〇〇二年
二葉亭四迷『浮雲』二葉亭四迷嵯峨の屋おむろ集　明治文学全集第十七巻　筑摩書房　一九七一年
同『其面影』二葉亭四迷全集第一巻　筑摩書房　一九八四年
「『蒲団』合評」『早稲田文学』第二三号　一九〇七年十月
船木茂兵衛「高津新地界隈を巡る」上方第五十号　一九三五年二月
古川裕佳『志賀直哉の〈家庭〉――女中・不良・主婦』森話社　二〇一一年
ペリカン、ヤロスラフ『聖母マリア』関口篤訳　青土社　一九九八年
法務大臣官房司法法制調査部監修『全国民事慣例類集』商事法務研究会　一九八九年
本多秋五『志賀直哉』上・下　岩波書店（岩波新書）一九九〇年
本間久雄ほか編『坪内逍遥研究資料』全十六集　新樹社　一九六九 - 一九九八年
松本清張『文豪』文藝春秋（文春文庫）二〇〇〇年
同『岡倉天心――その内なる敵』河出書房新社（河出文庫）二〇一二年

同「潤一郎と春夫」『昭和史発掘3』文藝春秋　一九六五年
丸木砂土「西洋好色一代男」中央公論　第四十五巻第八号（通号五一一号）一九三〇年八月
溝川徳二ほか編『事件・犯罪――日本と世界の主要全事件総覧』教育社　一九九一年
光石亜由美『自然主義文学とセクシュアリティ――田山花袋と〈性欲〉に感傷する時代』世織書房　二〇一七年
三宅雪嶺『同時代史』第二巻　岩波書店　一九五〇年
宮越勉「志賀直哉――尾道行前後の生活と文学」文芸研究（明治大学文学部紀要）第四十三号　一九八〇年
牟田和恵「戦略としての女――明治・大正の「女の言説」を巡って」思想一九九二年二月号（通号八一二号）
室生犀星『弄獅子』室生犀星全集第四巻　新潮社　一九六五年
毛利太郎・神保濤次郎『体育学』博聞社　一八八九年
森有礼「妻妾論」明治啓蒙思想集 明治文学全集第三巻　筑摩書房　一九六七年
森鷗外『キタ・セクスアリス』森鷗外集 明治文学全集第二十七巻　筑摩書房　一九六五年
柳父章『翻訳語成立事情』岩波書店（岩波新書）一九八二年
ヨコタ村上孝之『二葉亭四迷――くたばってしまえ』ミネルヴァ書房　二〇一四年
同『性のプロトコル――欲望はどこからくるのか』新曜社　一九九七年
同『マンガは欲望する』筑摩書房　二〇〇六年
ライヒ、W『性と文化の革命』中尾ハジメ訳　勁草書房　一九六九年

歴史探検隊編『日本はじめて物語』文藝春秋（文春文庫）一九九七年
和田繁二郎『近代文学創成期の研究――リアリズムの生成』桜楓社　一九七三年
渡部昇一『昭和史 上――松本清張と私』ビジネス社　二〇〇五年

The German Penal Code of 1871. Tr. by Gerhard O. W. Mueller and Thomas Buergenthal. London: sweet&Maxwell, n.d.
Kelsky, Karen. *Women on the Verge: Japanese Women, Western Dreams*. Duke UP, 2001.
Levi-Strauss, Claude. *The Elementary Structures of Kinship*. Boston: Beacon P, 1969.
McArthur, Neil. "Relationships between University Professors and Students: Should They Be Banned?" *Ethics and Education* 12: 2(2017): 129-140.
Strafgesetzbuch. Munich: Beck'sche Verlagsbuchhandlung, 1983.
Yokota-Murakami, Takayuki. "Loves in Disguise: A Feature of Romantic Love in Meiji *Literature*." *Comparative Literature Studies* (Pennsylvania State University) 28:3 (1991): 213-233.

【著者】
ヨコタ村上孝之（ヨコタむらかみ たかゆき）
1959年生まれ。大阪大学大学院人文学研究科准教授。東京大学大学院総合文化研究科比較文学比較文化専攻課程単位取得退学（文学修士）。プリンストン大学比較文学科修了（Ph.D.）。著書に *Don Juan East/West*（ニューヨーク州立大学出版局）、『性のプロトコル』（新曜社）、『マンガは欲望する』（筑摩書房）、『色男の研究』（角川選書、第29回サントリー学芸賞受賞）、『金髪神話の研究』『世界のしゃがみ方』（ともに平凡社新書）などがある。

平凡社新書 1063

道ならぬ恋の系譜学

近代作家の性愛とタブー

発行日——2024年8月9日　初版第1刷

著者——ヨコタ村上孝之
発行者——下中順平
発行所——株式会社平凡社
〒101-0051 東京都千代田区神田神保町3-29
電話 (03) 3230-6573［営業］
ホームページ https://www.heibonsha.co.jp/
印刷・製本—TOPPANクロレ株式会社
装幀——菊地信義

ISBN978-4-582-86063-4

落丁・乱丁本のお取り替えは小社読者サービス係まで
直接お送りください（送料は小社で負担いたします）。

【お問い合わせ】
本書の内容に関するお問い合わせは
弊社お問い合わせフォームをご利用ください。
https://www.heibonsha.co.jp/contact/